ENCYCLOPÉDIE-RORET.

TECHNOLOGIE

PHYSIQUE ET MÉCANIQUE

OU

FORMULAIRE

A L'USAGE

DES INGÉNIEURS, DES ARCHITECTES,

Des Constructeurs et des Chefs d'usines.

PARIS

LIBRAIRIE ENCYCLOPÉDIQUE DE RORET

RUE HAUTEFEUILLE, 12

ENCYCLOPÉDIE-RORET.

TECHNOLOGIE

PHYSIQUE ET MÉCANIQUE.

MANUELS-RORET

NOUVEAU MANUEL COMPLET

DE

TECHNOLOGIE

PHYSIQUE ET MÉCANIQUE

OU

FORMULAIRE

à l'usage

DES INGÉNIEURS, DES ARCHITECTES, DES CONSTRUCTEURS
ET DES CHEFS D'USINES,

Par M. L. **ANSIAUX**,
Ingénieur civil.

PARIS

A LA LIBRAIRIE ENCYCLOPÉDIQUE DE RORET,
RUE HAUTEFEUILLE, 12.
1863.

AVIS.

INTRODUCTION.

Le prix élevé des livres et des journaux scientifiques et industriels met un grand nombre de personnes dans l'impossibilité de retirer aucun fruit des ouvrages dus aux hommes les plus éminents de la science et de l'industrie. En empruntant à toutes ces publications les données usuelles importantes pour en former une sorte de *Memento*, un recueil pratique, facile à consulter, formant un ensemble complet, et fournissant immédiatement les renseignements dont on a besoin dans les questions de mécanique, d'industrie, de construction, etc., l'auteur du *Manuel de Technologie physique et mécanique* croit avoir atteint le but qu'il s'est proposé : permettre à chacun d'être au courant des faits importants de la science et de l'industrie, de les consulter aisément, d'en pouvoir faire une application immédiate, sans être obligé d'avoir en sa possession les ouvrages spéciaux qui fournissent ces renseignements et exigent toujours beaucoup de temps pour être consultés avec fruit.

PLAN DE L'OUVRAGE.

PREMIÈRE PARTIE.

Mathématiques : Arithmétique, Algèbre, Géométrie, Trigonométrie.

Sciences physiques : Physique, Chimie.

DEUXIÈME PARTIE.

Mécanique : Principes, Frottements des corps solides, Résistance des matériaux, Pièces de machines.

Moteurs hydrauliques : Cours d'eau, Roues hydrauliques, Machines propres à épuiser et à élever l'eau.

Moteurs à vapeur : Générateurs, Machines à vapeur.

Machines fixes et mobiles. — *Appareils* : Locomotives, Bateaux à vapeur, Machines soufflantes, Scieries, Moulins.

TROISIÈME PARTIE.

Industries et Fabrications : Panification, Fabrication du papier, Filature de coton, Tissage mécanique, Fabrication de la fonte, Moulage de la fonte, Fabrication du fer, Ajustage des pièces de machines.

Chauffage, Ventilation et Éclairage.

Travaux d'art : Eléments de construction, Construction des bâtiments, Ordres d'architecture, Voies de transport.

NOUVEAU MANUEL COMPLET

DE

TECHNOLOGIE

PHYSIQUE ET MÉCANIQUE.

PREMIÈRE PARTIE.

MATHÉMATIQUES ET SCIENCES PHYSIQUES.

ARITHMÉTIQUE ET ALGÈBRE.

Système décimal. — Tout ce qui est susceptible d'augmentation ou de diminution, est ce qu'on appelle *grandeur* ou *quantité*. On ne peut apprécier une grandeur qu'en la rapportant à une autre que l'on prend pour terme de comparaison et qu'on nomme *unité*.

La numération est la manière d'énoncer et d'écrire les nombres avec certains caractères appelés *chiffres;* ceux-ci sont au nombre de 10. Telle est la base du système décimal.

Table des valeurs réciproques des nombres naturels de 1 à 100.

a	$\frac{1}{a}$	a	$\frac{1}{a}$	a	$\frac{1}{a}$	a	$\frac{1}{a}$
2	0.5000	27	0.0370	52	0.0192	77	0.0130
3	0.3333	28	0.0357	53	0.0189	78	0.0128
4	0.2500	29	0.0345	54	0.0185	79	0.0127
5	0.2000	30	0.0333	55	0.0182	80	0.0125
6	0.1667	31	0.0323	56	0.0179	81	0.0123
7	0.1429	32	0.0313	57	0.0175	82	0.0122
8	0.1250	33	0.0303	58	0.0172	83	0.0120
9	0.1111	34	0.0294	59	0.0169	84	0.0119
10	0.1000	35	0.0286	60	0.0167	85	0.0118
11	0.0909	36	0.0278	61	0.0164	86	0.0116
12	0.0833	37	0.0270	62	0.0161	87	0.0115
13	0.0769	38	0.0263	63	0.0159	88	0.0114
14	0.0714	39	0.0256	64	0.0156	89	0.0112
15	0.0667	40	0.0250	65	0.0154	90	0.0111
16	0.0625	41	0.0244	66	0.0152	91	0.0110
17	0.0588	42	0.0238	67	0.0149	92	0.0109
18	0.0556	43	0.0233	68	0.0147	93	0.0108
19	0.0526	44	0.0227	69	0.0145	94	0.0106
20	0.0500	45	0.0222	70	0.0143	95	0.0105
21	0.0476	46	0.0217	71	0.0141	96	0.0104
22	0.0455	47	0.0213	72	0.0139	97	0.0103
23	0.0435	48	0.0208	73	0.0137	98	0.0102
24	0.0417	49	0.0204	74	0.0135	99	0.0101
25	0.0400	50	0.0200	75	0.0133	100	0.0100
26	0.0385	51	0.0196	76	0.0132		

SYSTÈME MÉTRIQUE. — Il y a cinq espèces principales de mesures : les mesures de *longueur*, de *superficie*, de *volume*, de *pesanteur* et les *monnaies*.

On a pris pour unités de chacune de ces mesures :

Pour unité de longueur, le *mètre*;

Pour unité de superficie, l'*are*;

Pour unité de volume, le *stère*, quand il s'agit de matières solides; et le *litre*, pour les liquides et les grains;

Pour unité de poids, le *gramme*.

Pour unité monétaire, le *franc*.

Ces noms génériques, précédés des sept annexes *myria* (10000), *kilo* (1000), *hecto* (100), *déca* (10), *déci* (1/10), *centi* (1/100), *milli* (1/1000), composent toute la nomenclature du nouveau système.

Tableau des Mesures métriques.

NOMS SYSTÉMATIQUES.	VALEUR.
1. Mesures itinéraires.	
Myriamètre.	10,000 mètres.
Kilomètre.	1,000 mètres.
Décamètre	10 mètres.
Mètre.	Unité fondamentale de poids et de mesure.—Dix-millionième partie du quart du méridien terrestre.
Mesures de longueur.	
Décimètre	10e de mètre.
Centimètre.	100e de mètre.
Millimètre	1000e de mètre.
2. Mesures agraires.	
Hectare.	10,000 mètres carrés.
Are.	C'est l'unité, qui vaut 100 mètres carrés.
Centiare	1 mètre carré.
3. Mesures de capacité Pour les liquides.	
Décalitre.	10 décimètres cubes.
Litre	C'est l'unité, qui vaut 1 décim. cube.
Décilitre	10e du décim. cube.

NOMS SYSTÉMATIQUES.	VALEUR.
	Mesures de capacité. Pour les matières sèches.
Kilolitre........	1 mètre cube ou 1,000 décimètres cubes.
Hectolitre........	100 décimètres cubes.
Décalitre........	10 décimètres cubes.
Litre..........	Décimètre cube.
	Mesures de solidité.
Stère.........	Unité qui vaut 1 mètre cube.
Décistère.......	10e de mètre cube.
	4. MESURES DE PESANTEUR.
Millier.........	1,000 kilog. (poids de tonneau de mer.)
Quintal........	100 kilogrammes.
Kilogramme.....	1000 grammes.
Hectogramme....	100 grammes.
Décagramme.....	10 grammes.
Gramme........	Unité de poids ; c'est le poids d'un centimètre cube d'eau à 4° centigrades.
Décigramme.....	10e du gramme ou $10{,}000^e$ du kilog.

Anciennes mesures françaises.

Toise.		Pieds.		Pouces.		Lignes.
1	=	6	=	72	=	864
		1	=	12	=	144
				1	=	12

Livre.		Marcs.		Onces.		Gros.		Scrupules.		Grains.
1	=	2	=	16	=	128	=	384	=	9216
		1	=	8	=	64	=	192	=	4608
				1	=	8	=	24	=	576
						1	=	3	=	72
								1	=	24

Muid.		Septiers.		Boisseaux.		Litrons.
1	=	12	=	144	=	2304
		1	=	12	=	192
				1	=	16

Livre.		Sous.		Deniers.
1	=	20	=	240
		1	=	12

Valeur du pied dans différents pays.

Pied de Paris,	vaut	144	lignes de Paris.	0m.32484
— de Bruxelles,	—	122,2	—	0m 27575
— d'Angleterre,	—	135,1	—	0m.30479
— d'Autriche,	—	140,1	—	0m.31602
— de Prusse,	—	139,1	—	0m.31385
— de Russie,	—	135,1	—	0m.30479

Réduction des pieds de Paris.

PIEDS.	TOISES.	MÈTRES.	PIEDS ET POUCES anglais.		PIEDS DU RHIN.
1	0,16667	0,32484	1	0,7892	1,03500
2	0,33333	0,64968	2	1,5784	2,07001
3	0,50000	0,97452	3	2,3675	3,10501
4	0,66667	1,29936	4	3,1567	4,14013
5	0,83333	1,62420	5	3,9459	5,17502
6	1,00000	1,94904	6	4,7351	6,21002
7	1,16667	2,27388	7	5,5243	7,24502
8	1,33333	2,59872	8	6,3135	8,28003
9	1,50000	2,92355	9	7,1026	9,31503
10	1,66667	3,24839	10	7,8918	10,35003
20	3,33333	6,49679	21	3,7837	20,70006
30	5,00000	9,74518	31	11,6755	31,05010
40	6,66667	12,99358	42	7,5673	41,40013
50	8,33333	16,24197	53	3,4592	51,75016
60	10,00000	19,49037	63	11,3510	62,10019
70	11,66667	22,73876	74	7,2428	72,45023
80	13,33333	25,98715	85	3,1347	82,80026
90	15,00000	29,23555	95	11,0265	93,15029
100	16,66667	32,48394	106	6,9183	103,50032
200	33,33333	64,96789	213	1,8366	207,00065
300	50,00000	97,45183	319	8,7550	310,50097
400	66,66667	129,93577	426	3,6733	414,00129
500	83,33333	162,41972	532	10,5916	517,50162

Réduction des pouces et lignes de Paris.

POUCES.	TOISES.	MILLIMÈTRES	POUCES anglais.	POUCES et LIGNES du Rhin.	
1	0,01389	27,070	1,0658	1	0,420
2	0,02778	54,140	2,1315	2	0,840
3	0,04167	81,210	3,1973	3	1,260
4	0,05556	108,280	4,2631	4	1,680
5	0,06944	135,350	5,3288	5	2,100
6	0,08333	162,420	6,3946	6	2,520
7	0,09722	189,490	7,4604	7	2,940
8	0,11111	216,560	8,5261	8	3,360
9	0,12500	243,630	9,5919	9	3,780
10	0,13889	270,699	10,6577	10	4,200
11	0,15278	297,769	11,7234	11	4,620
LIGNES.					
1	0,00116	2,256	0,0888	0	1,035
2	0,00231	4,512	0,1776	0	2,070
3	0,00347	6,767	0,2664	0	3,105
4	0,00463	9,023	0,3553	0	4,140
5	0,00579	11,279	0,4441	0	5,175
6	0,00694	13,535	0,5329	0	6,210
7	0,00810	15,791	0,6217	0	7,245
8	0,00926	18,046	0,7105	0	8,280
9	0,01042	20,302	0,7993	0	9,315
10	0,01157	22,558	0,8881	0	10,350
11	0,01273	24,814	0,9770	0	11,385

Mesures anglaises comparées aux mesures métriques.

MESURES DE LONGUEUR.	
Anglaises.	*Métriques.*
Inch, pouce (1/36 du yard)	2,539954 centimètres.
Foot, pied (1/3 du yard). .	3,0479449 décimètres.
Yard impérial.	0,9143S348 mètre.
Fathom (2 yards)..	1,82876696 mètre.
Pole ou perch (5 1/2 yards)	5,02911 mètres.
Furlong (200 yards). . . .	201,16437 mètres.
Mile (1760 yards)..	1609,3149 mètres.
Métriques.	*Anglaises.*
Millimètre..	0,03937 pouce.
Centimètre.	0,393708 pouce.
Décimètre..	3,937079 pouces.
Mètre.	39,37079 pouces. 3,2808992 pieds. 1,093633 yard.
Myriamètre.	6,2138 miles.

MESURES DE SUPERFICIE.	
Anglaises.	*Métriques.*
Yard carré.	0,836097 mètre carré.
Rod (perch carré).	25,291939 mètres carrés.
Rood (1210 yards carrés).	10,116775 ares.
Acre (4840 yards carrés)..	0,404671 hectare.
Métriques.	*Anglaises.*
Mètre carré.	1,196033 yard carré.
Are.	0,098845 rood.
Hectare.	2,471143 acres.

MESURES DE CAPACITÉ.

Anglaises.	*Métriques.*
Pint (1/8 de gallon.	0,567932 litre.
Quart (1/4 de gallon).. . .	1,135864 litre.
Gallon impérial..	4,54345797 litres.
Pock (2 gallons)	9,0869159 litres.
Bushel (8 gallons).	36,347664 litres.
Sack (3 bushels).	1,09043 hectolitre.
Quarter (8 bushels).. . . .	2,907813 hectolitres.
Chaldron (12 sacks). . . .	13,08516 hectolitres.
Métriques.	*Anglaises.*
Litre..	1,760773 pint. 0,2200967 gallon.
Décalitre.	2,2009668 gallons.
Hectolitre.	22,009668 gallons.

MESURES DE PESANTEUR.

Anglaises. *Troy.*	*Métriques.*
Grain (24e de penny weight)	0,064798 gramme.
Penny weight.	1,555160 gramme.
Once (12e de livre troy). .	31,103191 grammes.
Livre troy impér. (5760 grains).	373,238296 grammes.
Avoir-du-pois.	
Dram (16e d'once).	1,772 grammes.
Once (16e de la livre). . .	28,349 grammes.
Livre avoir-du-pois (7000 grains).	435,588 grammes.
Quintal (112 livres).	50,80 kilogrammes.
Ton (20 quintaux).	1016,04 kilogrammes.
Métriques.	*Anglaises.*
Gramme	15,4325 grains troy. 0,6430 penny weight. 0,03216 onces troy.
Kilogramme.	2,6793 livres troy. 2,2046 liv. avoir-du-pois

Pieds, pouces et lignes du Rhin, réduits en mètres, millimètres, pieds et pouces anglais. — Pieds, pouces et 10es de pouce anglais, réduits en pieds, pouces et lignes du Rhin; en mètres et millimètres.

NOMBRES.	PIEDS DU RHIN en mètres.	PIEDS DU RHIN en pieds anglais.	PIEDS ANGLAIS en pieds du Rhin	PIEDS anglais en mètres.
Pieds.				
1	0,31385	1,02972	0,97114	0,3048
2	0,62771	2,05944	1,94227	0,6096
3	0,94156	3,08916	2,91341	0,9144
4	1,25541	4,11889	3,88455	1,2192
5	1,56927	5,14861	4,85568	1,5240
6	1,88312	6,17833	5,82682	1,8288
7	2,19697	7,20805	6,79742	2,1336
8	2,51083	8,23777	7,77909	2,4384
9	2,82468	9,26749	8,74023	2,7432
10	3,13853	10,29722	9,71136	3,0480
20	6,27707	20,59443	19,42273	6,0960
30	9,41560	30,89165	29,13409	9,1438
40	12,55414	41,18886	38,84545	12,1918
50	15,69267	51,48608	48,55682	15,2397
60	18,83121	61,78329	58,26818	18,2877
70	21,96974	72,08051	67,97944	21,3356
80	25,10828	82,37772	77,69091	24,3835
90	28,24681	92,67494	87,40227	27,4315
100	31,38535	102,97215	97;11363	30,4794
Pouces.	millimètres.	Pouces anglais	Pouc. et lignes du Rhin.	Millimètres
1	26,154	1,0297	0 11,654	25,4
2	52,309	2,0594	1 11,307	50,8
3	78,463	3,0892	2 10,961	76,2
4	104,618	4,1189	3 10,615	101,6
5	130,772	5,1486	4 10,268	127,0
6	156,927	6,1783	5 9,922	152,4
7	183,081	7,2081	6 9,575	177,8
8	209,236	8,2378	7 9,229	203,2
9	235,390	9,2675	8 8,883	226,6
10	261,545	10,2972	9 8,536	254,0
11	287,699	11,3269	10 8,190	279,4

NOMBRES. Lignes du Rhin.	NOMBRES. 10e de pouce anglais.	PIEDS DU RHIN en mètres.	PIEDS DU RHIN en pieds anglais.	PIEDS ANGLAIS en pieds du Rhin	PIEDS anglais en mètres.
		Millimètres.	Pouces anglais	Pouc. et lignes du Rhin.	Millimètres
1	0,1	2,180	0,0858	0 1,165	2,54
2	0,2	4,359	0,1716	0 2,331	5,08
3	0,3	6,539	0,2574	0 3,496	7,62
4	0,4	8,718	0,3432	0 4,661	10,16
5	0,5	10,898	0,4291	0 5,827	12,70
6	0,6	13,077	0,5149	0 6,992	15,24
7	0,7	15,257	0,6007	0 8,157	17,78
8	0,8	17,436	0,6865	0 9,323	20,32
9	0,9	19,616	0,7723	0 10,488	22,86
10		21,795	0,8581		
11		23,975	0,9439		

Réduction de mesures. — Pour réduire les mesures de superficie et de solidité, on emploie les valeurs suivantes :

Mètre carré. . . . = 0,263244929476 de toise carrée.
Mètre cube. . . . . = 0.135064128946 de toise cube.
Toise carrée. . . . = 3,7987436338 mètres carrés.
Toise cube. . . . . = 7,4038903130 mètres cubes.

Pied carré anglais = 0,092899682963 de mètre carré.
Pied cube anglais = 0,028315311769 de mètre cube.

Pied carré du Rhin = 0,098504017579 de mètre carré.
Pied cube du Rhin = 0,030915830388 de mètre cube.

Un stère. . . . = 0,135064 toise cube = 29,17386 pieds cubes.
Un stère. . . . = 0,521 voie = 0,261 corde.
Une voie. . . . = 1,920 stère.
Une toise cube = 7,403887 mètres cubes.

Pour les mesures de capacité, on fait usage des rapports suivants :

Un litre. . . . = 1,2300 litron = (50,4124 pouc. cub.) = 1,07376 pinte.
Un litron. . . = 0,81302 litre.
Une pinte. . = 0,9313 litre.
Un boisseau = 1,3008 décalitre.
Un hectolitre = 7,6874 boisseaux.

Valeur de l'aune dans différents pays.

Belgique. . .	0m.70	Autriche. . .	0m.77921
France. . . .	1m.20	Prusse. . . .	0m.66694
Angleterre. .	0m.91438	Russie.. . . .	0m.71119

Valeurs de la lieue et du mille dans différents pays.

La *lieue métrique*, en Belgique, est de 5 kilomètres.

Le *mille anglais* vaut 1 kilm.60931

Le *mille autrichien* vaut 7 kilm.58666

Le *mille géographique allemand* (de 15 au degré) vaut 7,40741 kilomètres.

Le *mille prussien* vaut 7,53248 kilom.

Le *werst russe* vaut 1,06678 »

La lieue est de 15,18... au degré, suivant qu'on a divisé le degré de l'équateur terrestre en 15,18... parties.

Lieue de 18 au degré	6,173 kilom.	
— 20 —	5,556 »	
— 25 —	4,445 »	
Lieue de poste ancienne	3,898 »	(2000 toises)
Mille marin de 60 au degré	1,852 »	
Mille de 65 au degré	1,709 »	

Valeur de la livre.

Autriche.	La livre vaut	560gr.012
Prusse.	—	467.702
Russie.	—	409.512

100 kilogrammes, font à			100 livres, poids de		
Amsterdam. .	202 liv.	1 dixième.	Amsterdam, font	49 kil.	409 g
Bruxelles. . .	213	8	Bruxelles.	46	767
Londres. . . .	223	3	Londres.	44	790
Paris.	204	3	Paris.	48	951

Rapports approchés.

76 mètres.	=	39	toises.
19 —	=	16	aunes de F.
40 hectares.	=	117	arpents.
37 stères.	=	5	toises cubes.
13 litres.	=	16	litrons.
70 kilogrammes. . . .	=	143	livres de F.
13 décimètres.	=	4	pieds de P.
3 —	=	11	pouces.
19 mètres carrés. . .	=	5	toises carrées.
5 décimètres cubes.	=	250	pouces cubes.
13 décalitres.	=	10	boisseaux.
11 hectogrammes. . .	=	36	onces.
81 centimètres.	=	2 1/2	pieds.
97 millimètres.	=	43	lignes.
21 décimètres carrés.	=	2	pieds carrés.
22 centimètres carrés	=	3	pouces carrés.
27 litres.	=	29	pintes.
8 décigrammes. . . .	=	15	grains.

Division du jour.

Jour.		Heures.		Minutes.		Secondes.
1	=	24	=	1440	=	86400
		1	=	60	=	3600
				1	=	60

Monnaies. — Le *franc* est l'unité monétaire en Belgique et en France. 5 grammes d'un lingot renfermant 9/10 d'argent et 1/10 d'alliage constituent cette unité.

Le franc vaut 20 sous 3 deniers tournois.

Tableau des monnaies.

Dénomination.	Poids.	Tolérance en millièmes.	Diamètre.
Or (1).	*grammes.*		*millimètres.*
100 fr.	32,2580	1	35
40	12,9032	2	26
20	6,4516	2	21
10	3,1662	2	17
5	1,6129	3	35
Argent.			
5 fr.	25	3	37
2.50 (2)	12,50	5	30
2.00	10	5	27
1.00	5	5	23
0.50	2,50	7	18
0.20 (3)	1	10	15
Billon français.			
0.10	10	10	30
0 05	5	10	25
0.02	2	15	20
0.01	1	15	15
Billon belge.			
0.20 nickel.	7	10	25
0.10 —	4,50	13	21
0.05 —	3	15	19
0.02 cuivre.	4	20	22
0.01 —	2	20	17

Tableau des monnaies anglaises.

Le souverain en or (*gold sovereign*) est pris pour unité

(1) Il n'existe pas de pièces d'or en Belgique ; mais les pièces françaises y ont cours légal.

(2) N'existent qu'en Belgique.

(3) N'existent qu'en France.

de monnaie. La *guinée* a cessé d'avoir cours et n'a qu'une valeur fictive. La mise en circulation du *florin* (2 shillings, un dixième de souverain) a été la première tentative faite pour introduire en Angleterre le système décimal.

Or.				
La guinée (*guinea*) vaut	21 shill.		ou 26 fr.	80 c.
Le souverain.	20		25	30
Le demi-souverain (*half-sovereign*).	10		12	65
Argent.				
L'écu (*crown*).	5		6	32
Le demi-écu (*half-crown*)	2	6 pence	3	16
Le florin.	2	»	2	50
Le shilling.	»	12	1	25
Pièces de six pence. .	»	6	»	63
Cuivre.				
Penny, ...	»	»	»	10
Demi-penny (*half-penny*)	»	»	»	5
Farthing.	»	»	»	2 1/2

EXTRACTION DES RACINES.

Racine carrée. — Pour extraire la racine carrée d'un nombre, il faut séparer ce nombre en tranches de deux chiffres chacune, à commencer par la droite, prendre la racine du plus grand carré contenu dans la première tranche à gauche (qui peut n'avoir qu'un chiffre) et retrancher le carré du chiffre trouvé de cette première tranche à gauche. A côté du reste, on abaisse la seconde tranche du dividende et on sépare, par un point, le dernier chiffre de ce nouveau nombre ; ensuite, on divise la partie à gauche de ce chiffre par le double de la racine déjà trouvée, puis on écrit le quotient à côté du double de la racine. Enfin, on multiplie le nombre ainsi formé par le quotient, et on retranche le produit du premier reste suivi de la seconde tranche. — On abaisse la troisième tranche à côté de ce nouveau reste, et l'on répète, à l'égard du nombre ainsi formé, des opérations semblables aux précédentes, et ainsi de suite, jusqu'à ce que toutes les tranches aient été abaissées.

Racine cubique. — Il faut, pour extraire la racine cubique d'un nombre entier, séparer ce nombre en tranches de trois chiffres chacune, à commencer par la droite, prendre la racine cubique du plus grand cube contenu dans la première à gauche (qui peut n'avoir qu'un chiffre ou deux), et soustraire ce cube de cette tranche. A côté du reste, on abaisse la deuxième tranche, on sépare les deux derniers chiffres à droite par une virgule, et on divise la partie à gauche par le triple carré de la racine trouvée; le quotient exprime le deuxième chiffre de la racine cherchée, ou un chiffre plus grand. On vérifie ce quotient en soustrayant, des deux premières tranches, le cube des deux chiffres trouvés à la racine. — On abaisse ensuite la troisième tranche à côté du reste, et l'on répète, à l'égard du nombre ainsi formé, des opérations semblables à celles que nous venons d'indiquer. On continue ainsi jusqu'à ce qu'on ait abaissé toutes les tranches.

Racines de degré élevé. — Si on connaît un nombre a approché de la racine $m^{\text{ième}}$ de A, on a, en représentant par b, la différence entre A et a^m : $A = a^m \pm b$ et

$$\sqrt[m]{A} = a \pm z$$

z étant la correction que doit recevoir a.

Par des développements et des transformations, on obtient, pour valeur approchée de $\sqrt[m]{A}$, l'équation suivante :

$$\sqrt[m]{A} = a \frac{(m+1)A + (m-1)a^m}{(m-1)A + (m+1)a^m}$$

PROGRESSIONS ET LOGARITHMES.

Progressions. — Une *progression par différence* est une suite de termes dans laquelle chacun diffère de celui qui le précède d'une *quantité constante,* positive ou négative, qu'on appelle *raison* ou *différence* Une *progression par quotient* est une suite de termes dans laquelle chacun est égal à celui qui le précède, multiplié par une quantité constante nommée la *raison* de la progression.

Désignant par a le premier terme d'une progression, d le dernier terme, q la raison, n le nombre de termes, et S la somme des termes, on a :

1° Pour une progression par différence :

$$d = a + q\,(n - 1)$$

$$S = \frac{(a + d)\,n}{2}$$

2° Pour une progression par quotient :

$$d = a \times q^{n-1}$$

$$S = \frac{d\,q - a}{q - 1}$$

Logarithmes. — Considérons deux progressions, l'une *par différence,* commençant par 0 et ayant pour raison 1; l'autre *par quotient,* dont le premier terme est 1, et la raison 10.

÷ 0. 1. 2. 3. 4. . . . *Logarithmes.*
÷÷ 1. 10. 100. 1,000. 10,000. . . *Nombres.*

Chaque terme de la première est dit le *logarithme du nombre* correspondant de la deuxième : ainsi, 0 est le logarithme de 1, 1 celui de 10, et 2 celui de 100, etc.

On appelle *base d'un système* de logarithmes le nombre qui a pour logarithme 1. Dans l'exemple précédent, 10 est donc la base du système, et 1 se nomme la *caractéristique.*

Les principales règles des logarithmes sont :

1° *Le logarithme d'un produit est égal à la somme des logarithmes de chacun des facteurs :* $\log\ ab = \log\ a + \log\ b$;

2° *Le logarithme du quotient de la division de deux nombres est égal à l'excès du logarithme du dividende sur celui du diviseur :* $\log \frac{a}{b} = \log a - \log b$;

3° *Le logarithme de la racine quelconque d'un nombre est le quotient du logarithme de ce nombre divisé par le degré de cette racine :* $\log \sqrt[n]{a} = \frac{\log a}{n}$

4° *Le logarithme d'une puissance de degré quelconque, d'un nombre, est égal au logarithme de ce nombre multiplié par l'exposant de la puissance :* $a^n = n \times \log a$.

Table des logarithmes ordinaires.

Nombres.	Logarithmes.	Nombres.	Logarithmes.	Nombres.	Logarithmes.
1	0,0000	20	2,3010	100	2,0000
2	0,3010	25	2,3979	104	2,0170
3	0,4771	30	3,4771	105	2,0212
4	0,6021	35	3,5441	106	2,0253
5	0,6990	40	4,6021	200	2,3010
6	0,7781	45	4,6532	204	2,3096
7	0,8451	50	5,6990	205	2,3118
8	0,9031	55	5,7405	206	2,3139
9	0,9542	60	6,7782	300	2,4771
10	1,0000	65	6,8129	400	2,6021
11	1,0414	70	7,8451	404	2,6063
12	1,0792	75	7,8751	405	2,6075
13	1,1139	80	8,9031	406	2,6085
14	1,1461	85	8,9294	1000	3,0000
15	1,1761	90	9,9542	2000	3,3010
16	1,2041	95	9,9777	3000	3,4771

e base des logarithmes népériens $= 0,4343$

$$\log e = -0,3622.$$

$$\frac{1}{\log e} = 2,3026.$$

GÉOMÉTRIE.

Mesure des polygones. — Soient B la base d'un polygone, H sa hauteur, P son périmètre et A l'apothème, on a pour la mesure des polygones :

Triangle $= B \times \frac{H}{2}$.

Parallélogramme $= B \times H$.

Trapèze $= \frac{B + b}{2} H = H \times m$.

b étant la petite base opposée à B, et m la droite parallèle aux bases, qui joint les milieux des côtés concourants.

Quadrilatère $= D \frac{H + h}{2}$.

H et h étant les perpendiculaires abaissées des 2 sommets opposés à la diagonale D.

Polygone régulier $= P \times \frac{A}{2}$.

Mesure des lignes courbes. — Désignant par C, c, les circonférences de deux cercles de rayons R, r, on a :

$$C : c = R : r,$$

ce qui donne $\frac{C}{2R} = \frac{c}{2r}$ = quantité constante qu'on représente par π.

L'aire d'un cercle $= C \frac{R}{2} = \pi R^2 = \pi \frac{D^2}{4}$, D étant le diamètre 2 R.

L'aire d'une couronne circulaire $= (R^2 - r^2)\pi = \left(\frac{D^2 - d^2}{4}\right)\pi$.

L'aire d'un secteur AOBI $= \frac{R}{2} \times a$, a étant l'arc AIB.

L'*aire du segment* ALBI = l'aire du secteur moins le triangle AOBL.

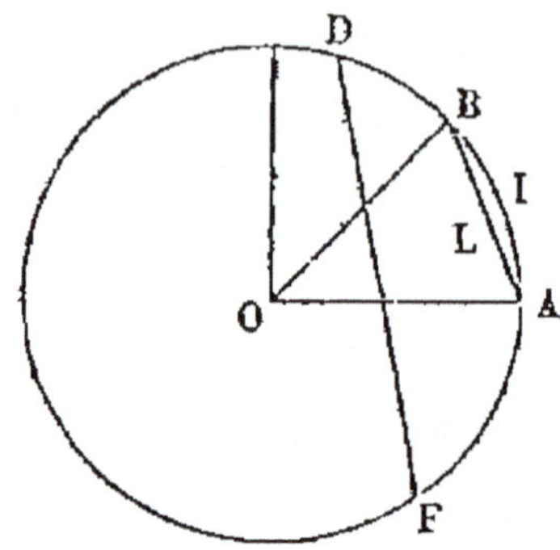

L'*aire de l'espace* BAFD = la différence des 2 segments DIF et BIA. Cet espace prend le nom de *zône circulaire*, lorsque les cordes DF et BA sont parallèles.

Tableau relatif aux polygones réguliers.

NOMS.	NOMBRE des côtés.	ANGLE interne.	ANGLE central.	Apothème (Le côté étant 1 ou l'unité.)	Surface. (Le côté étant 1 ou l'unité.)
Triangle équilatéral.	3	60°	120°	0,2887	0,4333
Carré.	4	90	90	0,5000	1
Pentagone.	5	108	72	0,6881	1,7204
Hexagone.	6	120	60	0,8660	2,5980
Heptagone.	7	128 34′	51 25′	1,0382	3,6339
Octogone.	8	135	45	1,2071	4,8284
Ennéagone.	9	140	40	1,3737	6,1818
Décagone.	10	144	36	1,5388	7,6942
Endécagone.	11	147 16′	32 43′	1,7038	9,3656
Dodécagone.	12	150	30	1,8650	11,1961

Relations entre les cercles et les carrés.

Le diamètre du cercle. . . × 0,8862 } = le côté du carré équivalent.
La circonférence du cercle. × 0,2821 }

Le diamètre.	× 0,7071	= le côté du carré inscrit.
La circonférence.	× 0,2251	= le côté du carré inscrit.
La surface du cercle. . . .	× 0,6366	= la surface du carré inscrit.
Le côté du carré inscrit. . .	× 1,4142	= le diamètre du cercle circonscrit.
Le côté d'un carré inscrit. .	× 4,443	= la circonférence du cercle circonscrit.
Le côté d'un carré.	× 1,128	= le diamètre d'un cercle équivalent.
Le côté d'un carré.	× 3,545	= la circonférence d'un cercle équivalent.

L'hypoténuse d'un triangle rectangle inscrit = le diamètre du cercle.

Le côté du carré circonscrit = le diamètre.

Le côté de l'hexagone régulier inscrit = le rayon.

Le côté d'un triangle équilatéral inscrit : au rayon = $\sqrt{3} : 1$.

Le côté d'un triangle équilatéral circonscrit = $2\sqrt{3}$.

Le côté du décagone inscrit = 0,615, pour le rayon = 1.

Données diverses.

$\pi = 3{,}141592653.$

$2\pi = 6{,}28318.$

$\frac{1}{\pi} = 0{,}63662.$

$\pi^2 = 9{,}86960.$

$\frac{1}{\pi^2} = 0{,}1013.$

$\sqrt{\pi} = 1{,}77245.$

$\frac{\pi}{2}$ = arc de 90° = 1,5708.

$\frac{\pi}{4}$ = arc de 45° = 0,7854.

$\frac{\pi}{180}$ = (longueur de l'arc de 1° dans le cercle de rayon = 1) = 0,01745.

Log π = 0,4971498726.
Log de 360° ou 1296000″ = 6,1126050.
Log de 24^h ou 864000″ = 4,9375137.
Log de l'arc égal au rayon = 5,3144251.
Log d'un mètre réduit en toise = — 0,2898199.
Log d'une toise en mètre = 0,2898199.

Aires et volumes des solides. — Appelons s la surface latérale d'un solide, S la surface totale, V le volume, P le périmètre, B la base, H la hauteur totale, L l'apothème, R le rayon de la sphère, r et r' les rayons de base des solides, on a :

Pyramide : $s = P\frac{L}{2}$ $S = P\frac{L}{2} + B$ $V = \frac{1}{3} BH$

Prisme : $s = PH$ $S = PH + 2B$ $V = BH$

Cylindre droit : $s = 2\pi r H$ $S = 2\pi r(H + r)$ $V = \pi r^2 H$

Cône droit : $s = \pi r H$ $S = \pi r\sqrt{H^2 + r^2}$ $V = \frac{1}{3}\pi r^2 H$

Tronc de cône droit : $s = \pi(r + r')L$ $S = \pi\{(r + r')L + (r^2 + r'^2)\}$

$$V = \frac{1}{3}\pi H(r^2 + r'^2 + rr').$$

Sphère : $S = 4\pi R^2$ $V = \frac{4}{3}\pi R^3$.

Calotte sphérique ou zône : $s = 2\pi RH$ $S = \pi(2RH + r^2 + r'^2)$.

Fuseau : $s = 2Ra$, a étant son arc.

Secteur sphérique : $V = \frac{2}{3}\pi R^2 H$.

Tranche sphérique, ou Segment à 2 bases. $V = \frac{1}{2}\pi(B^2 + b^2)H + \frac{1}{6}\pi H^3$ b étant la seconde base.

Segment sphérique à 1 base : $V = \frac{1}{6}\pi H(3B^2 + H^2)$

Onglet sphérique : $V = \frac{2}{3} R^2 a$, a étant l'arc du fuseau qui lui sert de base.

Volume d'une cheminée. — On peut calculer le volume d'une cheminée, et, par suite, son poids, à l'aide des théorèmes qui donnent le volume d'un tronc de cône ou de pyramide.

1° Si la cheminée est conique intérieurement et extérieurement, l'expression de son volume sera :

$$V = \pi h \left\{ e^2 + 2re + khe + (k-i)h\left(r + \frac{k+i}{3}h\right)\right\}$$

appelant r, e, son rayon intérieur et son épaisseur à la partie supérieure; h, la hauteur; k, i, les pentes extérieures et intérieures; R, E, son rayon intérieur et son épaisseur à la partie inférieure, posant :

$$R = r + ih \text{ et } E = e + (K - i)h;$$

2° Si la cheminée est cylindrique intérieurement, conique extérieurement, $i = o$, donc

$$V = \pi h \left\{ e^2 + khe + 2re + kh\left(r + \frac{kh}{3}\right)\right\}$$

3° Si la cheminée est de section carrée, pyramidale à l'intérieur et à l'extérieur, on a, en appelant a, A, les côtés de la section intérieure au haut et au bas de la cheminée :

$$V = \pi h \left\{ e^2 + 2ae + khe + (k-i)h\left(a + \frac{k+i}{3}h\right)\right\}$$

formule semblable à la première;

4° Si la cheminée est prismatique intérieurement, on fait encore $i = o$;

5° Si la cheminée est cylindrique ou prismatique intérieurement et extérieurement, on fait dans les formules précédentes $k = o$ et $i = o$.

TRIGONOMÉTRIE.

Lignes et relations trigonométriques. — L'objet spécial de la trigonométrie est la résolution des triangles. Les angles se désignent par les arcs qui leur servent de mesure; la *circonférence* est divisée en 360 degrés, le *degré* en 60 minutes, la *minute* en 60 secondes, etc.

C'est au moyen des lignes trigonométriques qu'on établit les relations qui existent entre les angles et les côtés des triangles; ces lignes sont le *sinus*, le *cosinus*, la *tangente*, la *cotangente*, la *sécante*, la *cosécante*.

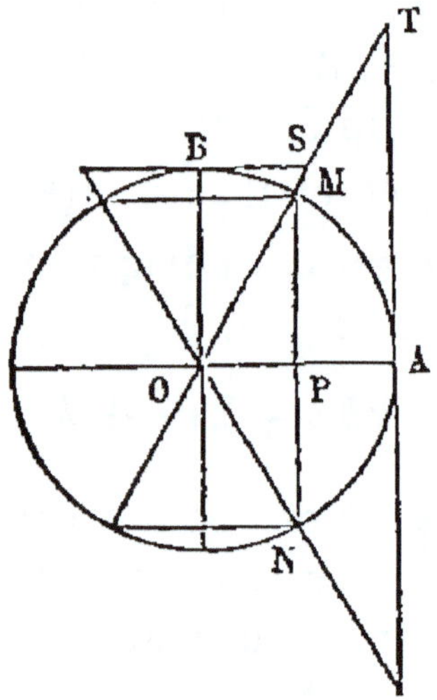

Appelons a l'arc AM, son sinus est MP, sa tangente est AM, sa sécante est OT; l'on écrit :

$$MP = \sin a,\ AT = \text{tang}\ a,\ OT = \text{séc}\ a.$$

Le *complément* d'un arc ou d'un angle est ce qu'il lui faut ajouter pour avoir le cadran 90°. — Le cosinus, la cotangente et la cosécante d'un arc, sont le sinus, la tangente et la sécante du complément de cet arc.

$$OP = \cos a,\ BS = \text{cotg}\ a,\ OS = \text{coséc}\ a.$$

Lorsqu'un angle est plus grand que 90°, son complément est négatif.

Le *supplément* d'un arc ou d'un angle est ce qu'il faut lui ajouter pour avoir 180°.

Formules trigonométriques. — Dans ces formules, on a pris le rayon $r = 1$.

1
$$\left\{\begin{array}{ll} \text{Sin}^2 a + \cos^2 a = 1, & \sec^2 a = \text{tang}^2 a + 1; \\ \text{Tang}\, a = \dfrac{\sin a}{\cos a}, & \sec a = \dfrac{1}{\cos a}; \\ \text{Cotg}\, a = \dfrac{\cos a}{\sin a}, & \text{coséc}\, a = \dfrac{1}{\sin a}; \\ \text{Tang}\, a \times \text{cotg}\, a = 1, & \text{coséc}^2 a = 1 + \text{cotg}^2 a; \end{array}\right.$$

2
$$\left\{\begin{array}{l} \text{Sin}\,(a \pm b) = \sin a \cos b \pm \cos a \cos b. \\ \text{Cos}\,(a \pm b) = \cos a \cos b \mp \sin a \sin b. \end{array}\right.$$

3
$$\left\{\begin{array}{l} \text{Sin}\, 2a = 2 \sin a \cos a. \\ \text{Cos}\, 2a = \cos^2 a - \sin^2 a. \end{array}\right.$$

4
$$\left\{\begin{array}{l} \text{Sin}\, 3a = 3 \sin a - 4 \sin^3 a. \\ \text{Cos}\, 3a = 4 \cos^3 a - 3 \cos a. \end{array}\right.$$

5
$$\left\{\begin{array}{l} 2 \sin \dfrac{1}{2} a \ \cos \dfrac{1}{2} a = \sin a \\ \text{Cos}^2 \dfrac{1}{2} a - \sin^2 \dfrac{1}{2} a = \cos a \\ \text{Sin}\, \dfrac{1}{2} a = \sqrt{\dfrac{1 - \cos a}{2}} \\ \text{Cos}\, \dfrac{1}{2} a = \sqrt{\dfrac{1 + \cos a}{2}} \end{array}\right.$$

6
$$\left\{\begin{array}{l} \text{Tang}\,(a \pm b) = \dfrac{\text{tang}\, a \pm \text{tang}\, b}{1 \mp \text{tang}\, a\ \text{tang}\, b} \\ \text{Tang}\, 2a = \dfrac{2\, \text{tang}\, a}{1 - \text{tang}^2 a} \\ \text{Tang}\, \dfrac{1}{2} a = \dfrac{1 - \cos a}{\sin a} \end{array}\right.$$

7
$$\left\{\begin{array}{l} \text{Sin}\, a + \sin b = 2 \sin \dfrac{1}{2}(a + b) \cos \dfrac{1}{2}(a - b) \\ \cos a + \cos b = 2 \cos \dfrac{1}{2}(a + b) \cos \dfrac{1}{2}(a - b) \end{array}\right.$$

Table des lignes trigonométriques.

Degrés.	Sinus.	Cosinus.	Tangente.	Cotangente.	Degrés.
0	0	1,0000	0	infinie	90
1	0,0175	0,9998	0,0175	57,2899	89
2	0,0349	0,9994	0,0349	28,6363	88
3	0,0523	0,9986	0,0524	19,0811	87
4	0,0698	0,9976	0,0699	14,3007	86
5	0,0872	0,9962	0,0875	11,4301	85
6	0,1045	0,9945	0,1051	9,5114	84
7	0,1219	0,9925	0,1228	8,1443	83
8	0,1392	0,9903	0,1405	7,1154	82
9	0,1564	0,9877	0,1584	6,3138	81
10	0,1736	0,9848	0,1763	5,6713	80
11	0,1908	0,9816	0,1944	5,1446	79
12	0,2079	0,9781	0,2126	4,7046	78
13	0,2250	0,9744	0,2309	4,3315	77
14	0,2419	0,9703	0,2393	4,0108	76
15	0,2588	0,9659	0,2679	3,7321	75
16	0,2756	0,9613	0,2867	3,4874	74
17	0,2924	0,9563	0,3057	3,2709	73
18	0,3090	0,9511	0,3249	3,0777	72
19	0,3236	0,9455	0,3443	2,9042	71
20	0,3420	0,9397	0,3640	2,7475	70
21	0,3584	0,9336	0,3839	2,6051	69
22	0,3746	0,9272	0,4040	2,4751	68
23	0,3907	0,9205	0,4245	2,3559	67
24	0,4067	0,9135	0,4452	2,2460	66
25	0,4226	0,9063	0,4663	2,1445	65
26	0,4384	0,8988	0,4877	2,0503	64
27	0,4540	0,8910	0,5095	1,9626	63
28	0,4695	0,8829	0,5317	1,8807	62
29	0,4848	0,8746	0,5543	1,8040	61
30	0,5000	0,8660	0,5774	1,7321	60
31	0,5150	0,8572	0,6009	1,6643	59
32	0,5299	0,8480	0,6249	1,6003	58
33	0,5446	0,8387	0,6494	1,5399	57
Degrés.	Cosinus.	Sinus.	Cotangente	Tangente.	Degrés.

Suite de la table des lignes trigonométriques.

Degrés.	Sinus.	Cosinus.	Tangente.	Cotangente	Degrés.
34	0,5592	0,8290	0,6745	1,4826	56
35	0,5736	0,8192	0,7002	1,4281	55
36	0,5878	0,8090	0,7265	1,3764	54
37	0,6018	0,7986	0,7536	1,3270	53
38	0,6157	0,7880	0,7813	1,2799	52
39	0,6293	0,7771	0,8098	1,2349	51
40	0,6428	0,7660	0,8391	1,1918	50
41	0,6560	0,7547	0,8693	1,1504	49
42	0,6691	0,7431	0,9004	1,1106	48
43	0,6820	0,7314	0,9325	1,0724	47
44	0,6947	0,7193	0,9657	1,0355	46
45	0,7071	0,7071	1,0000	1,0000	45
Degrés.	Cosinus.	Sinus.	Cotangente	Tangente.	Degrés.

Dans la table précédente, le rayon est $r = 1$; si l'on prend $r = 10^{10}$, il faut multiplier chaque valeur de la table par 10.

Relations entre les côtés et les angles d'un triangle rectiligne. — Désignons par A, B, C, les angles d'un triangle, et par a, b, c, les côtés opposés; on a les relations suivantes :

$$b = a \sin B$$

$$b = c \operatorname{tang} B$$

$$\sin A : \sin B = a : b$$

$$a^2 = b^2 + c^2 - 2bc \cos A$$

$$b^2 = a^2 + c^2 - 2ac \cos B$$

$$c^2 = a^2 + b^2 - 2ab \cos C$$

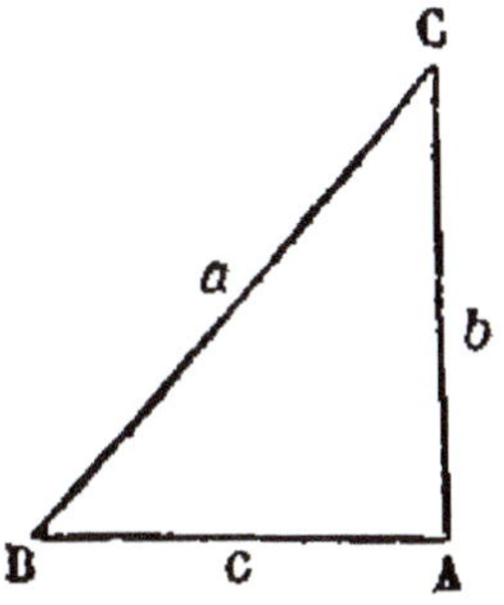

$$\frac{\operatorname{Sin} A}{a} = \frac{\sin B}{b} = \frac{\sin C}{c}$$

$$= \frac{\sqrt{2a^2b^2 + 2a^2c^2 + 2b^2c - a^4 - b^4 - c^4}}{2abc}$$

Résolution des triangles rectilignes.

Triangles rectilignes rectangles. — Quatre cas peuvent se présenter :

1° On connaît l'hypoténuse a, un angle aigu B ; il s'agit de déterminer l'angle C et les deux côtés b et c :

On a :

$$C = 90° - B$$
$$b = a \sin B$$
$$c = a \cos B$$

d'où

$$\log b = \log a + \log \sin B - 10 \text{ (1)}$$
$$\log c = \log a + \log \cos B - 10.$$

2° Connaissant le côté b de l'angle droit et l'angle aigu B, il faut calculer C, a, c :

$$C = 90° - B$$

$$a = \frac{b}{\sin B}$$

$$c = b \operatorname{tang} C = b \operatorname{cotg} B$$
$$\log a = \log b - \log \sin B + 10$$
$$\log c = \log b + \log \operatorname{tang} C - 10$$

3° Etant donnés l'hypoténuse a et un côté c de l'angle droit, il faut trouver les angles B et C et le côté b :

$$\sin B = \frac{b}{a}$$

$$\log \sin B = \log b - \log a + 10$$
$$C = 90° - B$$
$$b = a \sin B$$
$$\log b = \log a + \log \sin B - 10$$

(1) Il faut retrancher 10 de chaque logarithme de lignes trigonométriques, parce que le rayon a été pris égal à l'unité.

4° Les deux côtés b et c de l'angle droit étant connus, on demande l'hypoténuse a et les angles B et C :

$$\text{tang B} = \frac{b}{c}$$

$$\log \text{tang B} = \log b - \log c + 10$$
$$C = 90° - B$$

$$a = \frac{b}{\sin B}$$

$$\log a = \log b - \log \sin B + 10$$

Triangles rectilignes quelconques. — La résolution de ces triangles présente quatre cas :

1° On donne a, A, B ; on cherche C, b, c :

$$C = 180° - (A + B)$$
$$\sin A : \sin B = a : b$$
$$\sin A : \sin C = a : c, \qquad \text{d'où}$$
$$\log b = \log a + \log \sin B - \log \sin A$$
$$\log c = \log a + \log \sin C - \log \sin A$$

2° On donne a, b, A ; on cherche c, C, B :

$$a : b = \sin A : \sin B, \qquad \text{d'où}$$
$$\log \sin B = \log b + \log \sin A - \log a$$
$$C = 180° - (A + B)$$
$$\text{Sin A} : \sin C = a : c \qquad \text{d'où l'on tire}$$
$$\log c = \log a + \log \sin C - \log \sin A$$

3° On donne a, b, C ; on cherche c, A, B :

$$a : b = \sin A : \sin B, \qquad \text{ou}$$
$$a + b : a - b = \sin A + \sin B : \sin A - \sin B$$
$$= \text{tang} \frac{1}{2}(A + B) : \text{tang} \frac{1}{2}(A - B)$$

Or $\frac{1}{2}(A+B)=\frac{1}{2}(180^\circ - C)=90^\circ-\frac{1}{2}C$

ce qui donne A et B, puisque

$$A=\frac{A+B}{2}+\frac{A-B}{2}$$

$$B=\frac{A+B}{2}-\frac{A-B}{2}$$

On obtient c par :

$$\sin A : \sin C = a : c$$

ou mieux, par

$$c=\frac{(a+b)\sin\frac{1}{2}C}{\cos\frac{1}{2}(A-B)}$$

d'où

$$\log c=\log(a+b)+\log\sin\frac{1}{2}C-\log\cos\frac{1}{2}(A-B)$$

4° On donne a, b, c; on cherche A, B, C :

Faisons le périmètre $a+b+c=2t$

$$\tang\frac{1}{2}A=\sqrt{\frac{(t-b)(t-c)}{t(t-a)}}$$

$$\tang\frac{1}{2}B=\sqrt{\frac{(t-a)(t-c)}{t(t-b)}}$$

$$\tang\frac{1}{2}C=\sqrt{\frac{(t-a)(t-b)}{t(t-c)}}$$

de ces formules on tire :

$$\log\tang\frac{1}{2}A=\frac{1}{2}\left\{\log(t-b)+\log(t-c)+k\log t+k\log(t-a)\right\}$$

$$\log\tang\frac{1}{2}B=\frac{1}{2}\left\{\log(t-a)+\log(t-c)+k\log t+k\log(t-b)\right\}$$

$$\log\tang\frac{1}{2}C=\frac{1}{2}\left\{\log(t-a)+\log(t-b)+k\log t+k\log(t-c)\right\}$$

Mesure des cordes et des arcs. — Désignons par C la corde A C, par a l'arc A B C, par R le rayon O B; le triangle A O D rectangle en D donne :

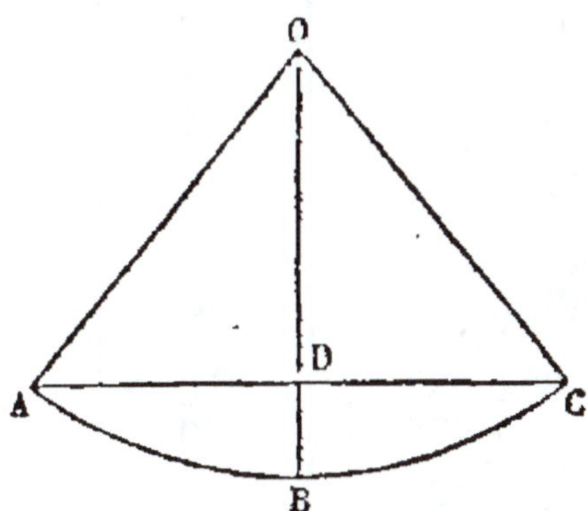

$$AD = AO \sin \frac{1}{2} a = R \sin \frac{1}{2} a$$

et par suite :

$$C = 2 R \sin \frac{1}{2} a$$

Cette équation donne la *graduation* d'un arc dont on connaît la corde, ou réciproquement.

TABLE

Indiquant la longueur d'un arc dont le rayon est l'unité.

DEGRÉ.	LONGUEUR.	DEGRÉ.	LONGUEUR.
1	0,0174533	50	0,8726646
2	0,0349066	60	1,0471976
3	0,0523599	70	1,2217305
4	0,0698132	80	1,3962634
5	0,0872665	90	1,5707963
6	0,1047198	100	1,7453293
7	0,1221730	120	2,0943951
8	0,1396263	150	2,6179939
9	0,1570796	180	3,1415927
10	0,1745329	210	3,6651914
14	0,2443460	240	4,1887902
18	0,3141573	270	4,7123890
20	0,3490659	300	5,2359878
30	0,5235988	330	5,7595865
40	0,6981317	360	6,2831853

MINUTE.	LONGUEUR.	SECONDE.	LONOUEUR.
1	0,0002909	1	0,0000048
2	0,0005818	2	0,0000097
3	0,0008727	3	0,0000145
4	0,0011636	4	0,0000194
5	0,0014544	5	0,0000242
6	0,0017453	6	0,0000291
7	0,0020362	7	0,0000339
8	0,0023271	8	0,0000388
9	0,0026180	9	0,0000436
10	0,0029089	10	0,0000485
20	0,0058178	20	0,0000970
30	0,0087266	30	0,0001454
40	0,0116355	40	0,0001809
50	0,0145444	50	0,0002424

PHYSIQUE.

La physique a pour objet l'étude des phénomènes que présentent les corps, pour autant que ceux-ci n'éprouvent aucune altération dans leur composition.

Le nom de *matière* ou *substance* s'applique à tout ce qui tombe sous nos sens; celui de *corps* se rapporte à toute quantité de matière limitée.

Les corps se présentent sous l'un des trois états suivants : l'état *solide*, l'état *liquide*, l'état *gazeux*. — Sous le nom général de *fluides*, on désigne les liquides et les gaz.

Poids spécifique. — Densité. — On appelle *poids spécifique* d'un corps, le rapport de son poids relatif, sous un certain volume, à celui d'un égal volume d'eau distillée et à + 4°.

La *densité* est le rapport de la masse d'un corps à son volume. Elle est au poids spécifique, ce que la masse est au poids.

Table des poids d'un décimètre cube de quelques fluides élastiques, à 0° et 0m.76.

NATURE DES GAZ.	POIDS en grammes.
Air atmosphérique	1,293
Chlore	4,209
Cyanogène	2,347
Vapeur d'alcool absolu	2,096
— d'eau	0,810
— d'essence de térébenthine	6,517
— d'éther sulfurique	3,395
— — chlorhydrique	2,883
— d'iode	11,205
Gaz acide carbonique	1,974
— ammoniacal	0,775
— azote	1,258
— chloride hydrique	1,619
— hydrogène	0,095
— oléfiant	1,275
— oxyde carbonique	1,243
— oxygène	1,433
— chlorocianique	2,744

Table des poids d'un décimètre cube d'air à diverses températures et sous la pression 0m.76.

TEMPÉR.	POIDS en grammes.	TEMPÉR.	POIDS en grammes.	TEMPÉR.	POIDS en grammes.
0	1,293	80	1,000	300	0,611
5	1,275	100	0,945	350	0,562
10	1,252	150	0,831	400	0,519
20	1,208	200	0,741	450	0,483
40	1,129	250	0,670	500	0,445
60	1,060				

TABLE

Des poids spécifiques des gaz et des vapeurs, celle de l'air à 0° et à 0m.76 étant prise pour unité, et les vapeurs étant ramenées par le calcul à 0° et à 0m 76.

GAZ ET VAPEURS.	POIDS spécifiq.	GAZ ET VAPEURS.	POIDS spécifiq.
Acide acétique.. .	2,77	Ether	2,586
— arsénieux. .	13,30	Essence de térébenthine.	4,763
— azotique. .	1,270	Gaz des marais. .	0,565
— carbonique	1,529	Gaz oléfiant. . . .	0,978
— sulfurique .	3,000	Hydrogène.	0,0691
Air.	1,000	Iode.	8,716
Alcool.	1,613	Liqueur des Hollandais	3,443
Ammoniaque . . .	0,596	Mercure.	6,976
Arsenic	10,600	Oxygène.	1,106
Azote.	0,972	Oxyde azotique. .	1,0388
Brôme.	5,540	— carbonique	0,957
Camphre.	5,468	Phosphore.	4,420
Chlore.	2,470	Soufre.	6,617
Chloride hydrique	1,247	Sulfide hydrique.	1,191
Cyanogène.	1,806		
Eau	0,6235		

TABLE

Des poids spécifiques des liquides, celle de l'eau a 4° étant prise pour unité.

LIQUIDES.	POIDS spécifique.
Acide acétique.	1,068
— azotique.	1,220
— oléique.	0,898
— hyposulfurique.	1,347
Alcool absolu.	0,792
Ammoniaque.	1,420
Bière.	1,034
Brôme.	2,966
Chloride hydrique.	1,208
Chloroforme.	1,525
Cyanide hydrique.	0,696
Eau distillée.	1,000
— de pluie.	1,000
— bouillante.	0,963
— de rivière.	0,985
Eau-de-vie.	0,913
Essence de térébenthine.	0,869
Ether.	0,715
Huile de lin..	0,940
— d'olive.	0,915
Lait de chèvre.	1,034
Mercaptan.	0,840
Mercure à 0°.	13,596
Naphte.	0,847
Opium.	1,336
Vin de Bordeaux.	0,994
— de Bourgogne.	0,992
— de Madère.	1,038
Vinaigre blanc.	1,013
— rouge..	1,025

TABLE

des poids spécifiques des solides, celle de l'eau à 4° étant prise pour unité.

Corps simples.

NOMS des substances.	POIDS spécifique	NOMS des substances.	POIDS spécifique
Acier non trempé	7k.833	Nickel fondu . .	8k.279
Acier trempé. . .	7,816	Or forgé pur . .	19,362
Antimoine.	6,720	Or des pièces de monnaie. . . .	18,174
Argent fondu. . .	10,474	Osmium.	10,000
Argent forgé pur.	10,511	Palladium. . . .	11,300
Arsenic.	5,67	Phosphore. . . .	1,77
Bismuth.	9,822	Platine laminé .	22,069
Cadmium écroui.	8,69	Platine forgé . .	20,336
Carbone { diamant.	3,59	Plomb fondu . .	11,352
Carbone { graphite.	2,50	Potassium. . . .	0,865
Chrome.	5,90	Rhodium	10,649
Cobalt fondu. . .	7,812	Sélénium	4,30
Cuivre fondu. . .	8,788	Sodium	0,972
Cuivre forgé.. . .	8,878	Soufre	2,086
Etain	7,291	Tellure	6,240
Fer fondu	7,200	Titane..	5,300
Fer en barre. . .	7,788	Tungstène. . . .	17,600
Iode.	4,948	Urane..	9,00
Iridium.	18,680	Vanadium. . . .	
Manganèse	8,010	Zinc	7,191
Mercure à 0° . . .	13,598		
Molybdène.. . . .	8,611		

Substances diverses.

SUBSTANCES.	POIDS SPÉCIF.
Albâtre.	2,700
Alun.	1,714
Anthracite.	1,6 à 2,1
Ardoise.	2,81
Argent rouge.	5,80
Argile.	1,927
Beurre.	0,942
Blende.	4,16
Bois. — Aune.	0,800
— Buis.	0,912
— Cèdre.	0,579
— Cerisier.	0,715
— Chêne frais.	0,930
— id. sec	1,670
— id. de 60 ans (cœur).	1,17
— Frêne.	0,845
— Gaïac.	1,331
— Hêtre.	0,852
— Liège.	0,240
— Néflier	0,94
— Noyer.	0,671
— Orme.	0,671
— Osier.	0,542
— Peuplier.	0,383
— Pin.	0,498
— Sapin.	0,550
— Tilleul	0,604
— Vigne.	1,327
Brique.	1,856
Bronze.	8,95
Café.	0,645
Calamine.	3,40
Charbon de bois.	0,220
— de terre.	1,240
— en poudre.	1,50
Chaux sulfatée.	2,168
— vive.	0,842
Cire blanche.	0.960
— jaune.	0,964

SUBSTANCES.	POIDS SPÉCIF.
Cobalt gris.	6,29
Craie.	2,285
Cristal de roche.	2,653
Cuivre gris.	4,3 à 5,0
Dolomie.	2,80
Fer spathique.	3,85
Flint-glass.	3,33
Galène.	7,58
Glace.	0,916
Gomme arabique.	1,452
Graisse de bœuf.	0,923
Granit	2,65
Graphite le plus dense.	2,5
Gypse.	2,33
Houille compacte.	1,329
Ivoire.	1,826
Laiton	8,30
Lard.	0,948
Marbre ordinaire.	2,65
Miel.	1,450
Nickel gris.	6,10
Noix de galle	1,034
Pierre à aiguiser	2,658
— à bâtir, grossière.	1,7 à 1,9
Porcelaine de Chine.	2,38
Porphyre.	2,67
Pyrite.	5,00
Sable de rivière.	1,885
Salpêtre.	1,900
Sandaraque	1,092
Sel ammoniac.	1,420
— commun.	1,918
Soudure des plombiers.	9,55
Spath d'Islande.	2,723
Sucre blanc	1,606
Suif.	0,941
Terre ordinaire.	1,357
Toutenague chinois.	8,48
Tuile.	1,813
Verre blanc.	3,254
— à bouteille	2,732

HYDROSTATIQUE.

Principes. — Le principe d'*égalité de pression* ou de *Pascal* est : les liquides transmettent avec la même intensité, dans tous sens, les pressions exercées en un point quelconque de leur masse.

Lorsqu'un liquide est soumis à la seule action de la pesanteur, sa surface tend toujours à prendre une direction perpendiculaire à cette force.

La pression exercée par un liquide, en équilibre dans un vase, sur une portion de paroi déterminée, est égale au poids d'une colonne liquide qui aurait pour base cette portion de paroi, et pour hauteur la distance verticale de son *centre de gravité* à la surface libre du liquide.

Le principe d'*Archimède* est : un corps plongé dans un liquide perd une partie de son poids égale au poids du liquide déplacé.

Pour l'équilibre stable des corps, plongés ou flottants, il faut que ces corps déplacent un poids de liquide égal au leur, et que le centre de gravité soit au-dessous du *centre de pression* et sur la même verticale. Cependant, bien que le centre de pression se trouve plus bas que le centre de gravité, il peut encore y avoir équilibre stable, si ce dernier est au-dessous d'un certain point appelé *métacentre.*

Table des pressions atmosphériques sur un centimètre carré et sur un centimètre circulaire.

NOMBRE d'atmosphères.	PRESSIONS EN KILOG. sur		NOMBRE d'atmosphères.	PRESSIONS EN KILOG. sur	
	1 cent. carré.	1 cent. circul.		1 cent. carré.	1 cent. circul
1	1k0325	0k811	10	10k325	8k109
2	2,0650	1,622	20	20,650	16,218
3	3,097	2,433	30	30,975	24,328
4	4,130	3,244	40	41,300	32,437
5	5,162	4,055	50	51,625	40,546
6	6,195	4,865	60	61,950	48,655
7	7,227	5,676	70	72,275	56,764
8	8,260	6,488	80	82,600	64,874
9	9,292	7,299	90	92,925	72,983

Tableau de la liquéfaction des gaz, de leurs densités et de leurs puissances dynamiques.

GAZ.	DENSITÉ DU GAZ, celle de l'air étant 1.	DENSITÉ DU LIQUIDE, celle de l'eau étant 1.	TEMPÉRATURES centigrades.	FORCE en atmosphères.	PUISSANCES dynamiques de poids égaux des gaz
Acide azoteux. . .	1,527	»	7°2	50	»
— carbonique.	1,527	0,83	0	36	410
— sulfureux. .	2,777	1,43	7,2	3	394
Ammoniaque. . . .	0,5962	0,76	10	6,5	983
Chlore	2,496	1,33	10	4	406
Chloride hydrique	1,285	»	10	40	»
Cyanogène.	1,818	0,9	7,2	3,6	381
Sulfide hydrique. .	1,192	0,9	10	17	581
Vapeur d'eau. . . .	0,4545	1,00	100	1	1694

CHALEUR.

Le *calorique*, ou cause de la sensation de la chaleur, augmente le volume des corps, les dilate, et peut modifier leur état, les transformer de solide en liquide, ou de liquide en gaz.

Lors de la fusion d'un corps, la température ne subit pas de variation, quelle que soit l'intensité du foyer; la quantité de chaleur qui n'agit pas sur le thermomètre, s'appelle *calorique latent* ou de *fusion*.

TABLE des dilatations linéaires des solides, dans l'intervalle de 0 *à* 100 *degrés.*

SUBSTANCES.	DILATATIONS	
	en décimales.	en fractions ordinaires.
Acier trempé	0,00122500	1/816
Acier non trempé	0,00107915	1/92664
Argent de coupelle	0,00190974	1/52363
Bronze	0,0018167	1/550
Cuivre rouge battu	0,001784	1/561
Cuivre jaune ou laiton	0,001866	1/535
Etain fin	0,00228333	1/438
Etain de Falmouth	0,00217298	1/46161
Fer doux forgé	0,00122045	1/81937
Fer passé à la filière	0,00123504	1/81157
Flint-glass anglais	0,00081166	1/124834
Fonte de fer	0,0011094	1/901
Laiton (fil de)	0,0019333	1/517
Or de départ	0,0014661	1/682
Platine	0,00088420	1/1131
Plomb	0,00286667	1/349
Verre en verge solide	0,00080833	1/1237
Verre de Saint-Gobain	0,0008909	1/112247
Zinc fondu	0,003051	1/328

Mesure du retrait ou de la contraction des métaux dans leur passage de l'état de fusion à l'état solide.

Fonte	$\frac{1}{98}$	à	$\frac{1}{95}$,	moyenne	$\frac{1}{96}$
Laiton	$\frac{1}{79}$	à	$\frac{1}{49}$,	—	$\frac{1}{65}$
Métal de cloches	$\frac{1}{79}$	à	$\frac{1}{49}$,	—	$\frac{1}{65}$
Métal de canon	$\frac{1}{139}$	à	$\frac{1}{130}$,	—	$\frac{1}{134}$
Zinc	$\frac{1}{65}$	à	$\frac{1}{57}$,	—	$\frac{1}{62}$
Plomb	$\frac{1}{104}$	à	$\frac{1}{86}$,	—	$\frac{1}{92}$
Etain	$\frac{1}{137}$	à	$\frac{1}{120}$,	—	$\frac{1}{128}$

Dilatation de différents liquides. — Dilatation apparente dans le verre pour 1°.

Eau	1/2200	=	0,000466
Chloride hydrique (densité 1,37)	1/1700	=	0,000600
Acide azotique (densité 1,400)	1/900	=	0,001100
Acide sulfurique (densité 1,850)	1/1700	=	0,000600
Ether sulfurique	1/1400	=	0,000700
Huile d'olive et de lin	1/1200	=	0,000800
Essence de térébenthine	1/1400	=	0,000700
Eau saturée de sel marin	1/2000	=	0,000500
Alcool	1/900	=	0,001100
Mercure	1/6480	=	0,000154

Dilatation absolue de quelques gaz de 0° à 100°. — Dilatation sous volume constant.

Air atmosphérique	0,3665
Hydrogène	0,3667

Azote	0,3668
Acide carbonique	0,3668
Acide sulfureux.	0,3845
Chloride hydrique	0,3681

Thermomètres. — Les relations suivantes servent à la réduction des échelles thermométriques de Farenheit, de Réaumur, de Celsius ou échelle centigrade :

$$F = 32 + \frac{9}{5} C = 32 + \frac{9}{4} R$$

$$C = \frac{5}{9} (F - 32) = \frac{5}{4} R$$

$$R = \frac{4}{9} (F - 32) = \frac{4}{5} C$$

F, C, R, désignant les degrés correspondant à une température donnée.

On peut construire des thermomètres à mercure qui marquent jusqu'à 350 degrés; mais il n'est pas possible qu'ils marquent au-delà, cette température étant voisine du point d'ébullition du mercure. Au-dessous de 0°, les indications du thermomètre à mercure ne sont exactes que jusqu'à — 30°, parce que le mercure approche alors de son point de congélation.

Dans le *thermomètre à poids ou à déversement*, la température est mesurée, non plus par le volume, mais par le poids du mercure qui sort (se déverse) de la tige de verre qui le contient. On déduit la température à laquelle l'appareil a été porté, par la formule $T = \frac{p \times 6480}{P - p}$; P exprimant le poids du mercure que l'appareil renferme à 0°, et p le poids du mercure sorti.

Table de réduction des échelles thermométriques.

C. Celsius	R. Réaumur	F. Farenheit	C. Celsius	R. Réaumur	F. Farenheit
100	80	212	74	59.2	165.2
99	79.2	210.2	73	58.4	163.4
98	78.4	208.4	72	57.6	161.6
97	77.6	206.6	71	56.8	159.8
96	76.8	204.8	70	56	158
95	76	203	69	55.2	156.2
94	75.2	201.2	68	54.4	154.4
93	74.4	199.4	67	53.6	152.6
92	73.6	197.6	66	52.8	150.8
91	72.8	195.8	65	52	149
90	72	194	64	51.2	147.2
89	71.2	192.2	63	50.4	145.4
88	70.4	190.4	62	49.6	143.6
87	69.6	188.6	61	48.8	141.8
86	68.8	186.8	60	48	140
85	68	185	59	47.2	138.2
84	67.2	183.2	58	46.4	136.4
83	66.4	181.4	57	45.6	134.6
82	65.6	179.6	56	44.8	132.8
81	64.8	177.8	55	44	131
80	64	176	54	43.2	129.2
79	63.2	174.2	53	42.4	127.4
78	62.4	172.4	52	41.6	125.6
77	61.6	170.6	51	40.8	123.8
76	60.8	168.8	50	40	122
75	60	167	49	39.2	120.2

C. Celsius	R. Réaumur	F. Farenheit	C. Celsius	R. Réaumur	F. Farenheit
48	38.4	118.4	21	16.8	69.8
47	37.6	116.6	20	16	68
46	36.8	114.8	19	15.2	66.2
45	36	113	18	14.4	64.4
44	35.2	111.2	17	13.6	62.6
43	34.4	109.4	16	12.8	60.8
42	33.6	107.6	15	12	59
41	32.8	105.8	14	11.2	57.2
40	32	104	13	10.4	55.4
39	31.2	102.2	12	9.6	53.6
38	30.4	100.4	11	8.8	51.8
37	29.6	98.6	10	8	50
36	28.8	96.8	9	7.2	48.2
35	28	95	8	6.4	46.4
34	27.2	93.2	7	5.6	44.6
33	26.4	91.4	6	4.8	42.8
32	25.6	89.6	5	4	41
31	24.8	87.8	4	3.2	39.2
30	24	86	3	2.4	37.4
29	23.2	84.2	2	1.6	35.6
28	22.4	82.4	1	0.8	33.8
27	21.6	80.6	0	0	32
26	20.8	78.8	— 1	0.8	30.2
25	20	77	2	1.6	28.4
24	19.2	75.2	3	2.4	26.6
23	18 4	73.4	4	3.2	24.8
22	17.6	71.6	5	4	23

Table des pouvoirs émissifs et réflecteurs.

CORPS.	POUVOIRS émissifs.	POUVOIRS réflecteurs.
Acier	15	70
Argent	12	90
Argent plaqué	—	97
Cuivre en feuille	5,55	93
Eau	100	0
Encre de Chine	85	13
Etain en feuille	12	80
Fer	15	77
Fonte	—	75
Glace	85	—
Gomme laque	72	—
Huile	—	5
Ivoire, jais, marbre	93 à 98	—
Laiton	12	100
Mercure	20	77
Noir de fumée	100	0
Or	4,25	95
Papier à écrire	98	—
Platine bruni	9,09	83
Plomb	19	60
Verre ordinaire	90	10
Verre enduit de cire	—	5
Zinc	—	81

Conductibilités pour la chaleur, d'après M. Despretz.

Or	1000,0
Platine	981,0
Argent	973,0
Cuivre	898,2
Laiton	748,6
Fonte	561,5
Fer	374,3
Zinc	363,0

Etain.	303,9
Plomb.	179,5
Marbre.	23,6
Porcelaine.	12,2
Terre cuite.	11,4

Chaleur spécifique. — Calorie. — La *chaleur spécifique* d'un corps est la quantité relative de chaleur sensible qu'absorbe ou abandonne l'unité de masse d'un corps, lorsque sa température s'élève ou s'abaisse de 1 degré.

On entend par *calorie* ou *unité de chaleur*, la quantité de chaleur qu'absorbe 1 kilogramme d'eau pour s'échauffer de 0° à 1°.

Chaleurs spécifiques des corps solides ou liquides, celle de l'eau étant prise pour unité.

SUBSTANCES.	CHALEUR spécifique.	SUBSTANCES.	CHALEUR spécifique.
Acier.	0,1184	Etain.	0,0562
Antimoine. . . .	0,0507	Fer de 0 à 100°.	0,1137
Argent.	0,0570	Fonte blanche. .	0,1298
Argile cuite. . .	0,208	Graphite. . . .	0,2018
Arsenic.	0,0814	Mercure.	0,0333
Bismuth.	0,0308	Nickel.	0,1086
Bois de chêne. .	0,570	Noir animal calciné.	0,2608
— de pin . . .	0,650	Or.	0,0324
Charbon de bois.	0,2415	Phosphore. . . .	0,1894
Cobalt.	0,1069	Platine laminé. .	0,0324
Coke de houille.	0,2008	Plomb.	0,0314
Cuivre.	0,0949	Soufre.	0,2025
Eau.	1,0000	Verr. sans plomb	0,1929
Essence de térébenthine. . . .	0,4259	Zinc.	0,0955

Chaleurs spécifiques des différents gaz, sous une même pression, celle de l'air étant prise pour unité.

	à volumes égaux.	à poids égaux.
Air atmosphérique.	1,0000	1,0000
Acide carbonique	1,2583	0,8280
Azote.	1,0000	1,0318
Hydrogène.	0,9033	12,3401
Oxyde azoteux	1,3503	0,8878
Oxyde carbonique	1,0340	1,0805
Oxygène.	0,9765	0,8848
Vapeur aqueuse.	1,9600	3,1360

Influence du calorique sur la couleur du fer. — Les différentes couleur du fer sont :

A 210° point de fusion de l'étain, *jaune paille ;*
221° — — — *jaune foncé ;*
256° point de fusion du bismuth, *cramoisi ;*
261° *id.* du plomb, *violet, pourpre* et *bleu foncé.*

Cette dernière couleur passe ensuite au *bleu clair*, au *vert de mer*, et disparaît à 370°, point de fusion du zinc.

Les mêmes couleurs se reproduisent de nouveau, avec une plus faible intensité, si l'on continue à élever la température.

A 500° le fer commence à se couvrir d'une légère couche d'oxyde ; il a déjà perdu beaucoup de sa dureté, est devenu beaucoup plus impressionnable au marteau et se laisse plier sans peine ; ces propriétés se développent avec l'augmentation de la température.

A 525° le fer passe au *rouge naissant.*
700 — *rouge sombre.*
800 — *cerise naissant.*

900°	le fer passe au	*rouge cerise.*	Le fer de bonne qualité se laisse forger avec facilité, s'étire, se plie et se replie sur lui-même sans déchirure ni gerçure.
1000	—	*cerise clair.*	
1100	—	*orange foncé.*	
1200	—	*orange clair.*	
1300	—	*blanc.*	
1400	—	*blanc éclatant.*	Mou, sans consistance. — Soudabilité.
de 1500 à 1600	—	*blanc éblouissant.*	

Température de recuit des objets d'acier, couleurs correspondantes de la surface, et propriétés des objets.

Température.	Couleurs de la surface.	Propriétés des objets.
220°	*Jaune paille*	sec et dur.
240	*Jaune d'or.*	entamant bien la fonte.
255	*Brune.*	bon pour outils à couper le fer.
265	*Pourpre.*	
285	*Bleue claire.*	
295	*Bleue indigo.*	bon pour outils à bois.
315	*Bleue très-foncée.* . . .	mou comme le fer.

Température de fusion en degrés centigrades.

Acide acétique	17	Essence de téréb.	— 10
— margarique	55 à 60	Glace	0
— stéarique	70	Iode	107
Bronze	900	Phosphore	43
Cire	60	Soufre	109
— blanche	68	Spermacéti	49
Fonte grise	1200	Stéarine	50 à 60
— blanche	1100	Suif	33,33
— manganésée	1250	Verre	400

Si les corps sont altérables par la chaleur et fusibles au-dessous de + 100°, on peut les fondre au bain-marie. Si les corps ne sont fusibles qu'à une température inférieure à 300°, on peut employer un bain d'huile, dont on détermine exactement la température par un thermomètre qu'on y plonge. Les corps qui exigent une température très-élevée sont fondus dans des creusets.

Alliages fusibles.

Bismuth.	Plomb	Etain.	Température de la fusion.
4	1	1	94
5	2	3	100
8	5	3	100
5	1	4	119
8	10	8	130
8	12,64	8	135
1	»	1	141
8	15	8	145,2
8	16	10	151
8	16	19	154
8	25,15	24	158
8	26	24	160
1	»	2	168
	4	7	170
	4	10	175
	4	12	180
	1	3	186
	1	4	189
	4	19	190
	1	5	194
	1	2	196

Plomb.	Etain.	Température de la fusion.
5	4	199
bism.		
1	3	200
plomb.		
6	4	211
7	4	215
8	4	227
9	4	237
1	1	241
11	4	246
12	4	250
17	4	261
23	4	270
36	4	281
1	3	289
54	4	290
zinc.	cuivre	
1	4	1050
1	5	1100
1	6	1130
1	8	1160
1	12	1230
1	20	1300

Points d'ébullition de quelques matières à la pression de 0m.76.

SUBSTANCES.	POINTS d'ébullition.	SUBSTANCES.	POINTS d'ébullition.
Acide azotique (1,150).	104°,0	Ether.	35°,5
— sulfurique.	320 ,0	Huile de lin.. . .	316 ,0
Alcool.	78 ,4	— de naphte.	85 ,5
Chloroforme. . .	61 ,0	Mercure.	350 ,0
Eau distillée. . .	100 ,0	Phosphore. . . .	290 ,0
Essence de téréb.	157 ,0	Soufre	299 ,0
		Sulfure carb. . .	47 ,0

Tension. — Force élastique. — La tension ou force élastique des gaz est leur tendance à prendre toujours un volume plus grand.

Table des tensions maxima de la vapeur d'eau à différentes températures : (M. REGNAULT).

TEMPÉR.	TENSIONS en millim.	TEMPÉR.	TENSIONS en millim.	TEMPÉR.	TENSIONS en millim.
—32°	0,32	8°	8,02	70	233,09
30	0,39	10	9,17	75	288,52
28	0,46	12	10,46	80	354,64
25	0,61	15	12,70	85	433,04
22	0,78	18	15,36	90	525,45
20	0,93	20	17,39	95	633,78
18	1,10	22	19,66	100	760,00
15	1,40	25	23,55	110	1075,37
12	1,78	28	28,10	120	1491,28
10	2,09	30	31,55	130	2030,28
8	2,46	32	35,36	140	2717,63
5	3,11	35	41,83	150	3581,23
2	3,94	40	54,91	160	4651,62
1	4,26	45	71,39	170	5961,66
0	4,60	50	91,98	180	7546,39
+ 1	4,94	55	117,48	190	9442,70
2	5,30	60	148,79	200	11688,96
5	6,58	65	186,95	230	20926,40

Table des tensions, températures, volumes et poids de la vapeur de 0,25 *à* 50 *atmosphères.*

TENSION DE LA VAPEUR			TEMPÉR. correspondantes en degrés centigrad.	VOLUMES en litres d'un kilog. de vapeur.	POIDS du mètre cube de vapeur en kilog.
en atmosphères.	en millimètres de mercure.	en kilog. par centimèt. carrés.			
0.25	190	0.260	65.35	6134.97	0.163
0.50	380	0.518	81.70	3205.13	0.312
0.75	579	0.776	92.15	2002.64	0.454
1.00	760	1.034	100.00	1696.19	0.592
1.25	950	1.293	106.35	1373.21	0.728
1.50	1140	1.551	112.20	1161.44	0.861
1.75	1330	1.809	117.10	1007.00	0.993
2.00	1520	2 066	121.4	891.26	1.122
2.25	1710	2.326	125.5	799.36	1.251
2.50	1900	2.582	128.8	726.21	1.377
2.75	2090	2 842	130.9	665.33	1.503
3.00	2280	3.099	135.1	614.20	1.628
3.25	2470	3.360	136.6	570.45	1 753
3 50	2660	3.615	140.6	533.33	1.875
3.75	2850	3.876	141.7	505.55	1.998
4.00	3040	4.132	145.4	471.92	2.119
4.25	3230	4.394	146.2	446.42	2.240
4.50	3420	4.648	149.06	423.95	2.359
4.75	3610	4.910	150.3	403.71	2.477
5.00	3800	5.165	153.08	384.90	2.598
5.50	4180	5.681	156.8	356.86	2.834
6.00	4560	6.198	160.2	329.65	3.066
6.50	4940	6.714	163.48	306.62	3.299
7.00	5320	7.231	166.5	286.70	3.529
7.50	5700	7.747	169.37	266.10	3.756
8.00	6080	8.264	172.1	254.27	3.981
9 00	6840	9 297	177.1	228.72	4.431
10.00	7600	10.330	181.6	207.98	4.873
11.00	8360	11.363	186.03	190.00	5.540
12.00	9120	12.396	190.0	175.10	5.710
13.00	9880	13.429	193.7	164.10	6.136
14.00	10640	14.462	197.19	151.75	6.560

TENSION DE LA VAPEUR			TEMPÉR. correspondantes en degrés centigrad.	VOLUMES en litres d'un kilog de vapeur.	POIDS du mètre cube de vapeur en kilog.
en atmosphères.	en millimètres de mercure.	en kilog. par centimèt. carrés.			
15.00	11400	15.495	200.48	143.30	6.979
16.00	12160	16.528	203.60	136.26	7.395
17.00	12920	17.561	206.57	129.06	7.808
18.00	13680	18.594	209.4	120 78	8.219
19.00	14440	19.627	212.1	116.80	8.628
20.00	15200	20.660	214.7	110.70	9.033
21.00	15960	21.693	217.2	106.80	9.437
22.00	16720	22.726	219.6	102.46	9.838
23.00	17480	23 759	221.9	98.50	10.237
24.00	18240	24.792	224.2	94.81	10.632
25.00	19000	25.825	226 3	90.70	11.029
30.00	22800	30.990	236.2	77.20	12.977
35.00	26600	36.155	244.85	67.20	14.887
40.00	30400	41.320	252.55	60.18	16.762
45.00	34200	46.485	259.52	54.27	18.611
50.00	38000	51.650	265.89	49.52	20.433

Ecoulement de la vapeur. — La vitesse d'écoulement se détermine par la formule : $V = \sqrt{2gh}$, dans laquelle h représente la hauteur génératrice de la vitesse. En désignant par :

P, la pression par mètre carré de surface dans la chaudière, exprimée en kil.;

P′, la pression analogue dans le récipient, ou celle de l'atmosphère, si l'écoulement a lieu dans l'air;

p, le poids du mètre cube de vapeur qui s'écoule; on a :

$$P - P' = ph, \text{ d'où } h = \frac{P - P'}{p} \text{ et } V = \sqrt{2g\,\frac{P - P'}{p}}$$

C'est par cette formule qu'on a calculé les tables qui suivent. (*Guide du mécanicien conducteur de machines locomotives, par MM.* Flachat *et* Pétiet.)

Poids et vitesses de la vapeur s'échappant dans l'atmosphère à diverses pressions.

PRESSION absolue de la vapeur qui s'écoule	POIDS du mètre cube.	VITESSE d'écoulement par seconde	PRESSION absolue de la vapeur qui s'écoule	POIDS du mètre cube.	VITESSE d'écoulement par seconde	PRESSION absolue de la vapeur qui s'écoule	POIDS du mètre cube.	VITESSE d'écoulement par seconde
atm.	k.	m.	atm.	k.	m.	atm.	k.	m.
5.00	2.568	562	1.75	0.984	394	1.12	0.647	194
4.75	2.457	554	1.60	0.900	368	1.10	0.636	178
4.50	2.334	549	1.50	0.854	343	1.09	0 630	170
4.25	2.217	546	1.45	0.830	331	1.08	0.626	161
4.00	2.096	537	1.40	0.800	318	1.07	0.622	151
3.75	1.972	530	1.35	0.778	302	1,06	0,619	140
3.50	1.855	520	1.30	0.150	285	1.05	0.610	129
3.25	1.734	512	1.25	0.722	265	1.04	0 607	116
3.00	1.611	502	1.22	0.705	252	1.03	0.601	101
2.75	1.487	488	1.20	0,693	242	1,02	0.598	83
2 50	1.363	472	1.18	0,681	232	1.01	0.595	58
2,25	1.238	451	1.16	0 670	220	1 00	0.590	41
2.00	1.111	427	1,14	0.658	213	1,00	0.588	0

Ecoulement de la vapeur dans un milieu à une pression plus faible.

VAPEUR A 5 ATMOSPHÈRES ABSOLUES.			VAPEUR A 4 ATMOSPHÈRES ABSOLUES.			VAPEUR A 3 ATMOSPHÈRES ABSOLUES.		
PRESSION dans le récipient.	PRESSION effective en kil. par m. q	VITESSE d'écoulement en mèt. par 1"	PRESSION dans le récipient.	PRESSION effective en kil. par m. q.	VITESSE d'écoulement en mèt. par 1"	PRESSION dans le récipient.	PRESSION effective en kil. par m. q.	VITESSE d'écoulement en mèt. par 1"
4.95	517	63	3.95	517	69	2.95	517	79
4.90	1034	89	3.90	1034	97	2.90	1034	112
4.85	1550	108	3.85	1550	120	2.85	1550	137
4.80	2067	125	3.80	2067	139	2.80	2067	158
4.75	2584	140	3 75	2584	155	2.75	2584	178
4.65	3618	166	3.65	3618	184	2.65	3618	210
4.55	4651	188	3.55	4651	209	2.55	4651	238
4.50	5168	198	3.50	5168	220	2.50	5168	251
4.25	7752	242	3.25	7752	269	2.25	7752	307
4.00	10336	281	3.00	10336	311	2.00	10336	355
3.75	12920	314	2.75	12920	347	1.75	12920	396
3.50	15504	344	2.50	15504	380	1.50	15504	423
3.25	18088	371	2.25	18088	411	1.25	18088	469
3.00	20672	396	2 00	20672	439			
2.75	23256	421	1.75	23256	466			
2.50	25340	444	1.50	25840	491			
2.25	28424	465	1.25	28424	515			

Poids de la vapeur d'eau contenue dans 1m.c. d'air saturé à différentes températures.

TEMPÉRATURE.	POIDS en grammes.	TEMPÉRATURE.	POIDS en grammes.	TEMPÉRATURE.	POIDS en grammes.
— 10°	2,283	5°	6,790	20°	17,445
9	2,474	6	7,246	21	18,171
8	2,678	7	7,730	22	19,248
7	2,896	8	8,242	23	20,383
6	3,127	9	8,783	24	21,575
5	3,375	10	9,355	25	22,827
4	3,637	11	9,960	26	24,139
3	3,918	12	10,599	27	25,578
2	4,216	13	11,173	28	26,966
1	4,532	14	11,984	29	28,484
0	4,868	15	12,737	30	30,074
+ 1	5,208	16	13,628	31	31,739
2	5,570	17	14,364	32	33,485
3	5,952	18	15,244	33	35,311
4	6,359	19	16,207	34	37,224
				35	39,224

Ce tableau a été calculé en prenant 1293gr.187 pour le poids du mètre cube d'air à 0° et sous la pression 0m.76 et 0,622 pour la densité de la vapeur d'eau.

L'air n'étant généralement pas saturé d'humidité, on trouve le poids réel de la vapeur aqueuse contenue dans l'air à une température donnée, en cherchant dans les *tables hygrométriques* (p. 62) la fraction de saturation qui correspond au degré indiqué par l'hygromètre. Cette fraction, 0,5 par exemple, indique que le poids de la vapeur contenue dans l'air est les *cinq dixièmes* du poids indiqué dans le tableau ci-dessus.

Vitesses d'écoulement dans l'air d'un mélange d'eau et de vapeur.

COMPOSITION DU MÉLANGE.		DENSITÉ du mélange ou poids du mètre cube.	VITESSE D'ÉCOULEMENT A LA PRESSION DE					
Vapeur.	Eau.		1 atmosph. effect.	2 atmosph. effect.	3 atmosph. effect.	4 atmosph. effect.	5 atmosph. effect.	6 atmosph. effect.
		kil.	m.	m.	m.	m.	m.	m.
1,00	0,00	2,57	279	397	486	662	628	688
0,9998	0,0002	2,76	270	383	476	542	606	664
0,999	0,001	3,50	239	340	417	483	538	590
0,994	0,006	8,13	159	223	273	316	353	387
0,99	0,01	11,84	129	185	227	276	292	320
0,98	0,02	21,12	98	139	170	195	219	240
0,97	0,03	30,40	80	116	141	164	182	200
0,95	0,05	48,94	66	91	112	129	143	157
0,93	0,07	67,40	53	77	95	110	122	134
0,90	0,10	95,30	44	65	80	92	103	113
0,85	0,16	141,60	35	54	66	75	85	92
0,80	0,20	188,00	31	46	57	65	73	80
0,75	0,25	234,40	29	42	51	59	66	72
0,65	0,35	326,70	25	35	43	50	55	61
0,50	0,50	466,30	20	29	36	42	46	51
0,25	0,75	697,60	17	24	30	34	38	42
0,00	1,00	930,00	15	21	26	29	28	36

Condensation. — Pour qu'une vapeur se condense, il faut que sa pression devienne supérieure à la valeur *maxima* correspondante à sa température. Donc il suffit, pour liquéfier une vapeur, d'augmenter sa pression ou d'abaisser sa température d'une quantité suffisante. On emploie souvent ces deux moyens à la fois.

Dans la pratique, on condense généralement les vapeurs par le contact de l'eau froide; et comme cette opération a pour but de faire le vide derrière le piston et de réduire la résistance que celui-ci éprouve en sens contraire de sa marche, on condense à la température la plus basse possible.

Appelant P le poids de la vapeur à condenser, t la température de l'eau employée, P′ le poids de l'eau employée à condenser la vapeur, T la température du mélange, la quantité de chaleur gagnée par l'eau en entrant dans le condenseur est $P'(T-t)$, et la quantité de chaleur perdue par la vapeur en se condensant est $P(650-T)$; on a :

$$P' = P\,\frac{650 - T}{T - t}.$$

Dans le tableau qui suit, h représente une hauteur d'eau équivalente à la pression du milieu opposé à l'action de la vapeur sur le piston, dont S est la surface et V la vitesse : $R = ShV \times 1000$ est le travail absorbé par la résistance qu'oppose le milieu dans lequel se meut la face du piston non soumise à l'action de la vapeur.

En admettant que l'eau froide de condensation est à 10°, température ordinaire des eaux de puits, on a le tableau suivant :

Tableau de la condensation de 1 kil. de vapeur à différentes températures.

VALEURS de T.	VALEURS de *h* en eau.	VALEURS de P′	VOLUMES DE L'AIR INJECTÉ à la pression atmosphér.	VOLUMES DE L'AIR INJECTÉ à la press. du condenseur	VOLUMES à retirer du condenseur.
	m.	kil.	litres.	litres.	litres.
12°	0,146	319,00	15,950	1135,00	1455,00
31	0,430	29,90	1,495	35,90	66,00
38	0,615	22,00	1,100	17,55	40,55
51,45	1,300	14,42	0,721	5.72	21,14

Car il faut remarquer que l'eau prise à la surface du sol jouit de la propriété de dissoudre une quantité d'air évaluée au 1/20 de son volume à la pression ordinaire; et que plus on injecte d'eau dans le condenseur, plus on y introduit de cet air, dont la tension s'ajoute à celle de la vapeur.

Évaporation de l'eau à l'air calme par 1m.q. *de surface d'eau.*

DEGRÉS centigrades.	POIDS d'eau évaporisée.	DEGRÉS centigrades.	POIDS d'eau évaporisée.
	kil.		kil.
20	0,32	60	2,70
30	0,50	70	4,32
40	1,00	80	6,64
50	1,7	90	10,00

Combustion. — Pouvoir calorifique. — On nomme *combustion* toute combinaison chimique qui se fait avec dégagement de chaleur et de lumière.

On appelle *pouvoir calorifique* d'un combustible la quantité de chaleur que dégage 1 kilog. de ce combustible en brûlant complètement.

Pouvoirs calorifiques de diverses substances.

		Calories.
Anthracite		6800
Bois	contenant 0,20 d'eau	2800
	desséché à 100°	3600
	séché à l'air	2600
	de chêne	3146
Charbon	de bois	7000
	de tourbe	5800
Tourbe	avec 0,20 d'eau	3600
	desséchée à 60°	4800
Coke	pur	6500
	à 0,15 de cendre	6000
Houilles	grasses et dures	7370
	— maréchales	7270
	— à longue flamme	6730
	sèches	6230
Lignite parfait (terrain tertiaire)		5790
Hydrogène pur		23640
Carbone	pur	7914
	passant à l'état d'oxyde carbonique	1386
	— — d'acide —	7170
Alcool		6855
Essence de térébenthine		10836
Huile d'olive		11200
Soufre		2200
Suif		8370

Air nécessaire à la combustion. — Les combustibles employés dans l'industrie sont tous formés de carbone et d'hydrogène; de sorte que la connaissance des volumes d'air nécessaires à la combustion de 1 kilog. de chacun de ces corps permet de déterminer, d'après la composition des autres combustibles, les volumes d'air nécessaires à leur combustion.

L'acide carbonique est formé de 27,27 de carbone et de 72,73 d'oxygène; donc 1 kilog. de carbone exige 2kil.667 d'oxygène pour passer à l'état d'acide carbonique, ou $1^{mc}.865$ d'oxygène. Comme l'air contient 0,21 d'oxygène, la combustion de 1 kilog. de carbone exige 8,881 d'air atmosphérique.

L'eau est formée de 11,1 d'hydrogène et de 88,9 d'oxygène; 1 kilog. d'hydrogène exige donc pour sa combustion 8 kilog. d'oxygène ou $5^{mc}.594$ ou $26^{mc}.638$ d'air.

A l'aide de ces éléments, il est aisé de déterminer le volume d'air nécessaire pour brûler 1 kilog. de chaque combustible.

Volumes de gaz qui s'échappent par les cheminées. — Quand les combustibles renferment, outre le carbone, de l'eau toute formée ou de l'oxygène et de l'hydrogène dans les proportions nécessaires pour en produire, le volume d'air qui sort par la cheminée n'est plus égal au volume d'air qui a pénétré dans le foyer, dilaté à la température de la cheminée, puisqu'il en diffère par la vapeur produite.

1kil. d'eau produisant $1^{mc}.69$ de vapeur à 100° et sous la pression $0^{mc}.76$, ou $1^{mc}.23$ de vapeur ramenée fictivement à 0°, il en résulte que le volume de vapeur à la température t de la cheminée sera $1^{mc}.23\ (1 + 0{,}00365)$.

1 kilog. d'hydrogène exigeant 8 kilog. d'oxygène, pour se transformer en eau, donnera un volume de vapeur représenté par $9.\ 1{,}23\ (1 + 0{,}00365) = 11{,}07\ (1 + 0{,}00365)$.

Ces considérations permettent de déterminer le volume de vapeur dû à chaque kilogramme du combustible.

Tableau relatif aux combustibles.

DÉSIGNATION des combustibles.	PUISSANCES calorifiques.	Volumes d'air froid nécessaires à la combustion.	Volumes d'air appelés, la moitié de l'oxygène échappant à la combustion.	Volumes de vapeur d'eau, ramenés à 0°, produits par la combustion de 1 kil. de combustible.	Volumes des gaz à la sortie du foyer, ramenés à 0°, tout l'oxygène de l'air étant absorbé.	Volumes des gaz à la sortie du foyer, ramenés à 0°, la moitié de l'oxygène de l'air étant absorbée.
Bois sec.	4000	4 m.c. 707	9 m.c. 40	0 m.c. 68	5 m.c. 38	10 m.c. 08
Bois à 0,30 d'eau.	3000	3 293	6 58	0 84	4 13	7 42
Charbon de bois..	7000	7 638	15 28	» »	7 64	15 28
Tannée sèche.	3400	4 529	9 06	0 68	5 21	9 74
Tannée à 0,30 d'eau	2400	3 170	6 34	0 84	4 01	7 18
Tourbe sèche à 0,05 de cendres.	5300	5 684	11 36	0 65	6 33	12 01
Tourbe à 0,30 d'eau..	3700	3 978	7 96	0 82	4 80	8 78
Charbon de tourbe à 0,20 de cendres.	6400	7 105	14 20	» »	7 10	14 20
Houille moyenne..	8000	8 348	16 70	0 58	8 93	17 28
Coke à 0,02 de cendres.	7900	8 703	17 40	» »	8 70	17 40
Coke à 0,15 de cendres	6800	7 549	15 10	» »	7 55	15 10

Lorsqu'on connaît, dans une même localité, les prix des différents combustibles, ainsi que les poids des différentes mesures, quand les combustibles ne sont pas vendus au poids, on peut déterminer leurs valeurs réelles au moyen de leurs puissances calorifiques : ainsi p étant le prix d'un combustible par 1000 kil., c sa puissance calorifique, on a, pour le prix de 1000 unités de chaleur :

$$P = \frac{p}{c}$$

HYGROMÉTRIE.

L'hygrométrie a pour objet de déterminer la quantité de vapeur d'eau contenue dans l'atmosphère.

L'air n'étant jamais complètement sec, on appelle *état hygrométrique*, ou *fraction de saturation* de l'air, le rapport de la quantité de vapeur qu'il contient, sous un volume quelconque, à celle qu'il contiendrait sous le même volume et dans les mêmes circonstances s'il était saturé. Les densités des vapeurs non saturées étant, comme celles des gaz, proportionnelles à leurs tensions, le rapport précédent est aussi celui de la force élastique de la vapeur contenue dans l'atmosphère à la tension maxima correspondante à la température de l'air.

États hygrométriques correspondants aux degrés de l'hygromètre à cheveu, à la température de 10°.

Degrés de l'hygromètre.	États hygrométriques.	Degrés de l'hygromètre.	États hygrométriques.
0	0,000	55	0,318
5	0,022	60	0,363
10	0,046	65	0,414
15	0,070	70	0,472
20	0,094	72	0,500
25	0,120	75	0,538
30	0,148	80	0,612
35	0,177	85	0,696
40	0,208	90	0,791
45	0,241	95	0.891
50	0,278	100	1,000

Cette table ne contient pas les tensions absolues de la vapeur correspondantes aux degrés de l'hygromètre, mais seulement les rapports de ces tensions à la *tension maxima* 9mm.2 de la vapeur à 10 degrés de température. Pour avoir les tensions absolues de la vapeur qui existe dans l'air à la température de 10°, quand l'hygromètre marque un certain degré, il faut multiplier le nombre 9mm.2 par le nombre de la table correspondant au degré de l'hygromètre : ainsi, l'hygromètre marquant 70°, la tension absolue de la vapeur sera 9mm.2 × 0,47 = 4mm.3. Pour obtenir à toutes les températures la tension absolue de la vapeur contenue dans l'air, on multiplie le nombre qui représente la tension de la vapeur à la température donnée, par le nombre de la table correspondant au degré de l'hygromètre : ainsi, pour 70° de l'hygromètre, la tension absolue de la vapeur à 20° de température, sera 17mm.4 × 0,47 = 8mm.

ELECTRICITÉ.

Table de la conductibilité électrique.

Cuivre	10,000
Or	9,360
Argent	7,360
Zinc	2,850
Platine	1,880
Fer	1,580
Etain	1,550
Plomb	830
Mercure	345
Potassium	133

Galvanoplastie. — On appelle *galvanoplastie* le moulage des objets en différents métaux précipités de leurs dissolutions salines par l'électricité. Le moule doit être formé ou au moins recouvert d'une substance conductrice. On peut employer, à cet effet, l'alliage fusible de d'Arcet, composé de 5 parties de plomb, 8 de bismuth et 3 d'étain. On verse cet alliage fondu dans une soucoupe peu profonde, et, au moment où il va commencer à se solidifier, on laisse tomber l'objet (une médaille) à plat d'une petite hauteur, en ayant soin de lui conserver ensuite une complète immobilité. Quand l'alliage est refroidi, il suffit de lui donner un léger choc pour que l'objet s'en détache. On entoure alors le moule d'un fil de cuivre pour le mettre en communication avec le pôle négatif d'une pile, puis on le plonge dans une solution d'un sel du métal que l'on veut mouler. Dans cette même solution plonge une lame de ce métal, communiquant avec le pôle positif et qui constitue un *électrode soluble*. L'acide de la solution, mis en liberté par la réduction du métal précipité, attaque cette lame, et la solution peut se maintenir ainsi à peu près au même degré de concentration.

Dorure et argenture. — Les procédés de dorure et d'argenture par l'électricité ne diffèrent pas essentiellement de ceux de la galvanoplastie.

Le bain d'or le plus en usage se compose de 1 gr. de chlorure aurique pour 100 gr. d'eau et 10 gr. de cyanure potassique. Le bain d'argent consiste en un cyanure double d'argent et de potassium dans le rapport de 1 gr. de cyanure argentique, 10 gr. de cyanure potassique et 100 gr. d'eau.

Les objets à dorer ou à argenter, remplaçant l'objet à mouler, sont plongés dans la solution d'or ou d'argent, et communiquent avec le pôle négatif de la pile, tandis qu'avec le pôle positif communique encore un électrode soluble formé d'une lame du métal de la solution. — On varie l'épaisseur du dépôt à volonté en laissant plus ou moins longtemps les objets dans le bain.

MÉTÉOROLOGIE.

Les phénomènes qui se produisent dans l'atmosphère

se désignent sous le nom de météores; on les classe en *météores aériens*, *météores aqueux* et *météores lumineux*.

Table des vitesses du vent.

Noms des vents.	Nombre de mètres par seconde.	par heure
Vent à peine sensible	0m.5. . . .	1k.800
Vent modéré..	2 0. . . .	7 200
Vent assez fort.	5 5. . . .	19 800
Vent fort	10 0. . . .	36 000
Vent très-fort.	20 0. . . .	72 000
Tempête.	22 5. . . .	81 000
Grande tempête.	27 5. . . .	97 200
Ouragan.	36 0. . . .	129 600
Violent ouragan.	45 0. . . .	162 000

Pressions exercées par le vent sur une surface de 1 mètre carré frappée perpendiculairement.

Vitesse du vent.	Pressions en kilogrammes.
3m.00.	1k.047
5 00.	2 908
8 00.	7 443
10 85.	13 691
14 00.	22 795
20 00.	46 520
40 00.	186 080

CHIMIE.

En chimie, on divise les corps en corps *simples* et en corps *composés;* les premiers sont ceux dont on ne peut tirer qu'une seule substance, les seconds sont ceux qui peuvent donner deux ou plusieurs substances.

Le nombre des corps simples est de 65; ces corps se divisent en *métalloïdes* et *métaux*. Dans le tableau qui suit, les noms des métalloïdes sont indiqués en caractères italiques.

Les corps se combinent entre eux dans des *quantités constantes et invariables;* c'est sur ce simple énoncé que repose la loi des équivalents.

TABLEAU des équivalents.

NOMS DES CORPS.	SYMBOLES.	ÉQUIVALENTS	
		O = 100	H = 1
Aluminium.	Al	170,98	13,6
Antimoine	Sb	1612,50	12,9
Argent	Ag	1350,00	108,0
Arsenic.	Ar	937,50	75,0
Azote.	Az	175,00	14,0
Baryum	Ba	858,00	68,6
Bismuth	Bi	1600,00	128,0
Bore	B	137,50	11,0
Brôme	Br	1000,00	78,2
Cadmium.	Cd	700,00	56,0
Caesium	Cs	?	?
Calcium.	Ca	250,00	20,0
Carbone	C	75,00	6,0
Cérium.	Ce	575,00	46,0
Chlore	Cl	443,75	35,4
Chrôme.	Cr	328,00	26,2
Cobalt.	Co	375,85	30,0
Cuivre	Cu	396,60	31,7
Didyme.	Di	620,00	49,6
Erbium.	Er	402,30	32,1
Etain.	Sn	735,29	58,8
Fer.	Fe	350,00	28,0
Fluor.	Fl	237,50	19,0
Glucinium	Gl	87,12	6,9
Hydrogène	H	12,50	1,0
Ilménium.	Il	786,59	62,1
Iode.	I	1586,00	126,0
Iridium.	Ir	1232,08	98,5
Lanthane.	La	575,00	46,0
Lithium.	Li	81,66	6,5
Magnésium.	Mg	150,00	12,0
Manganèse.	Mn	344,68	27,6
Mercure.	Hg	1250,00	100,0

Suite du tableau des équivalents.

NOMS DES CORPS.	SYMBOLES.	ÉQUIVALENTS	
		O = 100	H = 1
Molybdène.	Mo	589,10	47,1
Nickel.	Ni	369,33	29,5
Niobium	Nb	?	?
Or.	Au	1227,75	98,1
Osmium	Os	1242,62	99,4
Oxygène	O	100,00	8,0
Palladium.	Pd	665,47	53,2
Pelopium.	Pp	?	?
Phosphore	Ph	400,00	32,0
Platine.	Pt	1232,08	98,6
Plomb	Pb	1294,50	103,5
Potassium	K	489,30	29,2
Rhodium.	Rh	651,96	52,9
Rubidium	Rb	?	?
Ruthénium.	Ru	646,00	51,6
Sélénium.	Se	495,28	39,6
Silicium	Si	266,82	21,3
Sodium.	Na	287,17	22,1
Soufre	S	200,00	16,0
Strontium	St	548,00	43,8
Tantale.	Ta	860,30	68,8
Tellure	Te	801,76	64,1
Terbium	T	?	?
Thallium.	Tl	?	?
Thorium.	Th	743,86	59,5
Titane.	Ti	314,70	25,1
Tungstène.	W	1150,36	92,0
Uranium	U	750,00	60,0
Vanadium	Va	855,84	68,4
Yttrium	Y	402,31	32,1
Zinc	Zn	406,50	32,4
Zirconium	Zr	419,73	33,5

Composition chimique de diverses substances.

DÉSIGNATION DES SUBSTANCES.	COMPOSITION D'UN KILOG. de ces substances.
Air atmosphérique.	0.21 O 0.79 A
Eau.	0.88 O 0.11 H
Oxyde carbonique.	0.57 O 0.43 C
Acide carbonique.	0.72 O 0.28 C
Hydrogène carboné.	0.75 C 0.25 H
Gaz oléfiant.	0.86 C 0.14 H
Ammoniaque.	0.83 A 0.17 H
Hydrogène sulfuré.	0.94 S 0.06 H
Ether.	0.22 O 0.65 C 0.13 H
Alcool	0.35 O 0.52 C 0.13 H
Huile de térébenthine. . .	0.88 C 0.12 H
O, oxygène ; A, azote ; H, hydrogène ; C, carbone ; S, soufre.	

MÉTAUX.

La ténacité, ou force qui s'oppose à la rupture, varie beaucoup suivant les métaux. On compare la ténacité des métaux entre eux en recherchant les poids qui déterminent la rupture des fils de même diamètre ; ainsi, des fils de 2 millimètres de diamètre rompent sous les poids suivants :

Fer.	249,659 kil.	Nickel	48,000 kil.
Cuivre.	137,399	Etain.	24,200
Platine.	124,690	Zinc.	12,720
Argent.	85,062	Plomb.	9,750
Or.	68,216		

Parmi les métaux dont on a éprouvé la dureté, les plus durs sont :

1. Tungstène.	6. Platine.	11. Zinc.
2. Palladium.	7. Cuivre.	12. Antimoine.
3. Manganèse.	8. Argent.	13. Cobalt.
4. Fer.	9. Bismuth.	14. Etain.
5. Nickel.	10. Or.	15. Plomb.

Les métaux sont d'autant plus élastiques et sonores, qu'ils sont plus durs; certains alliages de cuivre et d'étain sont plus sonores que des métaux purs.

Tableau des métaux rangés d'après l'ordre décroissant de leur ductilité ou de leur malléabilité.

Ductilité à la filière.	Malléabilité au laminoir.	Malléabilité au marteau.
Or.	Or.	Plomb.
Argent. . .	Argent. . .	Etain.
Aluminium	Aluminium	Or.
Platine. . .	Cuivre. . .	Zinc.
Laiton. . .	Etain. . . .	Argent.
Fer.	Platine. . .	Aluminium
Nickel . . .	Plomb. . .	Cuivre.
Cuivre. . .	Laiton. . .	Platine.
Zinc. . . .	Zinc	Fer.
Etain. . . .	Fer.	
Plomb. . .	Nickel.	

ALLIAGES.

Les alliages sont des combinaisons de métaux entre eux. Ce ne sont pourtant pas, à proprement parler, de véritables combinaisons, car les éléments n'y entrent pas en proportions définies. Souvent cette union se détruit par la fusion.

On prépare les alliages en fondant ensemble les métaux et en les agitant avant de les faire couler, pour éviter la séparation que pourrait produire la seule différence de poids spécifique.

Principaux alliages.

Laiton pour la tréfilerie : 64,2 de cuivre, 33,1 de zinc, 0,8 de plomb et d'étain.

Chrysocale : 92 de cuivre, 6 de zinc.

Bronze des statues : 90,10 de cuivre, 9,90 d'étain.

Bronze des médailles : 94 à 96 de cuivre, 4 à 5 millièmes de zinc, 4 à 6 d'étain.

Maillechort pour couverts : 50 de cuivre, 25 de nickel, 25 de zinc.

Alliage des vases et des mesures de capacité : 82 d'étain, 18 de plomb.

Métal argentin : 85,44 d'étain, 0,06 de plomb, 5,4 d'antimoine.

Soudure des plombiers : 33,5 d'étain, 66,5 de plomb.

Alliages pour pièces de machines.

Alliage pour coussinets. — Cuivre, 1; étain, 50; antimoine, 5 p.

Alliage pour garnir les boîtes, colliers, têtes de bielles, coussinets et autres pièces dans les machines. — On fait fondre 120 grammes de cuivre, et lorsque ce métal est en fusion, on y ajoute 360 grammes d'étain *banca* (1), puis 240 grammes de *régule d'antimoine* (2), et enfin une nouvelle dose de 360 grammes d'étain.

(1) Banca et Malacca, dans les Indes, exportent une quantité d'étain évaluée au double de la production européenne. L'étain que les fondeurs emploient pour les alliages avec le cuivre, doit être choisi aussi pur que possible. On achète ordinairement de l'étain fin en gouttelettes ou de l'étain *banca*.

(2) Le traitement des minerais d'antimoine comprend deux opérations distinctes : la première a pour objet de séparer par simple fusion le sulfure d'antimoine de sa gangue, et donne le sulfure d'antimoine connu sous le nom d'*antimoine cru*; la deuxième a pour but de réduire le sulfure et d'en extraire l'antimoine métallique appelé *régule d'antimoine*.

Alliage pour pièces visibles des machines à vapeur. — Cuivre, 65,80; zinc, 31,80; plomb, 2,80; étain 0,25. Cet alliage acquiert par le poli une couleur jaune verdâtre; il est assez malléable. Il est employé à l'usine impériale d'Indret.

Alliage pour coussinets de bielles motrices et pour colliers d'excentriques. — Cuivre rouge, 83; étain, 15; zinc, 2; ou bien cuivre, 84; étain, 14; zinc, 1,50; plomb, 0,50, si l'alliage doit être un peu moins dur et plus malléable.

Alliage pour coussinets de grues, treuils et autres appareils à frottements du matériel fixe de la Compagnie du Nord. — Cuivre rouge, 82; étain, 18.

Alliage pour sifflets de locomotives. — A son clair, pour machines à voyageurs : cuivre, 80; étain, 18; régule d'antimoine, 2. A timbre plus sourd pour machines à marchandises : cuivre, 81; étain, 17; antimoine, 2.

ART DE LA VERRERIE.

Verre soluble. — C'est un silicate simple à base de potasse ou de soude; il est employé comme enduit préservateur incombustible. On l'obtient en fondant dans un creuset en terre 22,2 kilogrammes de sable, 15 de potasse et 1,5 de charbon en poudre. Si l'on emploie de la soude au lieu de potasse, il faut 2 parties de soude pour 1 p. de sable.

COMPOSITION DU VERRE.

Silicates de potasse et de chaux.

Verre de Bohême; densité 2,396.		*Crown-glass*; densité 2,487.	
Quartz étonné au feu et pulvérisé. . . .	100	Quartz.	100
Potasse calcinée (1re qualité).	50 à 60	Potasse	60 à 65
Chaux calcinée . . .	15 à 20	Chaux.	20 à 25
Acide arsénieux. . .	1/4 à 1/2	Acide arsénieux. . .	1/4 à 1/2
Nitre.	1	Nitre.	1

Silicates de soude et de chaux.

Verre à vitres; densité 2,642.		*Verre à glaces;* densité 2,488.	
Sable.	100	Sable très-blanc.. . . .	300
Sulfate de soude sec.	44	Carbonate de soude sec	100
Charbon en poudre .	8,5	Chaux éteinte à l'air. .	43
Chaux éteinte.	6	Calcin ou rognures. . .	300
Rognures.. . . .	20 à 100		

Silicates de potasse et de plomb.

Cristal; densité 3,255.		*Flint-glass;* densité 3,600.	
Sable pur.	300	Sable pur.	300
Minium	200	Minium.	300
Carbonate de potasse purifié . . .	100	Potasse.	150
Groisil (débris de travail).	300	Nitre..	10
Oxyde de manganèse (au besoin).	0,45	Oxyde de manganèse.	0,60
Acide arsénieux (au besoin)	0,60	Acide arsénieux. . .	0,45

Silicate de soude, de chaux, d'alumine et de fer.

Verre à bouteilles; densité 2,732.

Sable jaune.	100
Soude de varech.	30 à 40
Charrées	160 à 170
Cendres neuves	30 à 40
Argile jaune	80 à 100
Fragments de bouteilles. . . .	100 à 150

Verres colorés. — On emploie généralement pour colorer le verre ou le cristal, des oxydes métalliques que l'on prépare pour cet usage dans un grand état de pureté. Ces oxydes doivent toujours être essayés, soit avec un verre ordinaire, soit avec un verre plombeux. Les principales couleurs sont produites par les corps suivants : *bleu saphir*, oxyde de cobalt ; *bleu céleste*, oxyde cuivrique ; *rouge pourpre*, oxyde cuivreux ; *vert*, oxyde de chrôme ; *jaune serin*, urane ; *violet*, peroxyde de manganèse ; *rouge* ou *rose*, or ; *jaune*, chlorure d'argent.

Email. — On donne le nom d'émail à une matière vitreuse dans laquelle on fait entrer de l'acide stannique. Pour l'obtenir, on fait un alliage de 15 parties d'étain et de 100 parties de plomb, que l'on chauffe au contact de l'air jusqu'à la chaleur rouge ; on obtient un stannate de plomb, dont on prend 200 parties pour les allier à 100 de sable siliceux et à 80 de carbonate potassique. En chauffant ce mélange jusqu'à un commencement de fusion, il se produit une *fritte*, base de tous les émaux.

ARTS CÉRAMIQUES.

Poteries. — Les poteries sont des objets faits avec des argiles soumises à l'action du feu.

On distingue dans les poteries la *pâte* et la *couverte*. La couverte est un enduit vitreux qu'on forme en mélangeant ensemble 6 parties de litharge et 4 p d'argile ; pour la poterie commune colorée, on rend la couverte opaque par l'oxyde d'étain.

Poterie commune.—On compose la pâte avec de l'argile, de la marne argileuse et du sable ; la couverte s'obtient avec de la galène ou de la litharge, on la colore avec de l'oxyde de manganèse.

Grès cérame. — On fait usage d'argiles très-plastiques et très-fines, contenant beaucoup de sable fin et fort peu de chaux. Il faut un feu très-ardent et longtemps continué.

Faïence. — La faïence fine est composée d'une argile plastique blanche et de silex broyé ; on fait une première cuisson pour la pâte, et une seconde, après l'application de la couverte, qui est un stannate de plomb.

Porcelaine tendre. — On la fabrique à Tournay au moyen d'un mélange de 753 parties de silice, 82 d'alumine, 59 de soude, 100 de chaux et 6 d'eau. La couverte se forme d'un émail très-fusible.

Porcelaine dure. — A Sèvres, on emploie les proportions suivantes : kaolin lavé, 64 parties ; craie de Bougival, 6 ; sable d'Aumont, 20 ; petit sable, 10.

DONNÉES DIVERSES.

Mélanges frigorifiques.

Mélange de sels et d'eau.		Abaissement du thermom.
Chlorure ammonique. . . .	5 p.	de + 10° à — 12°.
Azotate potassique.	5	
Eau.	16	
Azotate ammonique.	1	de + 10° à — 13°.
Carbonate sodique.	1	
Eau.	1	
Azotate ammonique.	1	de + 10° à — 15°.
Eau.	1	
Mélange de sels et d'acides étendus d'eau.		
Sulfate sodique..	3 p.	de + 10° à — 16°.
Acide azotique étendu . . .	2	
Sulfate sodique	5	de + 10° à — 16°.
Acide sulfurique étendu.. .	4	
Sulfate sodique..	8	de + 10° à — 17°.
Chloride hydrique.	5	
Mélange de neige et de sel, ou d'acide étendu, ou d'alcali.		
Neige.	1 p.	de 0° à — 17°.
Chlorure sodique	1	

		Abaissement du thermom.
Neige.	3	de 0° à — 28°.
Chlorure calcique hydraté.	4	
Neige.	3	de 0° à — 28°.
Oxyde potassique.	4	
Neige.	8	de — 55° à — 68°.
Acide sulfurique étendu. . .	10 p.	

Matières colorantes. — Elles se trouvent dans toutes les parties des plantes; celles qu'on a pu isoler sont l'*indigo*, l'*hématine*, le *rose de carthame*, la *carmine* et l'*alizarine*. Toutes ces matières subissent une altération par le contact de l'air humide ou des rayons solaires, ou par une température de 150 à 200 degrés. Elles sont toutes plus ou moins solubles dans l'eau, l'alcool et l'éther, auxquels elles communiquent leur teinte; celles qui ne sont pas très-solides sont seules attaquées par les acides. Le chlore les détruit toutes et leur fait prendre une teinte jaunâtre. Les oxydes et les sous-sels insolubles se combinent généralement avec ces matières pour former des *laques*.

Savons. — Les combinaisons que les alcalis produisent s'appellent *savons*. Les savons n'ont point d'odeur; ils ne sont odorants qu'autant qu'ils sont formés par un acide gras volatil.

On distingue les savons en *savons durs* ou à base de soude, et en *savons mous* ou à base de potasse.

Les savons mous se préparent ordinairement à l'aide des huiles siccatives; pour leur donner de la consistance, on y ajoute du suif ou bien des huiles non siccatives. Ils renferment pour base de la potasse.

Les savons durs contiennent de la soude et se fabriquent ordinairement avec les huiles végétales non siccatives, ou avec les graisses solides.

Les savons du commerce qui ont été préparés avec des graisses végétales, se composent d'un mélange d'oléate et de margarate à base d'alcali; dans ceux qu'on prépare avec les graisses animales, on rencontre principalement du stéarate, du margarate et de l'oléate.

Les savons à base de potasse sont généralement plus solubles dans l'eau que ceux à base de soude.

Encres. — La composition des principales encres est :

1° *Encre à écrire* ou *de bureau :* noix de galle concassée, 1 kilogramme; sulfate de fer, 500 grammes; gomme arabique, 500 grammes; cassonade brune, 50 grammes; eau, 16 litres.

2° *Encre de Chine :* se prépare au moyen de décoctions de diverses plantes, de colle de peau d'âne et de noir de lampe.

3° *Encre pour écrire sur les métaux :* vert de gris, 1 partie; sel ammoniac, 1 p.; noir de fumée, 1/2; eau, 10.

4° *Encre de transport* (pour presses à copier les lettres) : c'est de l'encre ordinaire dans laquelle on fait dissoudre 1/3 de sucre candi.

5° *Encres d'imprimerie et de lithographie :* mélanges de différents corps gras et résineux, auxquels on ajoute du noir de fumée, en proportions convenables, pour donner la couleur.

6° *Encre à marquer le linge :* on dissout 2 parties d'azotate d'argent fondu dans 7 parties d'eau distillée, à laquelle on ajoute 1 partie de gomme arabique et un peu d'encre de Chine.

DEUXIÈME PARTIE.

MÉCANIQUE.— MOTEURS.— MACHINES.— APPAREILS.

MÉCANIQUE.

La mécanique est la science des forces et du mouvement.

Masse. — Au point de vue mécanique, la *masse* est la mesure de la résistance qu'oppose un corps à tout changement d'état.

Repos et mouvement. — On dit qu'un corps est en *mouvement*, lorsque ce corps, ou quelques-unes de ses parties sont transportées d'un lieu en un autre; on dit qu'il est en *repos*, lorsque sa position ne change pas.

Il n'y a pas, à proprement parler, de corps en repos; aussi ne considérons-nous que le repos *relatif*, c'est-à-dire l'état d'un corps qui nous paraît être fixe par rapport à un corps en mouvement.

Forces. — On nomme *force* toute cause qui modifie ou tend à modifier l'état de repos ou de mouvement d'un corps. Toute force qui donne le mouvement à un corps s'appelle *force motrice* ou simplement *moteur*, et le corps entraîné prend le nom de *mobile*.

Caractères des forces. — Dans toute force on distingue : 1° son *point d'applicction*, c'est-à-dire le point où elle agit immédiatement; 2° sa *direction*, c'est-à-dire la ligne droite suivant laquelle la force tend à déplacer le poi t d'application; 3° son *sens*, c'est-à-dire la direction qui en résulte; 4° son *intensité*, ou sa valeur prise par rapport à une autre force prise comme unité.

Mesure et représentation des forces. — L'unité de force est tout-à-fait arbitraire; mais, dans quelques conditions qu'agisse une force, un certain poids pouvant toujours produire le même effet, on a pris le kilogramme pour terme de comparaison. On dit donc une force de 2, de 4, de 100 kilogrammes, quand elle peut être remplacée par l'action de 2, de 4, de 100 kilogrammes.

On représente graphiquement les forces par les lignes de leurs directions, et on représente l'intensité de ces forces par les longueurs de ces lignes. En effet, on peut aussi bien faire usage de longueurs que de nombres pour exprimer des quantités relatives; ainsi, une ligne de 5 centimètres sera la représentation d'une force donnée en intensité et en direction, et une autre ligne de 10 centimètres pourra très-bien représenter une force double en intensité. On distingue les forces les unes des autres, en les désignant par les lettres P, Q, R..., que l'on place sur leurs directions respectives.

Classification des forces. — On distingue les forces en *forces actives* ou *puissances*, et en *forces passives* ou *résistances*; les premières tendent à produire un certain effet, tandis que les secondes tendent à diminuer ou anéantir cet effet.

La gravité, la tension des ressorts sont des forces actives; le frottement, la ténacité sont des forces passives. — La ténacité est, comme on sait, la résistance qu'opposent les corps à la traction.

On divise encore les forces en *forces instantanées* et en *forces continues*, d'après la manière dont elles agissent sur les corps : les premières agissent pendant un temps très-court, comme un choc; les secondes agissent pendant toute la durée du mouvement, comme la pesanteur.

Composition et décomposition des forces. — Deux forces P et Q appliquées en un même point peuvent être remplacées par une force unique R, qui est leur *résultante*. P et Q sont appelées les *composantes* de R.

Lorsque deux forces parallèles sont appliquées à un même corps, elles ont une résultante égale à leur somme si elles sont de même direction, et à leur différence si elles sont de direction contraire.

Lorsque deux forces parallèles et de même direction sont appliquées aux extrémités d'une droite A B, leur résultante R est égale à leur somme, leur est parallèle et partage la droite A B en deux parties inversement proportionnelles aux forces P et Q.

Lorsque deux forces parallèles sont égales et contraires, leur résultante est nulle et son point d'application situé à l'infini. Aucune force unique ne peut faire équilibre à un système de ce genre qui porte le nom de *couple*.

La résultante de deux forces *concourantes* (dont les directions se rencontrent en un même point où on peut les supposer toutes appliquées) est représentée en grandeur et en direction, par la diagonale du parallélogramme construit sur ces forces.

On peut composer plusieurs forces appliquées en un même point, en déterminant d'abord la résultante de deux de ces forces, puis la résultante de cette résultante et d'une troisième force, et ainsi de suite.

On peut décomposer une force en deux autres appliquées au même point que la première, et dirigées suivant des droites données. Il suffit, pour cela, de construire sur ces droites un parallélogramme dont la diagonale soit la force donnée. — On peut de même décomposer une force en plusieurs autres.

Pour composer plusieurs forces parallèles, appliquées à un même corps, il faut composer deux de ces forces en les supposant appliquées à la droite qui joint leurs points d'application; on détermine ainsi la résultante de ces deux forces et son point d'application. Composant cette résultante avec une troisième force, en supposant toujours ces deux forces appliquées aux extrémités de la droite qui joint leurs points d'application, on obtient une seconde résultante ainsi que son point d'application. En continuant de la sorte la composition de la dernière résultante avec une nouvelle force, on obtient la résultante totale, qui est égale à la somme algébrique de toutes les forces parallèles. Le point d'application de cette résultante est le *centre des forces parallèles.*

Des mouvements. — Le mouvement d'un corps est *rectiligne* ou *curviligne*, suivant que sa *trajectoire*, c'est-à-dire la suite des positions par lesquelles il a successivement passé, est une ligne droite ou une ligne courbe.

Pour que le mouvement d'un corps soit complètement connu, il faut que l'on connaisse le temps, la trajectoire et la force qui produit le mouvement. Les relations entre ces trois éléments constituent les lois du mouvement.

L'équation du mouvement sur la trajectoire est $e = f(t)$, relation entre l'espace et le temps.

On distingue plusieurs espèces de mouvements. Le mouvement d'un corps est dit *uniforme* ou *varié*, selon que les espaces parcourus pendant des temps égaux, sont égaux ou inégaux.

L'équation du mouvement uniforme est : $e = v.t$; appelant v la vitesse du corps, c'est-à-dire l'espace parcouru dans chaque unité de temps, et e l'espace parcouru au bout du temps t.

Le mouvement peut être *uniformément accéléré* ou *retardé*, selon que les espaces parcourus dans des temps égaux successifs sont de plus en plus grands, ou de plus en plus petits.

Dans le mouvement uniformément varié, dont l'équation est $v = a \pm gt$, la vitesse n'est plus le chemin parcouru dans l'unité de temps, mais l'espace qui serait parcouru uniformément par le mobile, dans chaque seconde, à partir de l'instant où le mouvement deviendrait uniforme si la force accélératrice ou retardatrice cessait tout-à-coup.

Dans la formule $v = a \pm gt$, v désigne la vitesse au bout du temps t, a la vitesse initiale, g la quantité dont la vitesse augmente dans l'unité de temps.

Dans un mouvement uniformément accéléré, la vitesse est proportionnelle au temps ; c'est-à-dire que si la vitesse est de 1 mètre au bout d'une seconde, elle sera de 2 mètres au bout de la 2e seconde, etc.

Dans ce même mouvement, les espaces parcourus sont proportionnels aux carrés des temps employés à les parcourir.

Mesure d'une force motrice. — On peut mesurer les forces, comme nous l'avons déjà dit, en cherchant le nombre d'unités de forces auquel elles font équilibre ; on peut aussi les mesurer en comparant les vitesses qu'elles communiquent aux corps. Cette dernière manière de mesurer les forces repose sur les trois principes suivants :

1° *Les forces sont proportionnelles aux vitesses qu'elles impriment à un même corps.*

2° *Les forces sont proportionnelles aux masses des corps qu'elles font mouvoir avec la même vitesse.*

3° *Les forces sont proportionnelles aux produits des masses des corps sur lesquelles elles agissent, par les vitesses qu'elles leur impriment.*

Le produit de la masse d'un corps par la vitesse dont il est animé, s'appelle *quantité de mouvement.*

Soient : F et f, deux forces communiquant les vitesses G et g aux masses M et m dans l'unité de temps ; on a : $F : f = MG : mg$. Si F représente l'unité de force capable de donner à l'unité de masse M, l'unité de vitesse G, c'est-à-dire si $F=1$, $M=1$, $G=1$, on a : $f=mg$, expression d'une force capable de donner à une masse m une vitesse g. Cette vitesse sera *constante* ou *variable*, selon que la force sera elle-même *constante* ou *variable*.

Remarque. — On a $f=mg$, $v=gt$, d'où $g=\frac{v}{t}$; donc $f=\frac{mv}{t}$; $g=\frac{2e}{t^2}$, d'où $f=\frac{2me}{t^2}$.

Force centrifuge. — C'est une force qui prend naissance dans tout mouvement curviligne, et en vertu de laquelle tout corps mû sur une circonférence tend sans cesse à s'éloigner du centre de rotation. D'un autre côté, toute force dirigée vers un centre porte le nom de *force centrale* ou *force centripète*. Dans le mouvement circulaire, la force centrale est égale et directement opposée à la force centrifuge; toutes deux sont proportionnelles au carré de la vitesse divisé par le rayon.

On a vu que $f=\frac{2me}{t^2}$; on trouve par le calcul $e=\frac{v^2t^2}{2R}$, donc $f=\frac{mv^2}{R}$.

En désignant par T le temps d'une révolution complète, c'est-à-dire du parcours de la circonférence entière par le mobile, on a : $vT=2\pi R$, d'où $v=\frac{2\pi R}{T}$, et par suite $f=\frac{4\pi^2}{T^2}.mR$.

Pour $m=1$, $f=\frac{4\pi^2 R}{T^2}$. Pour $R=6375000$, valeur du rayon terrestre à l'équateur; 24^h, temps moyen, ou 86400″, temps qui s'écoule entre deux passages consécutifs du soleil moyen au méridien; 235″,9, temps que met le méridien terrestre pour passer de la position occupée la veille par le soleil, lors de son passage au méridien, le jour présent lors du même passage; T, durée en temps moyen de la révolution de la terre autour de l'axe; $g = 9{,}78$ accélération du mouvement d'un corps qui tombe librement dans le vide; on a :

$$f = \frac{4\pi^2 \times 6375000}{(86400 - 235{,}9)^2} = 0^{m}.0339$$

A l'équateur, la pesanteur a pour expression :

$$f + g = 0^{m},0339 + 9^{m},78 = 9^{m},8139 \text{; donc } \frac{f}{f+g} = \frac{1}{289}.$$

Ainsi, la force centrifuge à l'équateur est $\frac{1}{289}$ de la gravité. Si donc la rotation de la terre devenait 17 fois plus rapide, la force centrifuge deviendrait 289 fois ce qu'elle est aujourd'hui, et elle ferait plus que contre-balancer l'action de la pesanteur.

Les applications de la force centrifuge sont très-nombreuses : dans l'industrie, on utilise l'action de cette force à l'élévation de l'eau, au séchage, aux régulateurs des machines à vapeur, aux ventilateurs, etc.

Dans la construction des chemins de fer, on ne parvient à neutraliser l'action de la force centrifuge dans les courbes, que par une différence de niveau de rails.

Données relatives à g.

$g = 9^{m},78$	$\frac{1}{g} = 0{,}10224$
$2g = 19^{m},56$	$\frac{1}{2g} = 0{,}05112$
$\frac{g}{2} = 4^{m},89$	$\sqrt{2g} = 4{,}422$

Pesanteur. — *La pesanteur* est la cause inconnue qui fait descendre les corps vers la terre; comme elle est une cause de mouvement, on doit la considérer comme une force.

On nomme *verticale* la direction de la pesanteur, c'est-à-dire la ligne droite que suivent les corps en tombant. On détermine la verticale d'un lieu par le *fil-à-plomb*. Si la terre était une sphère parfaite, et que sa surface fût partout parfaitement lisse et uniforme, la pesanteur serait la même dans toutes les parties du globe; mais le rayon du centre de la terre aux pôles étant plus petit que celui du centre à l'équateur, la pesanteur est plus grande aux pôles qu'à l'équateur, et sa direction n'est pas partout rigoureusement verticale. C'est ainsi que le fil-à-plomb éprouve une légère déviation dans le voisinage de très-hautes montagnes. La direction de la pesanteur, qui est celle du rayon de la terre, forme un angle avec la direction de la force centrifuge, perpendiculaire à l'axe de rotation du globe; cet angle est moins ouvert aux pôles qu'à l'équateur, où la force centrifuge est à son maximum.

Du centre de gravité. — Le *centre de gravité d'un corps* est un point par lequel passe constamment la résultante des actions de la pesanteur, sur les molécules de ce corps, dans toutes les positions qu'il peut prendre. On l'appelle encore *centre de masse*, *centre de figure*, et même *centre des moyennes distances*.

Le *centre de gravité de l'aire d'un triangle* est à la rencontre des trois droites qui joignent les sommets aux milieux des côtés opposés; ou bien, sur l'une de ces droites, au tiers de cette ligne à partir de la base, ou aux deux tiers à partir du sommet de l'angle.

Le *centre de gravité d'un trapèze* est sur la ligne qui va du milieu de l'une de ses bases au milieu de l'autre, et il coupe cette ligne dans le rapport des deux sommes que l'on trouve en ajoutant d'un côté, à la 1re base, deux fois la 2e, et d'un autre côté, à la 2e base, deux fois la 1re.

Le *centre de gravité d'une pyramide triangulaire* est situé sur une ligne menée de l'un quelconque des quatre angles au centre de gravité de la base opposée ; il est au quart de cette ligne à partir de la base, ou aux trois quarts à partir du sommet de l'angle.

Le *centre de gravité d'un cylindre* est au milieu de son axe, ou droite qui joint les centres de gravité de ses deux bases.

Le *centre de gravité d'une demi-sphère homogène* est à partir du centre de figure aux trois-huitièmes du rayon qui aboutit au centre de la surface convexe.

Le *centre de gravité d'une ellipse* est au point d'intersection des deux axes.

Le *centre de gravité d'une zône sphérique à deux bases* est situé au milieu du diamètre de la sphère qui passe par les centres de ces deux bases.

Le *centre de gravité d'un parallélipipède* se trouve au point de rencontre de ses diagonales, point qui est un *centre de figure* pour la surface de ce corps.

Le *centre de gravité d'un cône* se trouve sur la droite qui joint son sommet au centre de gravité de sa base, et au quart de cette ligne, à partir de la base.

Le *centre de gravité d'un secteur sphérique* est situé sur l'axe du secteur, à une distance du centre de la sphère égale à $\frac{3}{4}r - \frac{3}{8}h$, r étant le rayon de la sphère, et h la hauteur de la zône qui sert de base au secteur.

Le *centre de gravité d'un segment sphérique* est donné par $x = \frac{3}{4}\frac{(2r-h)^2}{3r-h}$ désignant par x la distance du centre de la sphère de rayon r, au centre de gravité du segment.

Equilibre. — C'est l'effet résultant de deux puissances égales agissant simultanément, mais en sens contraire l'une de l'autre.

Pour qu'un corps soit en équilibre, il faut que la verticale menée par son centre de gravité passe par un point fixe dans le système. De plus, l'équilibre est *stable*, *instable* ou *indifférent*, selon que le point d'appui est au-dessus ou au-dessous du centre de gravité, ou coïncide avec lui.

Equilibre dans les machines élémentaires. — Les conditions d'équilibre sont résumées dans ce qui suit, pour diverses machines.

Levier. — Pour l'équilibre, il est nécessaire et il suffit : 1° que les deux forces P et Q qui le sollicitent, soient dans un même plan avec l'appui ; 2° que les produits de ces deux forces par leurs bras de levier l, l', (leurs *moments* par rapport au point d'appui) soient égaux ; 3° qu'elles tendent à faire tourner en sens contraire ; 4° qu'elles aient une résultante unique passant par le point d'appui, et normale à la surface de contact du levier. — $Pl = Ql'$.

Poulie. — P et Q étant les forces agissant aux deux extrémités de la corde, il faut que $P = Q$. Si l'une des extrémités de la corde est attachée à un point fixe, et si la chape porte un poids Q, la puissance P qui tend à faire monter le poids Q, est à ce poids comme le rayon de la poulie est à la sous-tendante de l'arc embrassé par la corde.

Moufle. — La puissance P : la résistance $Q = 1 : N$, nombre des cordons qui soutiennent le moufle mobile.

Tour. — Il faut que la puissance P soit à la résistance Q, comme le rayon du cylindre r est au rayon de la roue.

Pour les tours à axes parallèles, réagissant les uns sur les autres, il faut que $P = Q\frac{r\,r'}{R\,R'}$; r rayon du tambour, r' rayon du pignon, R rayon de la roue, R' rayon de la manivelle.

Plan incliné. — Si un corps est tiré sur un plan incliné par une force P, qui fait équilibre à son poids Q, on doit avoir : $P = Q\frac{h}{l} = Q \sin a$, pour P parallèle au plan incliné ; et $P = Q\frac{h}{b} = Q \operatorname{tang} a$, pour P horizontale.

h, hauteur du plan, b, sa base, a, angle d'inclinaison.

Vis. — La puissance qui tend à faire tourner l'écrou est à la résistance qui le presse dans le sens de l'axe, comme le pas de la vis est à la circonférence que tend à décrire la puissance.

Vis sans fin. — La puissance P appliquée à la manivelle dont le rayon est R : l'effort F avec lequel le filet presse la dent de la roue = le pas h de la vis : la circonf. que tend à décrire la puissance. $P : F = h : 2\pi R$.

Si un treuil autour duquel s'enroule un poids Q est fixé sur le même axe que la roue dentée, $P : Q = h \times$ le rayon du treuil : rayon de la roue dentée $\times 2\pi R$.

Coin. — La condition d'équilibre du coin consiste en ce que la puissance étant représentée par la tête du coin, les deux forces qui en résultent perpendiculairement aux côtés sont représentées par ces côtés eux-mêmes.

Roues dentées — La condition d'équilibre est que la puissance soit à la résistance, comme le produit des rayons des pignons est au produit des rayons des roues.

Cric. — Appelant P la puissance appliquée à la manivelle, Q la résistance dans le sens de la barre, r, r' les rayons des pignons, R, R' les rayons de la roue et de la manivelle, on a :

Dans le cric simple $P r = Q R$.

Dans le cric composé $P r r' = Q R R'$.

Chute des corps. — On détermine la vitesse v acquise

par un corps tombé d'une hauteur h au moyen de la formule $v = \sqrt{2gh}$.

Pour connaître les hauteurs dues à différentes vitesses, il faut voir la *table des vitesses d'écoulement et des hauteurs correspondantes*, donnée au commencement des *moteurs hydrauliques*.

Mouvement vertical ascensionnel d'un corps pesant. — Lorsqu'un corps pesant est lancé verticalement de bas en haut, la pesanteur devient une force retardatrice; l'accélération g du mouvement du corps est la même que s'il n'avait pas reçu de vitesse initiale. S'il est lancé de bas en haut avec une vitesse a, il monte jusqu'à ce que le temps t soit égal à $\frac{a}{g}$. En substituant cette valeur dans l'équation du mouvement : $e = at - \frac{gt^2}{2}$, on trouve pour la hauteur à laquelle il s'élève : $e = \frac{a^2}{2g}$. On voit que cette hauteur est précisément celle dont il devrait tomber sans vitesse initiale, pour acquérir la vitesse a.

Mouvement parabolique. — Un corps pesant qu'on a lancé suivant une direction quelconque, et qui se meut ensuite sous la seule action de la pesanteur supposée constante en grandeur et en direction, décrit une parabole située dans le plan vertical qui passe par la direction de la vitesse de projection.

En désignant par x l'espace parcouru horizontalement dans le temps t, par y l'espace parcouru verticalement dans le même temps, par v la vitesse de projection, par a l'angle que sa direction fait avec le plan horizontal, et par g la gravité, on a pour les équations du mouvement parabolique :

$$x = v \cos a . t,$$

$$y = v \sin a . t - \frac{gt^2}{2};$$

d'où l'on tire l'équation de la parabole, trajectoire du mobile :

$$y = x \operatorname{tang} a - \frac{g x^2}{2 v^2 \cos^2 a}.$$

Choc de deux sphères. — On nomme *choc central* de deux sphères, le choc de deux sphères dont les centres se meuvent sur une même droite.

Soient m et m' les masses respectives de deux sphères animées de vitesses v et v', avant le choc, et u la vitesse commune après le choc.

Si les deux sphères ne sont pas *élastiques*, on aura :

$u = \frac{m v \pm m' v'}{m + m'}$, suivant que les sphères se meuvent dans le même sens ou en sens contraire avant le choc.

Si les sphères sont élastiques, le choc donne lieu à deux phénomènes : la *percussion* et la *détente*. En représentant par u la vitesse commune après la percussion, et par V et V' les vitesses des sphères après la détente, on a :

$$V = \frac{(m - m') v + 2m' v'}{m + m'}$$

$$V' = \frac{(m' - m) v' + 2m v}{m + m'}$$

Centres et rayons de giration. — Le *centre de giration* d'un corps en révolution ou d'un système de points matériels, liés entre eux d'une manière invariable, tournant autour d'un certain axe, avec une vitesse quelconque, est le point de ce corps qui continuerait à se mouvoir avec la même vitesse angulaire que si toute la masse du système y était concentrée. — La distance du centre de giration à l'axe fixe est appelée *rayon de giration*.

Si nous désignons par $S m r^2$ la somme des moments d'inertie du système par rapport à une droite D, le rayon de giration R doit satisfaire à la condition $S m r^2 = M R^2$, M étant la masse de tout le système.

Voici les valeurs du carré de giration de quelques corps géométriques.

1° *Barre droite.* — En appelant l la longueur de la barre, α l'angle que cette barre fait par rapport à l'axe de rotation qui passe à son extrémité, et R le rayon de courbure, on a $R^2 = \frac{1}{3} l^2 \sin^2 \alpha$. — Si la barre était perpendiculaire à l'axe de rotation, on aurait $R^2 = \frac{1}{3} l^2$.

2° *Disque circulaire.* — Si r représente le rayon d'un disque circulaire très-mince, tournant autour d'un diamètre, on aura $R^2 = \frac{1}{4} r^2$. — Si le disque tournait autour de l'axe ou d'une droite perpendiculaire à son plan et passant par le centre, on aurait $R^2 = \frac{1}{2} r^2$.

3° *Circonférence de cercle* tournant autour d'un diamètre. — On a pour le rayon de giration $R^2 = \frac{1}{2} r^2$.

4° *Anneau circulaire* mince tournant autour d'un de ses diamètres. — L'expression du rayon de giration est $R^2 = \frac{1}{2} r^2$.

5° *Cylindre droit à base circulaire.* — Le rayon de giration d'un tel cylindre de rayon r, par rapport à l'axe de figure de ce cylindre, est donné par la formule $R^2 = \frac{1}{2} r^2$.

6° *Couche cylindrique de révolution.* — Pour une couche cylindrique de révolution dont les rayons intérieur et extérieur sont r et r', on a pour déterminer le rayon de giration par rapport à l'axe de figure : $R^2 = \frac{1}{2} (r^2 + r'^2)$.

— Cette formule peut être remplacée par la suivante : $R^2 = l^2 + \frac{e^2}{4}$, dans laquelle l est le rayon moyen de cette couche, et e son épaisseur.

7° *Globe sphérique* tournant autour d'un diamètre. — La valeur de son rayon de giration est donnée par $R^2 = \frac{2}{5} r^2$.

8° *Surface sphérique* tournant autour d'un diamètre. — Son rayon de giration est fourni par la relation $R^2 = \frac{2}{3} r^2$.

9° *Cône droit* tournant autour de son axe. On détermine son rayon de giration par la formule $R^2 = \frac{3}{10} r^2$.

10° *Parallélipipède rectangle.* — En désignant par a, b, c, ses trois arêtes, si l'on détermine le rayon de giration par rapport à une parallèle aux arêtes a menée par le centre du solide, on a : $R^2 = \frac{1}{12} (b^2 + c^2)$.

Pendule. — Tout corps solide suspendu à un point ou à un axe horizontal autour duquel il peut osciller, constitue un *pendule*.

Les lois du pendule se déduisent de la formule

$$t = \pi \sqrt{\frac{l}{g}},$$

dans laquelle t représente la durée d'une oscillation, l la longueur du pendule, g l'intensité de la pesanteur, c'est-à-dire la vitesse acquise, au bout d'une seconde, par un corps qui tombe dans le vide.

Travail mécanique. — Le travail mécanique est rapporté à certaines mesures qui sont : le *kilogrammètre*, qui exprime la quantité de travail représenté par un poids de 1 kilogramme élevé à 1 mètre; l'*unité dynamique* ou *dynamie* qui est de 1,000 kilogrammes élevés à 1 mètre, ou 1,000 kilogrammètres.

Ces unités servent exclusivement à la mesure du travail produit. Mais quand le moteur agit d'une manière uniforme, il est plus simple de considérer le travail pendant l'unité de temps, c'est le *cheval-vapeur*, *cheval-dynamique*, qui équivaut à 75 kilogrammes élevés à 1 mètre en 1 seconde, c'est-à-dire 75 kilogrammètres, ou 4,500 kilogrammètres par minute, ou 270 dynamies par heure.

Le travail mécanique suppose à la fois une résistance vaincue et un chemin décrit dans la direction de cette résistance; il suppose de plus que le chemin décrit n'est pas indépendant de l'action de la force motrice et de la résistance.

Tout moteur développe un *travail théorique* maximum dont l'expression est $T = PE$, P étant la pression en kilogrammes, E l'espace parcouru en mètres par seconde. Ce travail étant transmis par des appareils ou machines, produit un travail réel qui est l'*effet utile*; celui-ci, consistant en travail effectué, est toujours moindre que la puissance théorique du moteur, à cause des résistances dues à l'imparfaite élasticité des corps, aux chocs ou aux détentes brusques, aux frottements, aux milieux, qui absorbent toujours une portion notable du travail mécanique dépensé pour la production d'un effet quelconque. La formule pratique est donc $T = c \times PE$, c étant un coefficient de correction.

On divise les résistances en *résistances nuisibles* ou *forces passives*, comme le frottement, la résistance de l'air, etc.; et en *inertie* et *poids des pièces* de la machine. En désignant respectivement par r et R ces résistances, par T^m le travail moteur, T^u le travail utile, on a l'égalité $T^m = T^u + T^{(r+R)}$, d'où $T^u = T^m - T^{(r+R)}$, c'est-à-dire que pour qu'une machine fasse le plus de travail utile, il faut rendre le travail résistant aussi petit que possible.

Inertie. — C'est une propriété négative par laquelle la matière s'oppose à tout changement d'état, de repos ou de mouvement, même sous le rapport de vitesse et de direction. Il faut toujours l'introduction d'une force extérieure pour modifier l'état de repos ou de mouvement d'un corps.

L'expression de cette force est : $I = \frac{mv^2}{2}$, et comme $m = \frac{p}{g}$ et $g = 9{,}81$, la formule devient : $I = \frac{pv^2}{2 \times 9{,}81.}$

Quantité de mouvement. — La *quantité de mouvement* d'un corps est le produit de sa masse par la vitesse simple et actuelle que possède cette masse, c'est-à-dire mv ou $\frac{p}{g}v$.

On ne doit pas confondre la quantité de mouvement avec la *quantité d'action* ou *de travail des moteurs* (*puissance mécanique, moment d'activité, effet dynamique*), qui se distingue des autres grandeurs mécaniques, principalement en ce qu'il suppose une résistance, exprimable en poids, à chaque instant vaincue et reproduite, dans le sens même d'un certain chemin parcouru.

Force vive. — On entend par *force vive* d'un corps, le produit $\frac{p}{g}v^2$, p étant son poids et v sa vitesse actuelle.

On sait que le travail relatif à la vitesse de chute des corps engendre, dans ceux-ci, une vitesse calculée par $v^2 = 2gh$, d'où $h = \frac{1}{2g}v^2$, ou bien $p \times h = \frac{p}{2g}v^2$.

On voit par là que la quantité d'action ou de travail, dépensée par la pesanteur pour produire la chute verticale d'un corps, est la moitié de la force vive imprimée au bas de cette chute; ou, ce qui revient au même, la force vive imprimée est le double de la quantité de travail dépensée par la pesanteur.

Comme $m = \frac{p}{g}$, on met souvent cette expression sous la forme $m v^2$, c'est-à-dire que *la force vive est le produit de la masse du corps par le carré de sa vitesse acquise ou actuelle.*

Travail d'une force. — D'après ce qui précède, on voit que pour imprimer à une masse donnée de poids p une vitesse v, le travail que doit développer une force égale à p dans une direction quelconque est : $\frac{p}{2g} v^2$ ou $\frac{m}{2} v^2$.

Principe général des forces vives. — Le principe énoncé au sujet de la force vive est général; il peut s'appliquer à deux instants quelconques du mouvement d'un corps, et il donne lieu alors à l'énoncé suivant, qui renferme implicitement toute la science du calcul de l'effet des machines :

« La perte ou le gain de vive force éprouvée entre 2
» instants quelconques, par un corps dont le mouvement
» varie, est le double de la quantité de travail déve-
» loppée dans cet intervalle par l'inertie du corps ou
» par la force motrice égale et directement contraire. »

En appelant *travail moteur* celui qui est dû aux forces motrices, et *travail résistant* celui qui résulte des résistances de différents genres, on peut encore énoncer ce principe comme suit :

» Dans tout corps ou système de corps en mouvement,
» la différence entre les quantités de travail moteur et
» de travail résistant développées pendant un laps quel-
» conque de temps, est égale à la demi-variation éprouvée
» par la somme des forces vives de toutes les masses du
» système pendant le même temps. »

Diverses parties des machines. — Dans une machine on

distingue : 1° le *moteur*, donnant la puissance; 2° le *récepteur* ou partie du mécanisme qui reçoit directement l'impulsion du moteur; 3° les *opérateurs* ou outils qui agissent sur la matière à confectionner ou à déplacer; 4° les *communicateurs* ou organes intermédiaires qui établissent la communication du mouvement entre les récepteurs et les opérateurs; 5° les *régulateurs* ou modificateurs qui servent à régulariser le mouvement.

Les moteurs se divisent en *moteurs animés* et en *moteurs inanimés*: aux premiers se rapporte la force musculaire de l'homme et des animaux; les seconds comprennent les chutes d'eau, la force du vent, celle de la chaleur, celle de l'électricité.

Les moteurs inanimés n'étant soumis qu'aux lois de la physique, peuvent être réglés de manière à continuer leur action sans interruption; mais il n'en est pas de même des moteurs animés qui, susceptibles de se fatiguer au bout d'un certain temps, ne peuvent fournir chaque jour qu'une quantité limitée de travail. Celle-ci varie suivant le mode d'emploi de ces moteurs et selon les circonstances; mais il existe une vitesse du point d'application, un effort et une durée de travail qui sont les plus favorables pour l'effet utile : le travail journalier atteint alors son *maximum*. On entend par *quantité de travail journalière* des animaux, le produit de trois quantités, qui sont : 1° la vitesse moyenne en mètres, par seconde, du point d'application du moteur; 2° l'effort moyen en kilogrammes; 3° la durée totale du travail journalier en secondes.

Table des quantités de travail journalières que peuvent fournir les moteurs animés dans diverses circonstances.

NATURE DU TRAVAIL.	POIDS ÉLEVÉ ou effort moyen exercé.	VITESSE par 1″.	TRAVAIL par 1″.	DURÉE du travail journalier.	QUANTITÉ de travail journalière.
1° *Élévation verticale des poids.*	kilog.	mètres.	kgm.	heures	kgm.
Un homme montant une rampe douce ou une escalier, sans fardeau, son travail consistant dans l'élévation du poids de son corps..	65	0.15	9.75	8	280800
Un manœuvre élevant des poids avec une corde et une poulie, ce qui l'oblige à faire descendre la corde à vide..	18	0.20	3.6	6	77760
Un manœuvre élevant des poids ou les soulevant avec la main.	20	0.17	3.4	6	73440
Un manœuvre élevant des poids en les portant sur son dos, au haut d'une rampe douce ou d'un escalier, et revenant à vide.	65	0.04	2.6	6	56160
Un manœuvre élevant des matériaux avec une brouette, en montant une rampe au 1/12 et revenant à vide.	60	0.02	1.2	10	43200
Un manœuvre élevant des terres à la pelle, à la hauteur moyenne de 1m,60.	2.7	0.40	1.08	10	38880
2° *Action sur les machines et outils.*					
Un manœuvre agissant sur une roue à chevilles ou à tambour :					
1° Au niveau de l'axe de la roue.	60	0.15	9	8	259200
2° Vers le bas de la roue ou à 24°.	12	0.70	8.4	8	241920
Un manœuvre marchant et poussant ou tirant horizontalement d'une manière continue..	12	0 60	7.2	8	207360
Un manœuvre agissant sur une manivelle..	8	0 75	6	8	172800
Un manœuvre exercé poussant et tirant alternativement dans le sens vertical.	6	0.75	4.5	10	162000
Un cheval attelé à une voiture et allant au pas. . . .	70	0.90	63	10	2168000
Un cheval attelé à une voiture et allant au trot. . .	44	2.20	96.8	4.5	1568160
Un cheval attelé à un manège et allant au pas.	45	0.90	40.5	8	1166400
Un cheval attelé à un manège et allant au trot. . . .	30	2.00	60	4.5	972000

NATURE DU TRAVAIL.	POIDS ÉLEVÉ ou effort moyen exercé.	VITESSE par 1″.	TRAVAIL par 1″.	DURÉE du travail journalier.	QUANTITÉ de travail jour-nalière.
	kilog.	mètres.	kgm.	heures.	kgm.
Un bœuf attelé à un manège et allant au pas.	60	0.60	36	8	1036800
Un bœuf attelé à un manège et allant au trot.. . . .	30	0 90	27	8	777600
Un âne attelé à un manège et allant au pas..	14	0.80	11.2	8	322560
3° *Transport horizontal des fardeaux.*					
Un homme marchant sur un chemin horizontal, sans fardeau, son travail consistant dans le transport du poids de son corps.	65	1.50	97.5	10	3510000
Un manœuvre transportant des matériaux dans une petite charrette ou camion à deux roues, et revenant à vide chercher de nouvelles charges.	100	0.50	50	10	1800000
Un manœuvre transportant des matériaux dans une brouette et revenant à vide chercher de nouvelles charges..	60	0.50	30	10	1080000
Un homme voyageant en transportant des fardeaux sur son dos.	40	0.75	30	7	756000
Un manœuvre transportant des matériaux sur son dos, et revenant à vide chercher de nouvelles charges.	65	0.50	32.5	6	702000
Un manœuvre transportant des matériaux sur une civière et revenant à vide chercher de nouvelles charges..	50	0 33	10.5	10	594000
Un manœuvre employé à jeter de la terre au moyen d'une pelle, à 4 mètres de distance horizontale.. .	2.7	0.68	1.8	10	64800
Un cheval transportant des fardeaux sur une charrette, et marchant au pas continuellement chargé.	700	1.10	770	10	27720000
Un cheval attelé à une voiture et marchant au trot continuellement chargé.	350	2.20	770	4.5	12474000
Un cheval transportant des fardeaux sur une charrette, au pas, et revenant à vide chercher de nouvelles charges.	700	0.60	420	10	15120000
Un cheval chargé sur le dos et allant au pas.	120	1.10	132	10	4752000
Un cheval chargé sur le dos et allant au trot.	80	2.20	176	7	4435000

Table des efforts qu'un manœuvre de force ordinaire peut exercer pendant un court intervalle de temps sur certains appareils ou outils. (M. MORIN.)

Désignation des instruments.	kilog.
Une plane.	45
Une tarière avec les deux mains.	45
Une clef d'écrou.	38
Un étau ordinaire en agissant sur la clef. .	33
Un ciseau ou un foret dans le sens vertical.	33
Une manivelle.	30
Une tenaille ou une pince agissant par compression..	27
Un rabot à main..	23
Un étau à main.	20
Une scie à main.	16
Un vilbrequin.	7
Un petit tourne-vis, ou en tournant avec le pouce et les doigts.	6

FROTTEMENT DES CORPS SOLIDES.

Genres de frottement. — Lorsque deux surfaces glissent l'une sur l'autre, leur mouvement rencontre toujours un obstacle qui diminue l'intensité calculée; cette résistance est due aux points de contact des deux corps. On la désigne sous le nom de *frottement*, et l'on distingue deux genres de frottement.

1° Le *frottement de glissement* ou du *premier genre*, est celui qui se produit entre deux surfaces dont l'une présente toujours les mêmes points de contact en parcourant l'étendue de l'autre.

2° Le *frottement de roulement* ou du *second genre*, est celui dans lequel les deux surfaces présentent des points de contact qui varient avec le mouvement, ainsi que cela arrive aux roues d'une locomotive roulant sur des rails.

Le frottement de glissement, entre tous les corps employés dans les machines et dans les constructions, sous des pressions comparables à celles qui ont lieu dans la pratique, a été trouvé : 1° indépendant de la vitesse du mouvement et de l'étendue des surfaces frottantes; 2° proportionnel à la pression suivant un rapport constant, dit *coefficient*, pour les mêmes surfaces dans le même état, et variable d'un corps à l'autre.

Ces lois sont également applicables au glissement pendant le choc des corps.

Soient Q la résistance absolue du frottement d'un corps glissant sur un autre, et P la pression totale exercée par ce corps perpendiculairement à la surface de contact ; $\frac{Q}{P} = F$, *coefficient de frottement*, toujours moindre que l'unité.

F représente la valeur absolue de la résistance au glissement sous l'unité de pression. En général, la formule $Q = FP$ sert à calculer Q, lorsque P est donné *à priori* et que F est connu par l'expérience.

Les diverses valeurs de F sont indiquées dans le tableau suivant de M. Morin. Pour obtenir la quantité de travail consommée par le frottement de surfaces planes en mouvement l'une contre l'autre sur une longueur donnée, il faut multiplier la pression P par le rapport F du frottement à la pression correspondante aux surfaces en contact, puis on multiplie l'expression du frottement ainsi obtenue par le chemin E, ou l'espace dont les surfaces ont glissé l'une sur l'autre.

TABLEAU des coefficients de frottement.

DÉSIGNATION des surfaces frottantes.	ÉTAT DES SURFACES.	COEFFICIENT DE FROTTEMENT. lorsque les corps ont été quelque temps en contact.	lorsqu'ils sont en mouvement les uns sur les autres.
Chêne sur chêne	Sans enduit.	0 62	0.48
	Frottées de savon sec. .	0.44	0.16
	Mouillées d'eau.	0.71	0.25
Fer sur chêne.	Sans enduit.	0.62	0.62
	Mouillées d'eau.	0 65	0.26
Fonte sur chêne.	Sans enduit.	» »	0.49
	Mouillées d'eau.	0.65	0.22
Laiton sur chêne.	Sans enduit.	0 62	0.62
Fonte sur fonte et sur bronze	Sans enduit.	0.16	0.18
Fer sur fonte et sur bronze..	Sans enduit.	0.19	0.15
Cuir de bœuf pour garniture de piston sur fonte.	Mouillées d'eau.	0.62	0.36
	Avec huile, suif, etc.. .	0.12	0.15
Cuir tanné sur chêne.	Sans enduit.	0.43 à 0.61	0.30 à 0.35
	Mouillées d'eau.	0 79	0 29
Corde de chanvre sur chêne.	Sans enduit.	0.80	0.52
Chêne, orme, hêtre, fer, fonte et bronze, glissant deux à deux l'un sur l'autre	Avec enduit de suif. . .	0.10	0.07 à 0.08
	Enduites d'huile ou de saindoux.	0.15	

Frottement d'un tourillon dans un coussinet. — Les frottements des tourillons sur leurs coussinets absorbent beaucoup de force; on calcule la force absorbée par le frottement du tourillon, par la formule $T = \frac{2\pi RN}{60} \times FP = 0{,}1047\ RNFP$; dans laquelle T exprime des kilogrammètres, R le rayon des tourillons en mètres, N le nombre de tours par minute, F le coefficient de frottement, P la pression en kilogrammes.

Le tableau suivant, emprunté à M. Morin, donne le rapport du frottement à la pression dans les cas les plus généraux.

Lorsqu'on détermine la pression P supportée par un axe de rotation, on peut avoir à examiner l'un des cas suivants : 1° si toutes les forces agissent verticalement, on ajoute le poids de l'arbre et de son équipage aux forces qui agissent de haut en bas ; on y ajoute ou on en retranche la somme des forces qui agissent de haut en bas ou de bas en haut tangentiellement à l'arbre : le total ou le reste est la pression cherchée; 2° s'il y a des forces horizontales et des forces verticales, on fait séparément les sommes de chacun de ces genres de forces, en y comprenant le poids des arbres et de leurs équipages. Quand on connaît la plus grande des deux sommes, on obtient la pression cherchée à 0,04 près, en ajoutant les 0,96 dé la plus grande aux 0,4 de la plus petite; quand on ignore laquelle est la plus grande, on les ajoute et on prend les 0,83 du total, ce qui donne la pression à moins de 1/6 près, approximation presque toujours suffisante; 3° si les tourillons sont pressés en sens inverse, il faut calculer séparément la pression que chacun supporte; 4° quand les forces agissent obliquement, il faut les décomposer dans le sens vertical et dans le sens horizontal, et considérer simultanément les composantes de même sens.

Frottements des tourillons en mouvement sur leurs coussinets. (M. Morin.)

SURFACES en contact.	NATURE des enduits.	RAPPORT DU frottement à la pression. ENDUIT RENOUVELÉ à la manière ordinaire.	d'une manière continue.
Fonte sur fonte.	Huile d'olive, saindoux, suif ou cambouis mou. .	0.075	0.054
	Idem et eau	0 08	»
	Surfaces onct^ses. .	0.14	»
Fonte sur bronze.	Huile, saindoux, suif ou cambouis mou.	0.075	0.054
	Surfaces onctueuses et mouillées.	0.16	»
	Surfaces très-peu onctueuses. . . .	0.19	»
Fonte sur bois de gayac.	Sans enduit. . . .	0.18	»
	Huile ou saindoux.	0.100	0.092
Fer sur bronze. .	Huile, suif, saindoux ou cambouis mou.	0.075	0.054
	Surfaces très-peu onctueuses	0.25	»
	Surfaces onct^ses. .	0.19	»
Fer sur bois de gayac	Huile ou saindoux.	0.11	»
	Surfaces onct^ses. .	0.19	»
Bronze sur bronze	Huile, saindoux. .	0.10	»
Bois de gayac sur fonte.	Saindoux.	0.12	»
	Surfaces onct^ses. .	0 15	»
Gayac sur gayac.	Saindoux.	»	0.07

Table des rapports du frottement à la pression, dans le cas du roulement de surfaces cylindriques sur des surfaces de niveau. (M. Poncelet.)

Roues de voitures, garnies de bandes de fer, cheminant :

	Coeffic. du frottem.
Sur une chaussée en sable et cailloutis nouveaux.	0.0634

	Coeffic. du frottem.
Sur une chaussée en empierrement à l'état ordinaire..	0.0414
Sur une chaussée en empierrement en parfait état.	0 0150
Sur une chaussée en pavé bien entretenu, au pas..	0.0185
Sur une chaussée en pavé bien entretenu, au trot.	0.0238
Sur une chaussée en planches de chêne brutes.	0.0102
Roues en fonte sur rails en bois saillants et rectilignes (Gerstner).	0.0023
Roues en fontes sur ornières plates en fer.	0.0035
Roues en fonte sur ornières saillantes, avec alimentation de graisse ordinaire.	0.0012
Roues en fonte sur ornières saillantes, avec alimentation de graisse continue.	0.0010
Rouleau d'orme sur pavé uni (Régnier)..	0.0074
Id. sur chêne parfaitement dressé (Coulomb)..	0.0016
Id. sur gayac, parfaitement dressé (Coulomb)..	0.0010
Rouleau de fonte sur granit uni..	0.0010

Frottement sur un plan incliné. — Soient Q le poids du corps, a l'angle d'inclinaison du plan incliné à l'horizon, P la force en kilogrammes nécessaire pour faire monter ce corps le long du plan incliné, p la force nécessaire pour empêcher le glissement du corps le long du plan incliné, b l'angle que fait la direction de la force P ou p avec le plan incliné, F le coefficient de frottement. On a :

$$P = Q\,\frac{\sin a + F\cos a}{\cos b + F\sin b};\quad p = Q\,\frac{\sin a - F\cos a}{\cos b - F\sin b}$$

Frottement d'une vis. — Soient Q la force avec laquelle la vis et l'écrou sont pressés l'un contre l'autre dans la direction de leurs axes; P, p les forces qui agissent à la circonférence extérieure du pas de la vis, afin de vaincre les résistances des frottements et la résistance principale Q; a l'angle d'inclinaison du filet de vis; b pour une vis à filet triangulaire, la moitié de l'angle de l'arête du filet; d le diamètre de la vis; D, D' les diamètres extérieur et intérieur de la surface annulaire de contact entre la partie tournante et la surface résistante; F, f les coefficients correspondants aux frottements. On a :

Pour les vis à filets rectangulaires :

$$P = Q \frac{\text{tang } a + F}{1 - F \text{ tang } a}$$

Pour les vis à filets triangulaires :

$$P = Q \frac{\text{tang } a \cos b + F}{\cos b - F \text{ tang } a}, \; p = \frac{2}{3} \frac{Q}{d} \frac{D^3 - D'^3}{D^2 - D'^2} f.$$

Frottement d'une vis sans fin. — On a approximativement :

Pour les vis à filets rectangulaires :

$$P = Q \frac{\text{tang } a + F}{1 - F \text{ tang } a};$$

Pour les vis à filets triangulaires :

$$P = Q \frac{\text{tang } a \cos b + F}{\cos b - F \text{ tang } a};$$

P étant la force qui doit agir à la circonférence d'une vis sans fin pour vaincre la résistance Q, agissant à la circonférence de la roue, et le frottement entre le filet de la vis et les dents de la roue; a et b ayant les mêmes valeurs que précédemment.

Frottements du piston et de la tige. — Appelons R le

rayon du piston, H la hauteur d'une des garnitures; la surface frottante sera $2\pi RH$, et le poids dont elle est chargée sera $2\pi RHP$, P étant la pression du liquide ou de la vapeur sur 1m² de surface.

Le travail absorbé est, en kilogrammètres, $2\pi RHPFV$, en représentant par F le coefficient de frottement, et par V la vitesse par seconde.

Frottement dans la poulie fixe.—Considérons une poulie traversée en son milieu par un boulon fixe, autour duquel elle tourne, sous l'action de la puissance P et de la résistance Q. Le boulon exerce sur la poulie, en un point de l'ouverture circulaire dont elle est percée, une pression normale N et un frottement tangentiel FN; $F = \tang \alpha$, α étant ce qu'on nomme *angle de frottement*. Le mouvement de la poulie étant supposé uniforme, les forces P, Q, N, FN doivent se faire équilibre; c'est-à-dire que la résultante R de P et Q doit être égale et directement opposée à celle de N et FN, laquelle est égale à $\sqrt{N^2 + F^2 N^2}$; donc $R = \sqrt{N^2 + F^2 N^2}$, d'où $N = \dfrac{R}{\sqrt{1 + F^2}}$, et par suite

$$FN = R \frac{F}{\sqrt{1 + F^2}},$$

formule au moyen de laquelle on peut trouver le frottement FN quand on connaît R.

Si r est le rayon de la poulie, r' le rayon de son ouverture centrale, on aura, pour la somme des moments des 4 forces, appliquées à la poulie, par rapport à son axe de figure : $(P - Q)\, r - R \dfrac{F}{\sqrt{1 + F^2}}\, r' = o.$

Quand P agit parallèlement à Q et dans le même sens, on a : $R = P + Q$ et $\dfrac{P}{Q} = \dfrac{r\sqrt{1 + F^2} + Fr'}{r\sqrt{1 + F^2} - Fr'}$.

Quand P agit perpendiculairement à la direction de Q,

on a : $R = \sqrt{P^2 + Q^2}$, dont la substitution dans l'équation des moments fournit une équation du second degré, dont on ne doit considérer que la plus grande des deux racines.

Frottement d'une corde sur un cylindre fixe. — Appelons a la longueur de l'arc du cylindre embrassé par la corde, r le rayon du cylindre, F le coefficient de frottement, $e = 2{,}7182$ la base des logarithmes naturels ou hyperboliques, Q la résistance ou la charge qui agit à une des extrémités de la corde, P la force qu'il faudrait appliquer à l'autre bout de la corde pour vaincre la résistance Q, ainsi que le frottement qui agit à la surface du cylindre. On a : $P = Q\,e^{F\frac{a}{r}}$ d'où l'on tire :

$$F = \frac{1}{a} \log \text{ hyp. } \frac{P}{Q}.$$

RÉSISTANCE DES MATÉRIAUX.

Dans leur emploi, les corps solides peuvent être soumis à quatre espèces d'efforts ayant un mode d'action complètement différent, ce qui donne lieu à différentes forces de résistances. Les efforts auxquels les matériaux doivent résister sont :

1° Les efforts de *traction*, tendant à disjoindre les molécules l'une de l'autre, en les écartant longitudinalement dans une seule et même direction ;

2° Les efforts de *flexion*, dus à l'action de forces perpendiculaires à la longueur du corps portant sur des appuis fixes ou mobiles ;

3° Les efforts de *torsion*, dus à l'action de forces tendant à séparer l'une de l'autre les molécules du corps, en leur imprimant de petits mouvements de rotation autour d'un axe fixe ou non ;

4° Les efforts de *compression*, dus à l'action de forces qui compriment les molécules l'une contre l'autre, tendant ainsi à amener la rupture par écrasement.

Résistance contre la rupture par la traction. — L'effort capable de produire la rupture d'un prisme ou d'une section de 1^{c2}, exprimé en kilogrammes, représente la mesure de la résistance contre la rupture par extension.

Si Q représente cette résistance, et P l'effort, on a :

$$P = Q\,a,\ a = \frac{P}{Q},\ Q = \frac{P}{a};$$ *a* étant la section.

M. Morin, dans son *Aide-mémoire de mécanique pratique*, donne à Q les valeurs suivantes : pour la fonte, 1,250 kil.; — pour le fer, 2,400 kil.; — pour l'acier, 7,500 kil.

Raideur des cordes. — Les cordages se composent de fils appelés *fils de caret*, dont le diamètre varie de 1 à 6 millimètres, et qui sont fabriqués en brins de chanvre de diverses longueurs.

La *ficelle*, la plus simple de toutes les cordes, n'est composée que de 2 fils de caret cordés ensemble.

Les *merlins* ou *lignes* sont formées de 3 fils de caret.

Le *touron* est une petite corde composée de plusieurs fils de caret et préparée pour faire des cordes plus grosses; chaque touron peut être formé depuis 2 jusqu'à 90 fils de caret. Les tourons cordés ensemble forment des cordes appelées *haussières*, dont le diamètre varie de 90 à 186 millimètres.

Les cordages les plus employés, indépendamment de la ficelle et de la ligne, sont les *cordes à main*, les *vingtaines*, les *haubans*, les *câbleaux* et les *câbles*.

Dimensions et poids de diverses cordes.

Dénomination.	Diamètre en millimètres.	Nombre de tourons dont se compose la corde.	Nombre de fils de caret que comprend chaque touron.	Poids du mètre de longueur. kil.
Cordes à main .	17	4	7	0.235
Vingtaines. . . .	27	4	7	0.593
Haubans.	34	4	10	0.917
Câbleaux.	47	4	40	1.797
Câbles.	54	4	60	2.370
	66	4	à	3.543
	81	4	90	5.345
Haussières. . . .	89.9			6.60
	97.5	de	de	7.75
	105.7			9 19
	116.0	2	2	10.97
	129.1			13.56
	137.3	à	à	15.30
	148.3			17 86
	160.6	6	90	20.97
	186.0			28.18

Suivant Coulomb, on ne doit jamais charger les cordes au-delà de 40 kilogrammes par fil de caret, bien que généralement elles puissent soutenir 40 à 50 kilogrammes sans se rompre.

Les cordes mouillées perdent 1/3 de leur force, et la résistance, à diamètre égal, n'est guère pour les cordes goudronnées que les 2/3 ou les 3/4 de celle des cordes blanches.

Les cordes de chanvre ne doivent être soumises qu'à 1/5 de leur résistance absolue. On détermine le diamètre d d'une corde qui doit porter, avec sécurité, un poids P, par la formule $d = 0.113 \sqrt{P}$, dont le tableau suivant indique les résultats.

P Kilogr.	d Centim.	P Kilogr.	d Centim.	P Kilogr.	d Centim.
28	0.6	377	2.2	1125	3.8
50	0.8	349	2.4	1248	4.0
78	1.0	527	2.6	1376	4.2
112	1.2	610	2.8	1509	4.4
153	1.4	702	3.0	1650	4.6
200	1.6	798	3.2	1797	4.8
252	1.8	902	3.4	1950	5.0
312	2.0	1010	3.6	2109	5.2

La résistance due à la raideur des cordes est donnée approximativement par la formule $\frac{d^m}{D} \times a\,Q$, dans laquelle Q est la tension qui existe dans le brin de la corde qui s'enroule; d le diamètre de la corde, D le diamètre de la poulie (tous deux en centimètres); a et m, des constantes à déterminer pour chaque espèce de cordes.

m varie entre 1 et 2; il est égal à 2 pour de grosses cordes neuves, à 1,5 pour les cordes plus qu'à demi-usées, et à 1 pour des ficelles très-petites et très-flexibles.

a est égal à 0,26 pour les cordes en chanvre, et à 0,58 pour les cordes en fil-de-fer.

La valeur de la force qu'il faut employer dans le brin qui déroule, pour vaincre la résistance Q et la raideur de la corde, est donnée par la formule $Q\left(1 + a\frac{d^m}{D}\right)$ kilogr.

La table suivante, calculée par Rondelet, donne le poids du mètre courant de différents cordages en chanvre ordinaire, ni goudronnés, ni mouillés, et la charge moyenne produisant leur rupture.

Tableau relatif aux cordages.

TOURONS.			CORDES A QUATRE TOURONS				
DIAMÈTRE en millimètres.	POIDS du mètre courant.	POIDS produisant la rupture.	CIRCONFÉRENCE en millim.	DIAMÈTRE en millim.	POIDS du mètre courant.	POIDS produisant la rupture.	POIDS à faire supporter avec sécurité.
2.1	0k004	5k50	14	5	0k62	29k00	14k50
3.2	0 008	12 00	20	7	0 035	50 00	25 00
4.2	0 014	22 ,00	27	9	0 06	90 00	45 00
5.3	0 023	34 50	34	11	0 097	188 00	94 00
6.4	0 034	49 50	41	14	0 14	208 00	104 00
7 0	0 044	67 50	47	16	0 19	270 00	135 00
7 8	0 059	88 00	54	18	0 24	350 00	175 00
8.8	0 072	111 50	61	20	0 31	446 00	223 00
9 8	0 090	137 50	68	23	0 39	556 00	278 00
10 8	0 11	166 50	74	25	0 46	666 00	333 00
11.8	0 13	198 50	81	27	0 55	794 00	397 00
12.8	0 153	234 50	88	30	0 65	934 00	467 00
14.0	0 18	270 00	95	32	0 75	1.080 00	540 00
15.0	0 21	310 00	102	34	0 86	1.240 00	620 00
15.7	0 23	352 50	108	36	0 98	1.410 00	705 00
16.7	0 26	398 00	115	38	1 07	1.592 00	796 00
17.7	0 30	446 50	122	41	1 25	1.786 00	893 00
18.7	0 32	497 50	129	43	1 38	1.988 00	994 00
19.7	0 36	552 50	135	45	1 53	2.201 00	1.102 00
20.3	0 40	607 50	142	47	1 69	2.430 00	1.215 00
21.7	0 43	664 50	149	50	1 82	2.670 00	1.335 00
22.7	0 48	728 50	156	52	2 04	2.914 00	1.457 00
23.7	0 52	793 50	162	54	2 21	3 174 00	1.537 00
24.7	0 56	861 00	169	56	2 40	3.444 00	1.722 00
25.7	0 61	931 00	176	59	2 60	3.724 00	1.862 00
26.6	0 66	1.004 00	183	61	2 80	4.018 00	2.009 00
27.0	0 71	1.080 00	190	63	3 00	4.320 00	2.160 00
28.6	0 76	1.178 00	196	65	3 22	4.634 00	2.317 00
29.6	0 82	1.240 00	203	68	3 44	4.960 00	2.480 00
30.6	0 87	1.324 00	212	70	3 68	5.296 00	2.648 00
31.6	0 93	1.410 50	219	72	3 92	5.642 00	2.821 00
32.6	0 99	1.500 00	226	74	4 10	6.000 00	3.000 00
33.5	1 05	1.592 50	230	77	4 40	6.370 00	3.185 00
34.0	1 11	1.687 50	237	79	4 69	6.750 00	3.375 00
35.6	1 18	1.785 50	244	81	5 30	7.140 00	3.570 00

Câbles en fil-de-fer. — On peut les soumettre à 1/5 de leur résistance absolue; la charge, par centimètre carré, est donc $f = \frac{7000}{5} = 1400$ kilogrammes.

En appelant d le diamètre du fil-de-fer; n le nombre de fils qui forment le câble; D le diamètre du câble; f la force indiquée ci-dessus; T la tension à laquelle le câble doit résister avec une sécurité quintuple, on a :

$$d = \sqrt{\frac{4T}{n \pi f}}$$

Généralement on prend $n = 36$ et $f = 1400$.

On a récemment fabriqué des câbles en fils d'*acier manganésé*, qui semblent offrir une grande résistance. Des expériences ont été faites, au banc d'épreuve de Gosselies, pour comparer ces câbles aux câbles en fil-de-fer anglais ordinaire de première qualité; on a obtenu les résultats suivants :

Acier manganésé.

Désignation.	Poids par mètre courant.	Charge d'épreuve.
1° Corde ronde, 18 fils n° 15, enveloppée de chanvre.	0k.750	6.800k sans rupture.
2° *Idem* en 3 tourons, 36 fils n° 13.	1k.333	12.800 —
3° Corde plate, fil n° 14; largeur = 0m.074; épaisseur = 0m.019.	4k.100	39.000 —
4° *Idem*: 144 fils n° 13; larg. = 0m.102; épaisseur = 0m.019.	6k.100	60.000 —

Fils de fer.

Désignation.	Poids par mètre courant.	Charge d'épreuve.
5° Mêmes dimensions que le n° 3.	—	23.000 sans rupture.
6° Mêmes dimensions que le n° 4.	—	46.000 —

Dans toutes ces expériences, c'est la patte et non la corde qui s'est cassée, de sorte qu'elles ne peuvent faire connaître la résistance absolue des fils; elles constatent seulement des écarts considérables dans la manière dont les deux espèces de câbles résistent à la traction.

La résistance à 1/6 de la force absolue d'épreuve des câbles en fil-de-fer, est indiquée dans la table suivante :

Résistance des câbles en fil de fer.

DIAMÈTRE en centimètres.	POIDS du mètre en kilog.	FORCE à l'emploi en kilog.	DIAMÈTRE en centimètres.	POIDS du mètre en kilog.	FORCE à l'emploi en kilog.
16	0 75	1000	24	1.65	2250
18	1.00	1500	26	2 00	2500
20	1.20	1750	28	2.50	2750
22	1 40	2000	30	3 00	3000

Ténacité des bois et des métaux. — La ténacité est la résistance à la rupture par traction. On calcule l'effort de rupture par la formule $Q = S \times p$, dans laquelle S représente la section transversale de la pièce en centimètres carrés, et p le poids nécessaire pour rompre une tige de même nature que S, de 1 centimètre carré de section. Le tableau suivant indique les valeurs de p pour les bois et les métaux.

Poids déterminant la rupture pour une section de 1^{c2}.

Bois. . .	Buis.	1400k.	En pratique on prend 1/10 de ces valeurs.
	Frêne.	1200	
	Chêne.	600 à 900	
	Sapin	800 à 850	
Bois. . .	Hêtre..	800	En pratique on prend 1/10 de ces valeurs.
	Poirier..	650	
	Teak..	1100	
	Peuplier..	125	
Fer . . .	forgé..	3200 à 5400	En pratique 1/6.
	laminé..	3300 à 4300	
	étiré.	5000 à 6000	
Tôle. . .	dans le sens du laminage.	3800 à 4300	
	perpendic. au lam.	3350 à 3940	
Fonte. .	grise..	1400	En pratique 1/5.
	blanche.	1300	
Acier . .	cémenté non raffiné.. . .	2800	
	cémenté raffiné.	9160	
	fondu.	4400	
	corroyé.	9440	
Bronze		2450	
Cuivre. .	rouge fondu..	1340	
	— laminé.	2100	
	— battu.	2480	
Laiton		1263	
Etain fondu..		333	
Plomb. .	fondu..	128	
	laminé	140	

Formules pour la résistance des solides à un effort transversal.

1° *Equation du moment d'élasticité.*

On entend par *moment d'élasticité* d'une section la somme des moments statiques de toutes les tensions et pressions qui se sont manifestées dans la section d'un prisme à la suite d'une flexion. On trouve ce moment d'élasticité en multipliant la tension, par centimètre carré de la fibre la plus étendue, par une quantité E qui dépend des dimensions de la section. Soient :

M. Somme des moments des forces extérieures qui produisent les tensions et pressions d'une section du corps.

T. Tension par centimètre carré de la fibre la plus allongée ou la plus comprimée de la même section du corps.

E. Expression qui dépend des dimensions de la section.

L. Distance de la fibre la plus tendue ou la plus raccourcie à la fibre neutre (qui passe toujours par le centre de gravité du profil transversal, et dans laquelle il n'y a ni extension, ni compression).

On a : $M = TE$, pour le moment d'élasticité d'une section.

2° *Valeurs de* E *et de* L.

Les valeurs de E et de L, pour les sections transversales de divers profils usuels, sont données par les formules qui suivent.

SECTIONS usitées.	VALEURS de E et de L.	SIGNIFICATION des lettres.
Rectangle plein. .	$E = \frac{b h^2}{6}$	b base, h hauteur.
Carré plein . . .	$E = \frac{h^3}{6}$	h côté.
Cercle plein . . .	$E = \frac{\pi d^3}{32}$	d diamètre.
Ellipse pleine . .	$E = \frac{\pi a b^2}{32}$, par rapport à a. . . . . $E = \frac{\pi b a^2}{32}$, par rapport à b.	a petit axe. b grand axe.
Triangle plein. .	$E = \frac{b h^2}{12}$, $L = \frac{h}{3}$ pièce posée sur le sommet. . . . . . $E = \frac{b h^2}{24}$, $L = \frac{2h}{3}$ pièce posée sur la base.	b base. h hauteur.
Rectangle évidé intérieurement en forme de tube	$E = \frac{b H^3 - b h^3}{6 H}$	b base. H hauteur extérieure. h — intérieure de l'évidement.
Cercle vide . . .	$E = \frac{\pi D^4 - \pi d^4}{32 d}$	D diamètre extérieur. d — intérieur.
Ellipse creuse . .	$E = \frac{\pi (A B^3 - a b^3)}{32 B}$, par rapport au petit axe. $E = \frac{\pi (B A^3 - b a^3)}{32 A}$, par rapport au grand axe.	A petit axe extérieur. B grand —— a petit axe intérieur. b grand ——

Double T (fig. 1.)

$$E = \frac{1}{6h}\left\{b' h'^3 + b\,(h^3 - h'^3)\right\}$$

Double T (fig. 2.)

$$E = \frac{1}{6h}\left\{b\,(h^3 - h'^3) + b'\,(h'^3 - h''^3)\right\}$$

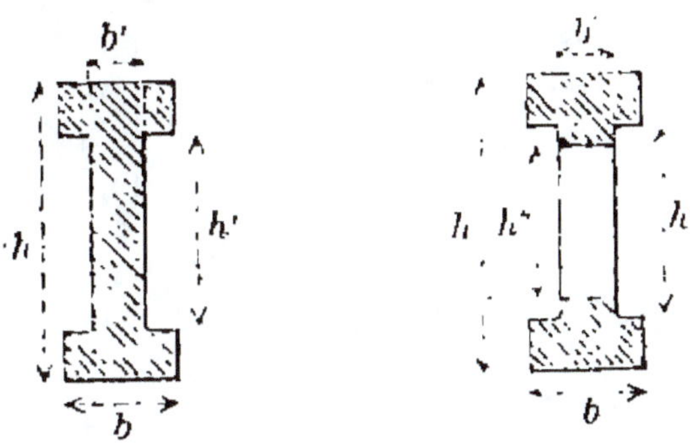

Fig. 1. Fig. 2.

Croix d'équerre (fig. 3.)

$$E = \frac{1}{6h}\left\{\ b' h'^3 + b\,(h^3 - h'^3)\ \right\}$$

Croix d'équerre (fig. 4.)

$$E = \frac{1}{6h}\left\{b'' h''^3 + b'\,(h'^3 - h''^3) + b\,(h^3 - h'^3)\right\}$$

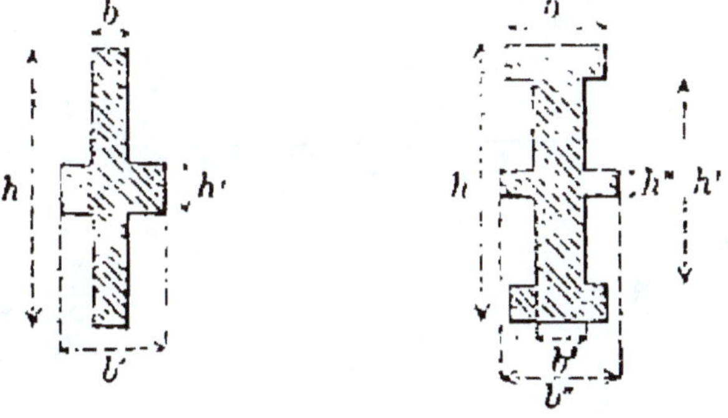

Fig. 3. Fig. 4.

Croix (fig. 5)

$$E = \frac{1}{6h}\left\{h'^4 + (h^3 - h'^3)\,h'' + (h - h')\,h''^3\right\}$$

Croix (fig. 6.)

$$E = \frac{1}{6h}\left\{0.589\, d^4 + (h^3 - d^3)\, b + (h - d)\, b^3\right\}$$

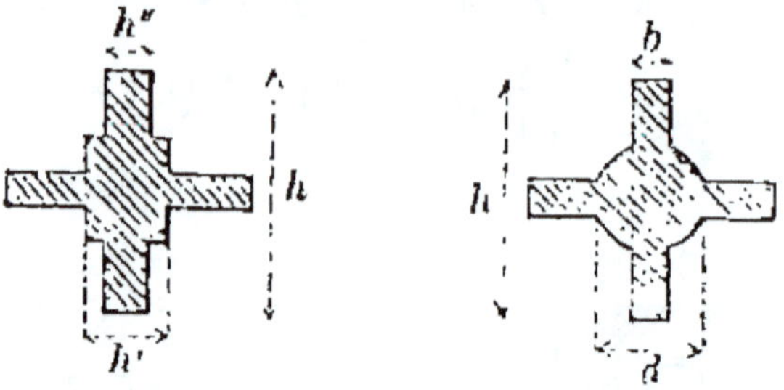

Fig. 5. Fig. 6.

T. (fig. 7.)

$$E = \frac{1}{3L}\left\{ b\,[L^3 - (L - h)^3] + b'\,[(L - h)^3 + (h + h' - L)^3]\right\}$$

$$L = \frac{1}{2}\,\frac{b h^2 + b' h'^2 + 2 b' h h'}{b h + b' h'}$$

T. (fig. 8.)

$$E = \frac{1}{3L}\left\{ b\,[(h + h' - L)^3 - (h' - L)^3] + b'\,[L^3 + (h' - L)^3]\right\}$$

$$L = \frac{1}{2}\,\frac{b h^2 + b' h'^2 + 2 b h h'}{b h + b' h'}$$

T. (fig. 9.)

$$E = \frac{1}{3L}\left\{ \begin{array}{l} b\,[L^3 - (L - h)^3] + b'\,[(L - h)^3 + (h + h' - L)^3] \\ \quad + b''\,[(h + h' + h'' - L)^3 - (h + h' - L)^3] \end{array}\right\}$$

$$L = \frac{1}{2}\,\frac{b h^2 + b' h'^2 + b'' h''^2 + 2\,[b' h h' + b'' h'' (h + h')]}{b h + b' h' + b'' h''}$$

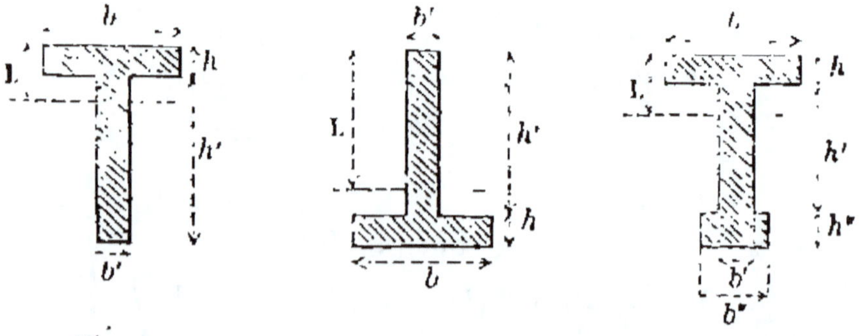

Fig. 7. Fig. 8. Fig. 9.

3° Formules pour la résistance et la flexion des solides à section transversale constante.

Solide encastré par une extrémité et chargé à l'autre.

Résistance. . . . . $TE = \left(P + \frac{p}{2}\right) l$

Flexion. . . . . $F = \frac{P l^3}{3 C E L}$

Solide reposant sur deux appuis et chargé au milieu.

Résistance. . . . . $TE = \left(P + \frac{p}{4}\right) l$

Flexion. . . . . $F = \frac{P l^3}{3 C E L}$

Solide reposant sur deux appuis et soumis à un effort 2P appliqué à des distances d et d' des points d'appui.

Résistance. . . . . $TE = \left(P + \frac{p}{4}\right) \frac{d d'}{l}$

Flexion. . . . . $F = \frac{P d^2 d'^2}{3 C E L l}$

Signification des lettres employées dans les formules.

T, tension maxima par centim. carré au point du corps où l'extension est maxima.

T E, moment d'élasticité correspondant au profil dans lequel la tension maxima a lieu. — Les valeurs de E ont été données précédemment.

P, effort agissant à l'extrémité libre.

p, poids du solide.

l, longueur totale de la barre.

F, flexion totale de la barre.

Solide reposant sur deux appuis distants chacun de d d'une charge P.

Résistance. . . . . $TE = P d + \frac{p l}{4}$

Solide reposant sur deux appuis et soumis à un effort 2P, uniformément réparti sur la longueur 2a de la barre, comprise entre les points d'appui, le centre de gravité de la charge étant éloigné de d et d' de ces points.

Résistance. . . . . $TE = \left(P + \frac{p}{4}\right) \frac{d d'}{l} - \frac{P a}{2}$

Solide reposant verticalement sur un appui par une extrémité et chargé à l'autre.

Section quelconque. . . . $R = \frac{C \pi^2}{2} \quad \frac{E s}{l^2}$

Barre cylindrique. . . . . $R = \frac{C \pi^3}{64} \quad \frac{D^4}{l^2}$

Cylindre creux. . . . . . . $R = \frac{C \pi^3}{64} \quad \frac{D^4 - d^4}{l^2}$

Barre rectangulaire. . . . $R = \frac{C \pi^2}{12} \quad \frac{s S^3}{l^2}$

L, distance entre la ligne des centres de gravité et la fibre la plus allongée.

C, coefficient d'élasticité.

R, plus grande charge que la barre peut porter sans fléchir.

S, la plus grande des dimensions de la section de la barre.

s, la plus petite, id.

D, diamètre extérieur.

d, diamètre intérieur.

Valeurs de T, par centimètre carré.

La substitution de ces valeurs dans les formules 3° fait connaître la charge qui amène la rupture d'une barre. — Pour calculer les dimensions de la section que doit avoir une barre pour supporter avec sécurité une charge donnée, on ne prend que 1/5, 1/10 et même 1/20 de T. — Pour la construction des machines, on ne prend généralement que le 1/10 de T.

Bois	Chêne	700 kil.
	Sapin	600
	Hêtre	720
	Erable	900
Fonte		3000
Fer forgé	mince	7000
	épais	4000
Acier fondu		16000
Laiton		2270

Coefficient d'élasticité.

Coefficient C par section de 1^{mmq}, ou poids capable d'allonger (si c'était possible) un corps prismatique de 1^{mmq} de section, d'une longueur égale à la sienne.

D'après M. Poncelet.

Bois	Chêne	1200 kil.
	Sapin	1300
	Pin	1500
	Mélèze	900
	Hêtre	930
	Frêne	1120
	Orme	970
Fer	en fils	18000
	en barres	20000
Acier		20000 à 30000

Fonte		12000
Cuivre en fils		13100
Laiton	en fils	10000
	fondu	6450
Bronze		3200
Plomb	de coupelle en fils	600
	de commerce en fils	800
	fondu	500

D'après MM. WERTHEIM et CHEVANDIER.

Bois	Chêne	922 à 978 kil.
	Sapin	1113
	Acacia	1262
	Peuplier	517
Laiton		10100
Cuivre	écroui et étiré	12200
	— recuit	10500
Verre	à vitre	7900
	cristal	5100 à 6900

Résistance à la torsion. — Dans les formules indiquées dans le tableau qui suit, P représente l'effort qui tend à tordre le corps; R, le bras de levier de cet effort; *b*, le côté du carré, lorsque la section du corps est carrée; *d*, le diamètre du corps, lorsqu'il est cylindrique, ou le diamètre du cercle inscrit, lorsque la section est polygonale; *d*, *d'*, les diamètres extérieur et intérieur, lorsqu'il est question d'un cylindre creux.

Le tableau suivant est emprunté aux *Leçons de mécanique pratique* de M. Morin.

Formules pratiques pour déterminer les dimensions des solides exposés à la torsion.

FORME de la section transversale.	MATIÈRE dont le solide est formé.		FORMULES à employer pour les arbres allégés.	FORMULES à employer pour les arbres forts.
Carrée.	Fer ou acier.		$b^3 = \frac{PR}{943280}$	$b^3 = \frac{PR}{471640}$
	Fonte.		$b^3 = \frac{PR}{314420}$	$b^3 = \frac{PR}{157210}$
	Bois . . .	de chêne	$b^3 = \frac{PR}{62697}$	$b^3 = \frac{PR}{31348}$
		de sapin.	$b^3 = \frac{PR}{68073}$	$b^3 = \frac{PR}{34036}$
Circulaire pleine. . . .	Fer ou acier		$d^3 = \frac{PR}{785880}$	$d^3 = \frac{PR}{392940}$
	Fonte.		$d^3 = \frac{PR}{262900}$	$d^3 = \frac{PR}{131450}$
Circulaire pleine. . . .	Bois . . .	de chêne	$d^3 = \frac{PR}{52234}$	$d^3 = \frac{PR}{26177}$
		de sapin.	$d^3 = \frac{PR}{56713}$	$d^3 = \frac{PR}{28356}$
Annulaire d et d' étant quelconques	Fer ou acier.		$\frac{d^4 - d'^4}{d} = \frac{PR}{785880}$	$\frac{d^4 - d'^4}{d} = \frac{PR}{392940}$
	Fonte.		$\frac{d^4 - d'^4}{d} = \frac{PR}{262900}$	$\frac{d^4 - d'^4}{d} = \frac{PR}{131450}$
	Bois . . .	de chêne	$\frac{d^4 - d'^4}{d} = \frac{PR}{52234}$	$\frac{d^4 - d'^4}{d} = \frac{PR}{26117}$
		de sapin.	$\frac{d^4 - d'^4}{d} = \frac{PR}{56713}$	$\frac{d^4 - d'^4}{d} = \frac{PR}{28356}$
Annulaire $d' = \frac{3}{5} d$	Fer ou acier.		$d^3 = \frac{PR}{684030}$	$d^3 = \frac{PR}{342015}$
	Fonte.		$d^3 = \frac{PR}{228010}$	$d^3 = \frac{PR}{114005}$
	Bois . . .	de chêne	$d^3 = \frac{PR}{45465}$	$d^3 = \frac{PR}{22732}$
		de sapin	$d^3 = \frac{PR}{48240}$	$d^3 = \frac{PR}{24120}$

Résistance des corps solides à la compression. — Cette résistance diminue en raison inverse du rapport du diamètre à la longueur. — Pour des prismes semblables, la résistance à l'écrasement est sensiblement proportionnelle à la base; le *maximum* de résistance a lieu pour les prismes dont les bases sont carrées ou circulaires.

En représentant par 1 la résistance à l'écrasement d'un cube dont le côté est 1, la résistance du prisme varie conformément aux valeurs du tableau qui suit, si l'on vient à augmenter la hauteur.

Résistance à l'écrasement des prismes de différentes hauteurs et de même base.

BOIS.		FER FORGÉ.		FONTE.	
Hauteur.	Résistance	Hauteur.	Résistance	Hauteur.	Résistance
1	1	1	1	1	1
12	$\frac{8}{6}$	27	$\frac{1}{2}$	4	$\frac{2}{3}$
24	$\frac{1}{2}$	54	$\frac{1}{4}$	8	$\frac{1}{2}$
36	$\frac{2}{3}$	81	$\frac{1}{8}$	36	$\frac{1}{15}$
48	$\frac{1}{6}$	108	$\frac{1}{16}$		
60	$\frac{1}{12}$	135	$\frac{1}{32}$		
72	$\frac{1}{24}$	162	$\frac{1}{64}$		
		189	$\frac{1}{126}$		
		216	$\frac{1}{256}$		
		343	$\frac{1}{512}$		

Résistance des bois. — Le poids déterminant la rupture des bois, pour une section de 1 centimètre carré, a été indiqué précédemment (p. 115).

Le tableau suivant indique la résistance des bois à l'écrasement, résistance qui est proportionnelle à la section transversale de la pièce.

P désigne la résistance de la pièce en kilogrammes.
b » le côté du carré ou petit côté du rectangle en centimètres.
a » le grand côté du rectangle en centimètres.
h » la hauteur du poteau en décimètres.
d » le diamètre en centimètres.

Formules pratiques pour les poteaux en bois.

BOIS.	PIÈCES A SECTION		
	carrée.	rectangulaire.	circulaire.
Chêne fort. . . .	$P = 2565 \frac{b^4}{h^2}$	$P = 2565 \frac{ab^3}{h^2}$	$P = 2565 \frac{d^2}{h^2}$
Chêne faible . .	$P = 1800 \frac{b^4}{h^2}$	$P = 1800 \frac{ab^3}{h^2}$	$P = 1800 \frac{d^2}{h^2}$
Sapin rouge et blanc fort, et Pin résineux.	$P = 2142 \frac{b^4}{h^2}$	$P = 2142 \frac{ab^3}{h^2}$	$P = 2142 \frac{d^2}{h^2}$
Sapin blanc faible, et Pin jaune. . . .	$P = 1600 \frac{b^4}{h^2}$	$P = 1600 \frac{ab^3}{h^2}$	$P = 1600 \frac{d^2}{h^2}$

Poids dont on peut charger avec sécurité les poteaux en bois, suivant Rondelet.

Rapport $\frac{h}{b}$ de la hauteur du poteau au côté du carré ou petit côté du rectangle.	12	14	16	18	20	22	24	28	32	36	40	48	60	72.
Charges en kilog. par centimètre carré.	44.3	42.0	39.4	37.0	35.0	32.7	36.0	26.0	22.0	19.1	15.4	10.2	5.4	2 5

Tableau déduit des formules de Hodgkinson sur un poteau en chêne de 0m.15 d'équarrissage.

Rapport $\frac{h}{b}$ de la hauteur des poteaux carrés à leur équarrissage.	12	14	16	18	20	24	28	32	36	40	48	60	72.
Charges en kilog. par centimètre carré.	178	131	100	79	64	44.5	32.8	25	19.8	16.0	11.1	7.1	4.9.

Résistance des bois à l'écrasement.

NATURE DES MATIÈRES.	Charge par centim. carré qui détermine l'écrasement.	
	Bois ordinaire.	Bois très-sec.
Aulne.	480 kil.	490 kil.
Frêne.	610	658
Hêtre	543	658
Cèdre.	398	412
Sapin rouge	404	462
Sapin blanc.	476	512
Sapin de Prusse..	456	479
Orme	»	726
Sureau..	523	700
Acajou..	576	576
Chêne anglais.	456	707
Pin résineux	477	477
Pin rouge.	379	528
Peuplier	218	360
Teak.	»	850
Noyer.	426	508
Saule	203	431

Dans ce tableau, la première colonne se rapporte à des bois qui sont à l'état moyen de dessiccation; la deuxième à des bois séchés pendant deux mois dans une espèce d'étuve.

Résistance des pierres à la compression. — On a reconnu que dans une même carrière, les pierres qui proviennent du ciel ou *toit* et du fond ou *mur* des couches, qui sont en général moins denses, sont aussi moins résistantes que celles du milieu.

Il résulte d'expériences, que pour des figures semblables, la résistance de ces matériaux est proportionnelle à l'aire des sections transversales; et que, pour une même nature de pierre, la résistance est la plus grande possible quand l'échantillon a la forme cubique. On a trouvé que la résistance d'un cube étant représentée par l'unité, celle du cylindre inscrit posé sur sa base était 0,80, celle du même cylindre posé sur une arête était 0,32, et celle de la sphère inscrite 0,26.

Dans les constructions, on doit toujours, autant que possible, placer les pierres dans la position qu'elles occupaient dans la carrière, afin qu'elles soient moins sujettes à s'effeuiller et qu'elles puissent supporter un poids considérable.—On a reconnu que les pierres dures cèdent fort peu à la pression et se divisent tout-à-coup en lames et en aiguilles sans consistance, qui se réduisent facilement en poussière; et que les pierres tendres se partagent en pyramides ou en cônes, ayant pour bases les faces supérieures et inférieures.

Enfin, l'expérience a démontré que la résistance des supports diminue d'autant plus qu'ils sont composés d'un plus grand nombre de parties, et que dans les constructions ordinaires, on ne doit charger les maçonneries en pierres de taille et les maçonneries en moellons que du 1/20 du poids que pourraient supporter sans s'écraser les matériaux dont elles sont composées.

Table des forces portantes instantanées par centimètre carré de section.

M. Vicat appelle la résistance à l'écrasement, *force portante.*—Le mot *instantané,* par opposition au mot *permanent,* désigne un temps limité plus ou moins court, tandis que ce dernier s'applique à une charge qui peut être portée indéfiniment. En pratique, il est prudent de ne soumettre les pierres et les briques qu'au dixième de leur force portante instantanée, indiquée ci-après :

DÉSIGNATION DES CORPS.	CHARGE de rupture.
	kilogr.
Basaltes de Suède et d'Auvergne . . .	2000
Porphyre	2470
Granit vert des Vosges.	620
— gris de Bretagne.	650
— de Normandie.	700
— gris des Vosges.	420
Grès très-dur, blanc ou roussâtre . .	870
Marbre noir de Flandre	790
— blanc veiné, statuaire et turquin.	310
Pierres calcaires { roche d'Arcueil..	250
Pierres calcaires { lambourde inférieure. . . .	20
Pierre calcaire à tissu oolithique (globuleuse).	106
Pierre calcaire à tissu compacte (lithographique).	285
Brique flamande tendre..	18
— dure, très-cuite	150
— rouge.	60
— rouge pâle (probablement mal cuite).	40
— crue ou argile séchée à l'air libre.	33
Plâtre gâché à l'eau	50
— gâché au lait de chaux.	73
— ordinaire gâché ferme.	90
— — gâché moins ferme. .	42
— — en chaux et sable. . .	35
Mortier en ciment ou tuileaux pilés. .	48
— en pouzzolane de Naples et de Rome.	37
— en chaux hydraulique ordin .	74
— — éminemment hydraul^{e}.	144

Résistance de la fonte et du fer. — Il résulte des expériences de M. Hodgkinson que, pour la fonte, la compression totale est sensiblement proportionnelle à la charge jusqu'à une résistance de 14kil.50 et même de 17kil.41 par millimètre carré; et que si des compressions totales on déduit les compressions permanentes, les restes, ou compressions élastiques, sont exactement proportionnels aux charges de 23 kil.27 par millimètre carré de section.

On trouve que le coefficient d'élasticité a pour valeur moyenne, depuis les plus petites charges jusqu'à celle de 17kil.41 par millimètre carré, $C = 8,804,764,000$ kilog. Pour l'extension on a : $C = 9,096,070,000$ kilog ; d'où l'on a la valeur moyenne $C = 8,950,417,000$ kilogrammes.

Pour le fer, M. Hodgkinson a constaté que la compression est proportionnelle à la charge jusque vers 1400 ou 1800 kilogrammes par centimètre carré; et que jusqu'à cette limite, on a pour valeur moyenne du coefficient d'élasticité, $C = 16,295,000,000$ kilog. — Pour l'extension, $C = 19,359,458,500$ kilogrammes.

Colonnes. — Soient P, charge telle que la pièce n'éprouve pas d'altération, en kilogrammes; D, diamètre de la colonne en centimètres; L, longueur de la colonne en centimètres. — Tredgold donne les formules suivantes :

Pour la fonte : $$P = \frac{230\,D^4}{1,24\,D^2 + 0,00039\,L^2}$$

Pour le fer : $$P = \frac{267\,D^4}{1,24\,D^2 + 0,00034\,L^2}$$

La résistance à la rupture par compression, exprimée en formules pratiques, est :

Pour les colonnes pleines, à bases plates :

$$P^{\text{kil.}} = 1780\,\frac{D^{3.6}}{h^{1.7}}$$

Pour les colonnes creuses, à bases plates :

$$P^{\text{kil.}} = 1780 \frac{D^{3.6} - d^{3.6}}{h^{1.7}}$$

dans lesquelles D et d représentent les diamètres extérieur et intérieur, h, la hauteur ou la longueur de la colonne.

PIÈCES DE MACHINES.

Transformation des mouvements dans les machines. — Un mouvement est *continu* ou *alternatif*, suivant qu'il a lieu dans le même sens ou dans des sens différents; il est de plus *rectiligne* ou *circulaire*, ou suivant une *courbe donnée*. Ces divers mouvements peuvent se combiner entre eux de 21 manières différentes, ainsi que l'indique le tableau suivant.

Tableau des transformations des mouvements.

I. Le mouvement *rectiligne continu* peut être changé en

Rectiligne.	continu. . . .	1
	alternatif. . .	2
Circulaire.	continu. . . .	3
	alternatif. . .	4
D'après une courbe donnée . . .	continu. . . .	5
	alternatif. . .	6

II. Le mouvement *circulaire continu* peut être changé en

Rectiligne.	alternatif. . .	7
Circulaire.	continu. . . .	8
	alternatif. . .	9
D'après une courbe donnée. . .	continu. . . .	10
	alternatif. . .	11

III. Le mouvement *continu d'après une courbe donnée* peut être changé en

Rectiligne.	alternatif. . .	12
Circulaire.	alternatif. . .	13

D'après une courbe donnée . . .	continu. . . .	14
	alternatif. . .	15

IV. Le mouvement *rectiligne alternatif* peut être changé en

Rectiligne.	alternatif. . .	16
Circulaire.	alternatif. . .	17
D'après une courbe donnée.. . .	alternatif. . .	18

V. Le mouvement *circulaire alternatif* peut être changé en

Circulaire.	alternatif. . .	19
D'après une courbe donnée. . .	alternatif. . .	20

VI. Le mouvement *alternatif d'après une courbe donnée,* peut être changé en

D'après une courbe donnée. . .	alternatif. . .	21

Chacune de ces combinaisons a sa réciproque; ainsi, le mouvement rectiligne continu peut être changé en circulaire alternatif (n° 4), et, réciproquement, le mouvement circulaire alternatif peut être changé en rectiligne continu.

Exemples de transformation. — Voici quelques cas de transformation des mouvements dans les machines.

N° 1. Les deux parties d'une corde qui passe sur la gorge d'une poulie.

N° 3. Treuil simple, cabestan, cric, vis tournant dans son écrou.

N° 4. Jeu d'une pompe. — Dans les machines, la véritable transformation consiste à transformer le mouvement circulaire alternatif en circulaire continu, au moyen d'une *bielle* ou d'une *manivelle,* et celui-ci en mouvement rectiligne au moyen d'une *crémaillère* ou d'une *corde* s'enroulant sur un arbre.

N° 7. Roue munie de *cames* (dents d'une espèce particulière) soulevant des *pilons* destinés à la pulvérisation de matières renfermées dans un mortier, ou des *bocarts* employés à la division mécanique des minerais métallifères. — Mouvement circulaire continu d'une manivelle converti par une *tringle* ou *bielle* en mouvement rectiligne alternatif d'une scie. — Courbes en cœur, excentriques.

N° 8. *Engrenages, courroies, chaînes*, transmettant le mouvement de l'arbre principal d'une machine aux arbres et aux roues secondaires.

N° 9. Une *bielle* attachée par une de ses extrémités à un *balancier*, et par l'autre extrémité à une *manivelle*, est l'organe le plus habituellement employé pour la transformation du mouvement circulaire alternatif (de l'extrémité du balancier) en mouvement circulaire continu (extrémité mobile de la manivelle).

N° 17. Cette transformation s'opère au moyen d'un *parallélogramme* et d'un *balancier*, ou d'un *guide*, d'une *bielle* et d'un *levier*.

N° 19. Cette transformation s'opère à l'aide de deux *roues d'engrenages* ou de deux *poulies* et d'une *courroie*. — Elle s'opère également au moyen de deux *leviers* et d'une *bielle*.

Courroies. — Pour transmettre le mouvement d'un axe de rotation à un autre qui en est éloigné, on fait usage de courroies passant sur des *tours, poulies* ou *tambours* fixés invariablement à ces axes. Lorsque les courroies sont convenablement tendues, elles ne glissent pas, et transmettent la vitesse dans un rapport constant, inverse de celui des diamètres des tambours, comme pourraient le faire des engrenages.

Une courroie de communication de mouvement se compose de deux *brins* : le *brin conducteur*, qui se déroule du tambour moteur pour s'enrouler autour du tambour avec lequel celui-ci communique; et le *brin conduit*, qui du second tambour vient rejoindre le premier.

Soient C le rapport de la quantité d'action à la vitesse, P l'effort nécessaire pour faire glisser la courroie sur la poulie, et T la tension à laquelle elle doit être soumise, on a approximativement : $C = P - T$; posant $K = \frac{P}{T}$, on a $T = \frac{C}{(K-1)}$.

Au moyen du tableau suivant, emprunté à M. Morin, qui donne la valeur de K pour les différentes circonstances qui se présentent dans la pratique, on peut calculer T et en déduire la valeur de $P = C + T$. La tension naturelle de la courroie au repos est $\frac{T+P}{2} = Q$. Les courroies peuvent très-bien supporter longtemps des tensions de $0^k.25$ par millimètre carré de section; $\frac{Q}{0.25}$ donne donc la valeur de la section, et la largeur se trouve facilement en se donnant l'épaisseur.

Généralement, on tend les courroies en les plaçant sur les poulies, et il suffit de les resserrer de temps à autre. On peut éviter ce soin, et on parvient à interrompre à volonté la transmission de mouvement d'un axe à l'autre en employant des *rouleaux de tension* attachés à un levier, à l'aide duquel on en règle l'action. En admettant que ces rouleaux n'agissent que par leur poids, on le calcule par la formule $p = 2\,Q \cos i$, dans laquelle p désigne le poids en kilogrammes, et i la moitié de l'angle obtus formé par les deux brides de la courroie au point d'action du rouleau, que l'on suppose dirigé perpendiculairement à la tangente aux deux poulies.

Tableau relatif aux tensions des courroies.

RAPPORT de l'arc embrassé à la circonférence entière.	VALEURS DU RAPPORT $K = \frac{P}{T}$.					
	COURROIES neuves sur tambours en bois.	COURROIES à l'état ordinaire		COURROIES humides sur poulies en fonte.	COURROIES SUR TAMBOURS ou treuils en bois	
		sur tambours en bois.	sur poulies en fonte.		bruts.	polis.
0.20	1.87	1.80	1 42	1.61	1.87	1.51
0.30	2.57	2.43	1.69	2.05	2.57	1.86
0 40	3 51	3.26	2.02	2.60	3.51	2.29
0.50	4 81	4.38	2.41	3.30	4 81	2.82
0.60	6.59	5.88	2.87	4 19	6.58	3.47
0.70	9.00	7.90	3 43	5.32	9 01	4 27
0.80	12.34	10.62	4.09	6.75	12.34	5.25
0.90	16.80	14.27	4.87	8.57	16.90	6 46
1.00	23.14	19.16	5.81	10.89	23.90	7.95
1.50					111.31	22.42
2.00					535.47	63.23
2.50					2575.80	178.52

Il est inutile d'augmenter démesurément le diamètre des tambours, dans le but d'empêcher le glissement; seulement les poulies sur lesquelles passent les courroies doivent présenter une convexité égale à 1/10 de leur largeur.

Poulies. — Les poulies sont des roues, généralement en fonte, sur lesquelles sont enroulées des chaînes, des cordes ou des courroies. On distingue dans une poulie, le *moyeu*, les *bras* et la *jante*.

La première partie sert à monter les poulies sur les arbres; la seconde à relier la jante au moyeu; la troisième à porter la corde qui embrasse la poulie. Cette dernière est à *gorge* ou *plate*, suivant que les poulies doivent recevoir, soit des chaînes ou des cordes, soit des courroies. Dans le premier cas, la transmission du mouvement a généralement lieu d'un bout de la corde à l'autre; dans le second, elle a le plus souvent lieu de l'arbre à la courroie ou réciproquement.

Les poulies plates sont *fixes* ou *folles* sur les arbres qui les portent; elles sont folles quand elles n'ont ni prisonnier ni clavette de serrage pour les empêcher de tourner sur leur arbre.

La jante d'une poulie a une largeur égale à celle de la courroie qui doit l'embrasser; on détermine cette dimension par la formule $l = \frac{128\ \mathrm{F}}{\mathrm{D}\, n\, e}$ dans laquelle l est la largeur en centimètres, F le travail transmis en chevaux, D le diamètre de la poulie en mètres, n le nombre de tours par minute, e l'épaisseur de la courroie en centimètres.

Engrenages — Ils sont destinés à transmettre le mouvement de rotation d'un axe à un autre dans un rapport constant qui est donné. La plus petite des 2 roues porte le nom de *pignon*; les cercles de contact des 2 roues se nomment *cercles primitifs*.

Soient R le rayon du cercle primitif de la grande roue; r le rayon du pignon; N et n les nombres de tours que font respectivement ces engrenages; on a : $NR = nr$. Si la distance $D = R + r$ des 2 centres était donnée à l'avance, on aurait : $R = \frac{nD}{N+n}$, $r = \frac{nD}{N+n}$.

L'*épaisseur* des dents se mesure sur la circonférence primitive. L'intervalle d'une dent à l'autre s'appelle le *creux*. La *largeur* des dents est comptée dans le sens de l'axe de rotation, et leur *hauteur* dans le sens du rayon de la roue.

La partie des dents qui est en dehors des cercles primitifs se nomme la *face*; celle qui est en dedans est le *flanc*. Le *pas* de l'engrenage est l'intervalle de 2 dents consécutives, mesuré de milieu en milieu.

Connaissant l'effort P que doit supporter une dent d'engrenage, l'épaisseur e, exprimée en millimètres, se calcule par la formule $e = c\sqrt{P}$, prenant $c = 0,105$ pour la fonte; $c = 0,131$ pour le bronze ou le cuivre; $c = 0,145$ pour le bois dur, tel que charme, racine de poirier, de sorbier, etc.

La largeur l, parallèle à l'axe, $= 4e$, pour les dents habituellement graissées et dont le cercle primitif n'a pas une vitesse de plus de $1^{m}.50$ par seconde; $= 5e$, si cette vitesse dépasse $1^{m}.50$; $= 6e$, si l'engrenage est exposé à être habituellement mouillé d'eau.

Quant à la hauteur, elle est donnée par la formule $h = 0,12\sqrt{P}$.

En pratique, on admet, entre ces 3 quantités, les relations suivantes : $h = 1,2e$, $l = 4,5e$.

Tableau des dimensions maxima à donner aux dents des roues d'engrenages à développante de cercle, suivant les diamètres de ces roues.

DIAMÈTRES des roues.	ÉPAISSEURS des dents.	HAUTEURS des dents.	LONGUEURS des dents.
Mètres.	Centim.	Centim.	Centim.
0.10	0.42	0.50	1.90
0.20	0.84	1.00	3.80
0.30	1.25	1.50	5.60
0.40	1.67	2.00	7.50
0.50	2.10	2.50	9.45
0.60	2.50	3.00	11.25
0.70	2.92	3.50	13.20
0.80	3.34	4.00	15.00
0.90	3.75	4.50	16.90
1.00	4.17	5.00	18.80
1.20	5.00	6.00	22.50
1.40	5.82	7.00	26.40
1.60	6.66	8.00	30.00
1.80	7.50	9.00	33.80
2.00	8.32	10.00	37.60

Le creux entre les dents est, pour les roues qui sont retaillées et très-bien exécutées, égal à l'épaisseur augmentée de 1/5, et de 1/100 seulement pour les roues non retaillées.

L'épaisseur de la partie solide de la *couronne* ou *anneau*, se mesure sur le rayon; sa largeur se mesure dans le même sens que celle des dents.

Pour les roues à dents en fonte, l'épaisseur de l'anneau se fait ordinairement égale à la hauteur de la dent; dans quelques cas, on renforce cet anneau à l'intérieur par une nervure placée au milieu, et dont l'épaisseur et la saillie sont égales à celles de l'anneau.

Pour les roues à dents en bois, on augmente l'épaisseur de l'anneau où elles sont encastrées, jusqu'à 1,5 ou 2 fois la hauteur de la dent ; et sa largeur dépasse celle des dents d'au moins 2 fois leur épaisseur.

Le nombre de *bras* ou de *rais* de la roue est réglé comme suit, d'après le diamètre :

Aux roues de	$1^m.30$ et au-dessous,	4 bras.
—	$1^m.30$ à $2^m.50$.	6
—	$2^m.50$ à 5 mètres. . .	8
—	$5^m.00$ à 7 mètres. . .	10

La *largeur des bras*, prise dans le sens d'une tangente à la roue, va en diminuant, depuis le moyeu jusqu'à la couronne dans le rapport de 3 à 2 ; leur forme est celle d'un rectangle renforcé de chaque côté par des nervures; la largeur du milieu des bras se fait généralement égale à celle de la couronne; son épaisseur est un peu plus faible que celle des dents. La *saillie des nervures* sur le bras va en diminuant depuis le moyeu jusqu'à la couronne; dans le milieu des bras, l'épaisseur totale, mesurée parallèlement à l'axe, est à peu près égale aux 2/3 de la largeur de la couronne.

La table suivante, due à Tredgold, indique, pour des efforts donnés, les dimensions des dents et des bras des engrenages, dans le cas d'une roue à 6 bras de 1 mètre de rayon. Pour avoir les dimensions des bras d'une roue d'un rayon quelconque R, on multiplie les chiffres du tableau par $\sqrt{R}$.

Dimensions des dents et des bras des engrenages.
(Milieu des bras.)

PRESSION en kilogrammes.	ÉPAISSEUR de la dent en centimètres.	LARGEUR de la dent en centimètres.	LARGEUR du bras en centimètres.	SAILLIE de la nervure sur le bras en centimètres.
10	0.30	2.00	4.20	1.21
40	0.60	3.27	6.00	2 00
80	0.90	4.54	8.00	3.00
158	1.20	5.81	8.50	3.90
244	1.50	7.08	9.70	4.85
336	1.80	8.35	10.77	6.30
430	2.10	9.62	11.64	6.80
580	2.40	10 89	12.12	8.25
730	2.70	12.16	13.10	8.73
870	3.00	13.43	13.80	9 70
1100	3.30	14.70	14.50	10.67
1210	3.60	15.97	15.50	11.64
1500	3.90	17.24	16 00	12.60
1750	4.20	18.51	16.50	13 68
2200	4.50	19.58	17 00	14.06
2300	4.80	20.85	17.50	16.50
2660	5.10	22.12	18.00	17.00
2840	5.40	23 39	18.50	17.95
3220	5.70	24.66	19.00	19.00
3500	6.00	25.93	19.50	19.40

Le rayon de l'arbre sur lequel la roue est montée, étant connu, l'*épaisseur du centre* ou *moyeu* se fait, à peu près, égale à ce rayon; ce rapport est plus fort dans les petits engrenages que dans ceux de très-grandes dimensions. La longueur du moyeu est égale à la largeur de la couronne; mais pour les grands diamètres, on adopte un rapport plus fort, soit, en moyenne, celui de 1,50 à 1.

Le pas p de l'engrenage, égal à la somme de l'épaisseur et du creux, étant donné, les nombres des dents M et m des roues, dont les rayons sont R et r, se déterminent par les relations $M = \frac{2\pi R}{p}$, et $m = \frac{M}{u}$, on prendra pour M le nombre entier le plus approché, divisible à la fois par le nombre de bras de la roue et par u, rapport entre le nombre de tours qu'ils doivent faire.

Arbres et tourillons. — Les roues sont généralement montées sur des *arbres* en bois, en fonte ou en fer, dont les extrémités, appelées *tourillons*, s'appuient sur des supports.

Pour les arbres des *roues hydrauliques*, on fait usage de la formule $D^3 = \frac{8PL}{\pi R}$, dans laquelle on a : D, diamètre de l'arbre en centimètres; P, poids du moteur et de l'eau qu'il peut contenir en kilogrammes; L, longueur de l'arbre en centimètres. Les valeurs de R sont : 1° pour un *arbre en bois*, = 60 kil.; 2° pour un *arbre en fonte*, = 560 kil.; 3° pour un *arbre en fer*, = 1,200 kil.

Si la section de la pièce est annulaire, on a :

$$\frac{D^4 - D'^4}{D} = \frac{8PL}{\pi R};$$

D étant le diamètre extérieur, D' le diamètre intérieur.

Le *diamètre des tourillons* se calcule d'après la formule $D = 6{,}463 \sqrt[3]{Q}$, pour la fonte, et

$$D = 6{,}463 \sqrt[3]{\frac{9}{14} Q},$$

pour le fer; D étant le diamètre en millimètres, et Q la pression en kilogrammes.

On calcule l'*effort de torsion* auquel doivent résister les tourillons, par la formule $D^3 = 2{,}3\,\frac{60\,F}{N} = \frac{138\,F}{N}$, pour la fonte, et $D^3 = 2{,}3\,\frac{9}{14} \times \frac{60\,F}{N} = \frac{89\,F}{N}$ pour le fer; F étant la force de la roue en kilogrammètres, et N le nombre de tours par minute.

On calcule toujours le diamètre relativement au poids et à la torsion ; on adopte la plus forte de ces 2 valeurs, en l'augmentant de 1/8 environ pour l'usure.

La *longueur des tourillons* doit excéder leur diamètre de 1/5 à 1/2; on peut dépasser ce rapport, principalement pour les tourillons en fer.

TABLE
des diamètres des tourillons des roues hydrauliques.

Charge totale sur les tourillons.	Diamètre des tourillons		
	en fonte.	en fer (Buchanan).	en fer (Tredgold).
Kilogr.	Centim.	Centim.	Centim.
3.8	1	0.86	0.96
30.4	2	1.73	1.93
243 2	4	3.45	3.85
820.8	6	5.18	5.78
1945.6	8	6.90	7.70
3800.0	10	8.63	9 63
6566.4	12	10.36	11.56
10427.2	14	12.08	13.48
15564.8	16	13.81	15.41
22161.6	18	15.53	17.33
30400.0	20	17.26	19 26
40482.4	22	18.99	21.19
52523.2	24	20.71	23.11
66788.8	26	22.44	25 04
83417.6	28	24.16	26 96
102600.0	30	25.89	28.89

TABLE

des diamètres en millimètres des tourillons en fer forgé des arbres de communication de mouvement, situés près du moteur.

FORCE en chevaux.	NOMBRE DE TOURS PAR MINUTE.									
	10	**20**	**30**	**40**	**50**	**60**	**70**	**80**	**90**	**100**
	m.	m.	m.	m.	m.	m.	m.	m.	m.	m.
4	119	94	82	75	69	66	62	60	57	55
6	136	108	94	86	80	75	71	68	66	63
8	150	119	104	94	87	83	78	75	72	70
10	162	128	112	102	94	90	85	81	78	75
12	172	136	119	108	101	95	90	86	83	80
14	181	143	124	114	106	100	94	91	87	84
16	189	150	131	119	111	105	99	95	91	88
18	196	157	136	124	115	109	105	99	95	91
20	203	162	141	129	118	113	107	102	98	95
25	222	175	152	138	129	121	115	110	105	102
30	233	185	161	147	137	129	122	116	112	108
35	246	195	170	155	144	134	129	123	118	114
40	257	204	178	161	150	142	134	129	123	119
45	267	212	185	168	157	147	140	133	129	124
50	277	220	192	175	162	152	145	139	133	129
55	286	227	198	180	168	157	149	143	137	135
60	294	234	202	185	172	161	154	147	140	137
65	302	240	210	190	177	166	158	151	145	140
70	310	246	215	195	181	170	162	155	149	144
75	317	251	220	200	185	175	166	158	153	147
80	324	257	225	204	189	178	169	162	156	150
85	331	263	229	209	194	182	173	166	159	154
90	337	267	234	212	197	185	176	169	162	157
95	343	272	238	216	200	189	179	172	165	159
100	349	277	242	220	204	192	182	175	168	162

TABLE

des diamètres en millimètres des tourillons en fonte des arbres de communication de mouvement situés près du moteur.

FORCE en chevaux.	NOMBRE DE TOURS PAR MINUTE.									
	10	**20**	**30**	**40**	**50**	**60**	**70**	**80**	**90**	**100**
	m.	m.	m.	m.	m.	m.	m.	m.	m.	m.
4	138	110	96	87	81	76	72	69	67	64
6	158	126	110	100	93	87	82	79	76	74
8	174	138	121	110	102	96	91	87	84	81
10	188	149	130	118	110	103	98	94	90	87
12	199	158	138	126	117	110	104	100	96	93
14	210	167	145	133	123	116	110	105	101	97
16	219	174	152	138	129	121	115	110	106	102
18	228	181	158	143	133	126	119	113	110	106
20	236	188	164	149	139	130	124	119	114	110
25	255	202	177	161	149	140	133	127	122	118
30	271	215	188	171	158	149	142	135	130	125
35	285	226	198	179	167	157	149	142	137	132
40	298	236	207	188	174	164	156	149	143	138
45	310	246	215	195	181	170	162	155	149	144
50	321	255	223	202	188	177	168	161	154	149
55	331	263	230	209	194	182	173	166	159	154
60	341	271	237	215	209	188	178	170	164	158
65	350	278	242	221	205	193	183	175	168	162
70	359	285	249	226	210	198	188	179	173	167
75	367	291	255	231	215	202	192	184	177	171
80	375	298	260	236	219	207	196	188	180	174
85	383	304	266	242	224	211	200	192	184	178
90	390	310	271	246	228	215	204	195	188	181
95	397	316	276	250	230	219	208	199	191	185
100	405	321	281	255	236	223	212	202	194	188

Vis d'assemblage. — Les formules suivantes, dans lesquelles P représente l'effort en kilogrammes qui agit sur chaque centimètre carré de la section du boulon, servent à déterminer les dimensions de la vis et de l'écrou.

Vis à filets triangulaires.	*Vis à filets carrés.*
$d = \frac{1}{9}\sqrt{P}$	$d = \frac{1}{9}\sqrt{P}$
$n = 2{,}88\sqrt[3]{2+7d}$	$n = 1{,}44\sqrt[3]{2+7d}$
$d' = \frac{n-2}{n}d$	$d' = \frac{n-1}{n}d$
$D = 0{,}5 + 1{,}4d$	$D = 0{,}5 + 1{,}4d$
$h = \frac{2}{3}D = 0{,}33 + 0{,}9d$	$h = D = 0{,}5 + 1{,}4d$

Dans ces formules, on appelle :

d, le diamètre du boulon;

n, le nombre des filets de vis sur une longueur d;

d', le diamètre intérieur du filet de vis;

D, le diamètre intérieur de l'écrou;

h, la hauteur de l'écrou.

Un centimètre carré de la section du boulon est chargé de 103 kilogrammes.

Pour le tracé des vis en petit, on peut adopter les proportions moyennes qui suivent :

n, nombre des pas de vis sur une longueur d	8
d', diamètre intérieur du filet	3/4 d
h, hauteur de l'écrou	d
D, diamètre intérieur de l'écrou.	3/2 d
R, rayon de la tête arrondie	3 d
r, rayon des arrondissements du prisme (à 6 côtés).	3/2 d

Table des poids des écrous, des têtes et des boulons des vis à filet aigu.

DIAMÈTRE des boulons.	POIDS DE L'ÉCROU et de la tête du boulon.		POIDS d'un centim. de boulon
	Tête carrée du boulon.	Tête ronde du boulon.	
0.010	0.0538	0.0494	0.0061
0.011	0.0722	0.0674	0.0074
0.012	0.0924	0.0896	0.0088
0.013	0.1136	0.1046	0.0103
0.014	0.1364	0.1260	0.0119
0.015	0.1590	0.1480	0.0137
0.016	0.1822	0.1690	0.0156
0.017	0.2082	0.1928	0.0176
0.018	0.2360	0.2178	0.0198
0.019	0.2658	0.2450	0.0220
0.020	0.2972	0.2732	0.0244
0.021	0.3284	0.3036	0.0269
0.022	0.3620	0.3350	0.0296
0.023	0.4000	0.3700	0.0324
0.024	0.4420	0.4080	0.0351
0.025	0.4850	0.4500	0.0382
0.026	0.5360	0.4946	0.0413
0.027	0.5974	0.5484	0.0458
0.028	0.6692	0.6130	0.0479
0.029	0.7586	0.6884	0.0512
0.030	0.8762	0.8073	0.0550
0.031	0.9500	0.8800	0.0588
0.032	1.045	0.9620	0.0628
0.033	1.138	1.019	0.0666
0.034	1.239	1.140	0.0707

Suite de la table des poids des écrous, des têtes et des boulons des vis à filet aigu.

DIAMÈTRE des boulons.	POIDS DE L'ÉCROU et de la tête du boulon.		POIDS d'un centim. de boulon.
	Tête carrée du boulon.	Tête ronde du boulon.	
0.035	1.342	1.230	0.0749
0.036	1.452	1.330	0.0793
0.037	1.552	1.435	0.0837
0.038	1.674	1.540	0.0883
0.039	1.809	1.658	0.0930
0.040	1.939	1.786	0.0978
0.041	2.074	1.902	0.1028
0.042	2.216	2.031	0.1079
0.043	2.362	2.170	0.1163
0.044	2.516	2.310	0.1184
0.045	2.680	2.455	0.1238
0.046	2.859	2.618	0.1294
0.047	3.031	2.780	0.1351
0.048	3.222	2.955	0.1409
0.049	3.410	3.138	0.1468
0.050	3.623	3.338	0.1529
0.051	3.831	3.530	0.1592
0.052	4.053	3.725	0.1653
0.053	4.284	3.940	0.1718
0.054	4.530	4.160	0.1784
0.055	4.778	4.390	0.1850
0.056	5.031	4.615	0.1918
0.057	5.298	4.869	0.1987
0.058	5.548	5.100	0.2057
0.059	5.810	5.350	0.2129
0.060	6.082	5.604	0.2201

Rivets. — Dans le cas de la rivure simple de deux tôles, la rivure présente en chacune de ses parties une égale résistance, si les relations suivantes existent :

$$d = 0{,}7854\,\frac{D^2}{e} + D,\quad d' = 0{,}3927\,\frac{D^2}{e},\quad R = 1 + 1{,}2733\;\frac{e}{D}$$

d étant la distance des centres de 2 rivets consécutifs, D, le diamètre du boulon d'un rivet, *e*, l'épaisseur de la tôle, *d'*, la distance de la circonférence du boulon du bord de la tôle, R, le rapport de la résistance d'une tôle non rivée et de 2 tôles rivées.

M. Redtenbacher donne les chiffres suivants :

1° Pour la rivure des chaudières qui doivent, non-seulement être solides, mais aussi être étanches :

Diamètre du rivet..	2*e*
Distance des centres de 2 rivets consécutifs..	5*e*
Distance du centre d'un rivet du bord de la tôle.	3*e*
Diamètre de la tête demi-sphérique. . .	3*e*
Diamètre de la tête conique..	4*e*
Hauteur de chacune de ces têtes.	1.5*e*

2° Pour les rivures qui ne doivent offrir que de la solidité :

Diamètre des boulons des rivets.	3*e*
Distance des centres de 2 rivets consécutifs..	10*e*
Distance du centre d'un rivet du bord de la tôle.	5*e*
Diamètre d'une tête de rivet.	4.5*e*
Hauteur d'une tête de rivet.	2.3*e*

Dans le cas de la rivure double de deux tôles ou des rivures à chaînes, les relations précédentes deviennent :

$$d = 1{,}5708\,\frac{D^2}{e},\ R = 1 + 0{,}6366\,\frac{e}{D}$$

Palier et coussinet. — Les formules suivantes donnent les valeurs, en centimètres, des 3 dimensions :

Longueur du coussinet. . . . . . . $l = 0,87 + 1,21 d$
Épaisseur du métal. . . . . $e = 0,28 + 0,07 d$
Diamètre extérieur du coussinet. $d' = 0,69 + 1,17 d$

Les rapports moyens sont :

$$l = 1,13 d, \quad e = 0,1 d, \quad d' = 1,25 d;$$

dans ces formules, d est le diamètre intérieur du coussinet.

Manivelles. — Ces pièces produisent, dans les machines à vapeur, un effort de torsion agissant sur l'arbre qui les porte et provenant de la bielle ; il est communiqué par une pièce intermédiaire appelée *bouton* de la manivelle, qui décrit une circonférence plus ou moins grande autour de l'axe de rotation.

On confectionne les manivelles, soit en fonte, soit en fer.

Le diamètre du bouton est $d' = 1,2 \sqrt{\frac{d^3}{L}}$, pour tourillon et arbre en fer ; et $d' = 0,88 \sqrt{\frac{d^3}{L}}$, pour tourillon en fer et arbre en fonte.

d diamètre de l'arbre, L longueur du bras à partir du milieu de l'arbre au milieu du tourillon.

La longueur du bouton $= 1,5 d'$, quand la manivelle est en fonte ; et $= 1,2 d'$, quand elle est en fer.

On a, pour déterminer le diamètre intérieur du moyeu pour arbre du volant, les relations :

$$1^o \text{ En fer. . . . . . } = 0,76 d' \sqrt[3]{R}$$

$$2^o \text{ En fonte. . . . . } = 0,88 d' \sqrt[3]{R}$$

R étant le rayon de la manivelle.

Bielles en fer et en fonte. — La longueur l d'une bielle en fer est ordinairement 4,5 ou 6 fois plus grande que le rayon de la manivelle; son diamètre d se calcule d'après la pression à laquelle le bouton doit résister.

Quand on connaît l et d, on calcule l'épaisseur moyenne e de la bielle par la formule :

$$e=0{,}229\sqrt{ld}.$$

Dans les bielles en fonte, la longueur $l=5$ à 6 fois le diamètre de la manivelle, et le diamètre d de l'ouverture inférieure = diamètre du bouton de la manivelle. On a, suivant M. Redtenbacher :

Diamètre des ouvertures dans la fourchette $=0.7\,d$

Hauteur de la nervure au milieu $h=\dfrac{l}{18}$

Epaisseur de la nervure $\begin{cases} \text{ordinairement} = \dfrac{h}{7}=\dfrac{l}{136} \\ \text{en général} = 12\,\dfrac{d^2}{l}\,. \end{cases}$

Les autres dimensions, surtout celles des têtes de la bielle, se déterminent proportionnellement au diamètre d du bouton.

Balancier. — Dans les machines à vapeur, il reçoit son mouvement circulaire alternatif de la tige du piston par un axe situé à l'une de ses extrémités; il transmet le mouvement à la bielle par un second axe placé à l'autre extrémité. Il oscille autour d'un troisième axe qui le traverse en son milieu. Aux deux quarts de sa longueur sont placés deux axes destinés à mouvoir respectivement la pompe à air et les pompes d'alimentation. — Sa longueur est égale à 3 fois la course du piston.

Si D représente le diamètre en centimètres de la tige du piston, la charge totale, supportée par la tige, est donnée par $105\times0{,}785\,D^2=82{,}5\,D^2$ en kilogrammes.

Si d est le diamètre des tourillons des axes extrêmes

du balancier, on a : $d = 2D^{2/3}$; pour $D > 8$ centim., on prend $d = D$.

On détermine le diamètre d' des tourillons de l'axe du milieu, en fer, par la formule $d' = 1{,}441\, d$.

Le diamètre des tourillons des axes des pompes se prend généralement égal à la moitié de celui du gros axe :

$$d'' = 0{,}5\, d' = 0{,}7\, d$$

Les dimensions du balancier en fonctions de D', diamètre du cylindre, et de D diamètre de la tige du piston, sont :

Longueur en fonctions de D' :	6,00 ;	en fonct. de D :	60,0
Largeur	—	0,75	—	7,5
Epaisseur	—	0,05	—	0,5

Le *diamètre intérieur des moyeux des axes*, qui est le diamètre du corps des axes, est égal à 1,2 fois le diamètre des tourillons des axes. L'épaisseur de la fonte autour est égale au diamètre du tourillon ; on a donc pour le diamètre extérieur des moyeux : $1{,}2 + 1 + 1 = 3{,}2$ fois le diamètre des tourillons des axes. L'épaisseur des moyeux est au moins égale à 2 fois le diamètre du tourillon correspondant.

Les épaisseurs des moyeux sont :

1° Des axes extrêmes. . . . 2,4D ou d
2° Des axes des pompes.. . 2,4D ou d
3° De l'axe du milieu. . . . $2d'$

La valeur maxima attribuée à l'*épaisseur totale des nervures*, perpendiculairement à la surface du balancier, est $= 2D$, y compris l'épaisseur de ce dernier.

Tiges. — Ce sont généralement des pièces cylindriques en fer, destinées à la transmission du mouvement d'un piston à vapeur, ou à la mise en mouvement d'un piston de pompe. Elles sont soumises tantôt à un effort de traction seulement, tantôt à des efforts de traction et de pression.

On détermine leur diamètre au moyen de la formule $P = \frac{267\, d^4}{1{,}24 d^2 + 0{,}00034\, l^2}$ dans laquelle P est la charge réelle en kilogrammes, d le diamètre, et l la longueur de la tige, exprimés en centimètres.

L'expérience indique que le diamètre d'une tige de piston à vapeur de machine à basse pression doit être égal au 1/10 du diamètre de ce piston.

Si les tiges n'ont à résister qu'à la traction, on calcule leur section au moyen de la formule $S = \frac{3P}{c}$, dans laquelle S est la section en centimètres carrés, P la charge à supporter, c la charge moyenne par centimètre carré, correspondant à la rupture.

Les valeurs de c sont : pour le fer, 4,300; pour le bronze, 2,550; pour l'acier, 2,790; pour la fonte grise, 1,420.

En prenant $c = 4{,}300$, et $S = 0{,}785\, d^2$ qui est la surface du piston en centimètres carrés, on a : $d = \frac{\sqrt{P}}{33}$ en centimètres.

Cylindre en fonte. — On calcule l'épaisseur en centimètres d'un cylindre à vapeur, par la formule de Tredgold :

$$E = \frac{4\,P \times D^2}{420\,(D - 5{,}5)} + 1;$$

dans laquelle P désigne la pression de la vapeur en kilogrammes sur un centimètre circulaire, D le diamètre intérieur en centimètres.

Stuffing-box. — Les stuffing-box, pièces destinées à intercepter la communication entre deux milieux dans lesquels se meut une tige ou un arbre, se composent de 4 parties : la *boîte*, la *garniture*, le *grain* et le *chapeau*.

La boite, petit cylindre creux ordinairement coulé avec la cloison, sépare les deux milieux et reçoit la garniture qui se compose généralement d'étoupes de chanvre, imbibées d'huile et de suif, enroulées autour de la tige et maintenues par le grain, rondelle en cuivre jaune placée au fond de la boite, et le chapeau qui est un grain mobile.

Les dimensions principales, indépendantes l'une de l'autre, que l'on distingue dans un stuffing-box, sont au nombre de trois : le diamètre de la tige, le diamètre intérieur de la boite, le diamètre des boulons.

Le tableau suivant indique pour diamètres de la tige, compris entre 10 et 100 millimètres, les diamètres correspondants de la boite et des boulons (MM. Julien et Bataille).

DIAMÈTRES de la tige.	DIAMÈTRES de la boite.	DIAMÈTRES des boulons.	DIAMÈTRES de la tige.	DIAMÈTRES de la boite.	DIAMÈTRES des boulons.
millim.	millim.	millim.	millim.	millim.	millim.
Nos 10	30	10	Nos 55	95	18
12	35	10	60	100	21
15	40	10	65	110	21
18	45	12	70	120	21
21	50	12	75	130	25
25	55	12	80	130	25
30	65	15	85	140	25
35	70	15	90	150	30
40	75	15	95	150	30
45	85	18	100	160	30
50	90	18			

Freins. — Les freins sont des appareils à frottements au moyen desquels on peut modérer à volonté, et même au besoin anéantir complétement la vitesse d'un mécanisme en mouvement.

$T = \frac{2\pi R N}{60} F P$ est l'expression du travail d'un frein par seconde représenté en kilogrammètres, N désignant le nombre de tours de l'arbre par minute, R le rayon du tambour sur lequel on fait agir le frein, P la pression en kilogrammes, F le coefficient de frottement.

Volants. — Si P désigne le poids de la couronne d'un volant, et V sa vitesse par seconde au milieu de la couronne, sa *force vive* sera $\frac{P}{g} V^2$. En appelant F la force de la machine en kilogrammètres, N le nombre de tours du volant par minute, K un coefficient qui varie avec le degré de régularité que l'on veut obtenir, on a : $P V^2 = \frac{62 F K}{N}$.

On fait K = 20 à 25 pour les machines à vapeur commandant des laminoirs, des moulins à farine, des scieries, etc ; K = 35 à 40 pour les filatures à gros numéros (n°s 40 à 60) ; K = 50 à 60 pour les filatures à n^os^ très-fins.

D'après MM. Flachat, Barrault et Petiet, les valeurs de $P V^2$ sont : 1° pour un *marteau frontal* ou un gros *marteau à bascule*, = 100 F ; 2° pour un *marteau à ordon*, = 98 F ; 3° pour un *martinet* de 250 kilogrammes, = 90 F ; 4° pour un *petit martinet*, = 70 F ; 5° pour un *laminoir à tôles*, = 4,500,000, et = 3,920,000 pour les petites tôles ; 6° pour les *laminoirs ébaucheurs* et *marchands*, = 3,528,800.

M Morin donne, pour les laminoirs, la formule $\frac{130{,}000 FK}{N V^2}$ dans laquelle F est le nombre de chevaux-vapeur, V la vitesse à la circonférence moyenne du volant, N le nombre de révolutions de l'arbre du volant par minute, et K un coefficient qui prend les valeurs : K = 20 pour machines de 80 à 100 chevaux, K = 25 pour machines de 60 chevaux, K = 80 pour machines de 20 à 40 chevaux.

Le poids de la jante d'un volant d'une machine à vapeur se calcule, suivant M. Morin, d'après la formule $P = \frac{4645.\,KF}{NV^2}$, dans laquelle K prend les valeurs indiquées précédemment pour diverses espèces de machines.

En représentant par E l'épaisseur de la jante, par H sa hauteur dans le sens du rayon, son poids sera représenté par $2\pi REH \times d = P$, d étant la densité de la fonte $= 7{,}200$; d'où S (section de la jante) $= EH = \frac{P}{2\pi R.\,d}$, S étant égale à $\frac{V}{2\pi R}$, V volume.

La vitesse du mouvement de la jante en mètres par seconde est donnée par la formule $\frac{2\pi RN}{60} = 0{,}10472\,RN$.

L'effort exercé par la force centrifuge sur la couronne d'un volant animé d'une grande vitesse est très-considérable. — L'effort exercé sur l'*assemblage des bras et de la jante* est donné par la formule $Q = \frac{PV^2}{gR}$; il faut donc que les bras et l'assemblage soient assez forts pour résister à cette traction. — L'effort en vertu duquel les *différentes parties de la couronne* (quand la couronne a un grand diamètre, on la fait de 4, 6 ou 8 parties) tendent à se séparer n'est pas aussi puissant que la force centrifuge elle-même; il est donné par la formule

$$Q' = \frac{PV^2}{g.\,2\pi R}.$$

On a pour trouver la quantité de travail emmagasinée dans la jante d'un volant, la formule

$$T = 0{,}0011 \times d \times E.H \times N^2 \times 8R^3,$$

en kilogrammètres.

Cette formule devient, par suite des diverses valeurs que peut recevoir d suivant la matière dont se compose la jante :

Pour un volant en *fonte*. . . . . . $T = 0{,}0319\,EHN^2 \times 8R^3$
— en *bois de chêne*.. $T = 0{,}0031\,EHN^2 \times 8R^3$
— en *fer*. . . . . . . $T = 0{,}0341\,EHN^2 \times 8R^3$
— en *acier*. . . . . . $T = 0{,}0344\,EHN^2 \times 8R^3$
— en *plomb*. . . . . $T = 0{,}0499\,EHN^2 \times 8R^3$

Régulateur à force centrifuge. — On détermine le poids P d'une boule du régulateur, et le nombre normal N des rotations de l'axe du régulateur dans une minute, par les formules :

$$P = \frac{R.aN^2}{d\,(n^2 - N^2)}, \quad N = 9{,}549\sqrt{\frac{g}{d\cos i}}$$

dans lesquelles R représente la résistance que la douille du régulateur oppose à un déplacement; d la distance du centre de la boule à partir du centre de rotation d'un bras de levier; a la longueur d'un côté du parallélogramme; n le nombre des rotations de l'axe du régulateur dans une minute, qui produit une force centrifuge capable de vaincre la résistance R et les poids des boules; i l'angle formé par la direction des bras des pendules avec l'axe du régulateur, si la vitesse normale a lieu.

Frein de Prony. — On se sert du *frein dynamométrique* de M. de Prony pour mesurer l'effet utile d'un moteur, en l'appliquant, soit sur l'arbre d'une roue hydraulique, soit sur l'arbre de manivelle d'une machine à vapeur.

En appelant P le poids suspendu à l'extrémité du levier; Q le poids non équilibré du levier; L la longueur du levier, depuis le centre de l'arbre jusqu'au point où se trouvent les poids; N le nombre de tours que fait l'arbre en une minute, on a : $F = \frac{6{,}283\,LN}{60}(Q + P)$, formule au moyen de laquelle on obtient en kilogrammètres, et par seconde, la quantité d'action cherchée.

Tuyaux. — Les tuyaux sont des appareils destinés à la conduite des eaux, des gaz et des vapeurs. On calcule l'épaisseur des tuyaux ou tubes au moyen des formules suivantes :

Nature des substances.		Centimètres.
Tôle	$e = 0{,}00125\ pd + 0{,}30$	
Fonte.	$e = 0{,}00400\ pd + 0{,}50$	
Cuivre	$e = 0{,}00200\ pd + 0{,}10$	
Plomb.	$e = 0{,}04000\ pd + 0{,}10$	
Zinc.	$e = 0{,}02500\ pd + 0{,}10$	
Bois.	$e = 0{,}03230\ pd + 2{,}70$	
Pierres naturelles.. .	$e = 0{,}03690\ pd + 3{,}00$	
Pierres factices. . . .	$e = 0{,}05380\ pd + 4{,}00$	

Dans ces formules, e est l'épaisseur de la paroi ; d le diamètre intérieur du tuyau, en centimètres; p la pression, exprimée en atmosphères, à laquelle les tubes doivent pouvoir résister avec sécurité suffisante. — Pour une résistance de 10 atmosphères, on prend $p = 10$.

Les mesures des assemblages, qui comprennent les bords, les vis, les manchons, sont données par les formules qui suivent :

	Longueur d'un tube..	$l = 200 + 5d$
Rebords.	Longueur d'un rebord..	$l = 1 + 1{,}8\,e.$
	Épaisseur d'un rebord	$E = 0{,}33 + 1{,}17\,e$
	Nombre des vis.	$n = 3 + \frac{d}{7}$
	Diamètre d'un boulon.	$D = 0{,}33 + 1{,}17\,e$
Manchons	Longueur intérieure	$l = d + 2e$
	Diamètre intérieur..	$D = d + 4{,}4e$
	Épaisseur du métal.	$E = 1{,}2\,e$

Voici, d'après M. Guettier, quelques-unes des dimensions adoptées par les architectes, pour les conduites d'eau :

Longueur.	Diamètre.	Poids.	Longueur.	Diamètre.	Poids.
1m.15	0.044	9 à 10k	1m.50	0.130	42 à 45k
1 15	0.054	12 à 13	1 50	0.150	50 à 55
1 15	0.070	13 à 17	1 95	0.054	25 à 26
1 15	0.080	17 à 21	2 50	0.080	54 à 55
1 15	0.100	25 à 27	2 50	0.108	70 à 72

Ces trois derniers modèles sont encore employés utilement pour les conduites de gaz ; ils sont destinés, comme les premiers, à être essayés à une pression de 8 à 10 atmosphères.

Les tuyaux d'un gros diamètre, tels qu'on les emploie pour les égoûts, les aqueducs, etc., n'exigent pas une résistance aussi considérable que ceux qui doivent conduire à de longues distances et avec pression, l'eau et le gaz. — Voici les poids qui sont ordinairement tolérés.

Longueur 2m.50, diamètre 0m.50, poids 500 à 530 kilogrammes avec manchon, et 530 à 550 avec brides.

Longueur 1m.85, diamètre 1 mètre, poids 930 kilogrammes avec une bride, et 970 avec deux brides.

Longueur 2 mètres, orifices en fer à cheval de 1m.35 hauteur, sur 2 mètres largeur, poids 2,500 kilogrammes.

Epaisseur du métal et poids de tuyaux en fonte pour conduites d'eau et de gaz.

DIAMÈTRE intérieur	ÉPAISSEUR des parois.	POIDS du mètre courant.	DIAMÈTRE intérieur	ÉPAISSEUR des parois.	POIDS du mètre courant.
0m.05	0m.01035	14k46	0m.30	0m.01210	85k50
0 07	0 01049	19.12	0 35	0 01245	102.18
0 09	0 01063	24.22	0 40	0 01280	119.64
0 12	0 01084	32.11	0 50	0 01350	156.97
0 15	0 01105	40.29	0 60	0 01420	197.47
0 18	0 01126	48.76	0 70	0 01490	241.22
0 20	0 01140	54 56	0 80	0 01560	288.06
0 22	0 01154	60.59	0 90	0 01630	338.22
0 25	0 01175	69.63	1 00	0 01700	391.48

Tuyaux d'admission. — Si nous appelons V la vitesse du piston à vapeur, v la vitesse de la vapeur circulant dans les tuyaux, H la hauteur imaginaire génératrice de la vitesse v, h la colonne de mercure équivalente, d le poids du mètre cube de vapeur, S la surface du piston à vapeur, s la section du tuyau d'admission, on a pratiquement : $s = 0{,}003 \dfrac{SV}{\sqrt{\dfrac{h}{d}}}$. Si l'on pose $V = 1^{m}.00$, $h = 2^{m}.28$, $d = 2^{k}.1$, on a : $s = 0{,}003\,S$, or, dans les mêmes circonstances de pression et de vitesse, on fait généralement usage, en pratique, de la table suivante :

DIAMÈTRES du tuyau d'admission.	DIAMÈTRES du piston à vapeur.	RAPPORTS de la section du tuyau à la surface du piston.
mill.	mill.	
30	100	0.09
40	125	0.10
50	150	0 11
60	175	0.12
70	200	0.12
80	225	0.13
90	250	0.13
100	275	0.13
110	300	0.13
120	325	0.13
130	350	0.14
140	375	0.14
150	400	0.14

Ressorts en acier. — Dans un ressort il y a toujours deux choses à considérer : la douceur du ressort, c'est-à-dire sa *flexibilité*, ou, ce qui est la même chose, la diminution de flèche qu'il éprouve sous une charge donnée; la résistance propre du ressort, c'est-à-dire la plus grande charge ou le plus grand choc que celui-ci puisse supporter sans que son *élasticité* soit altérée.

Le *moment d'élasticité* d'une feuille a pour expression $M = \frac{E\,a\,e^3}{12}$, appelant E le coefficient d'élasticité de l'acier, qui est égal à 20,000,000,000, valeur constante; a la largeur de la feuille en mètre, et e son épaisseur.

On distingue 3 espèces de ressorts : les *ressorts de suspension*, les *ressorts de traction* et les *ressorts de choc.*

Les renseignements que nous donnons au sujet des ressorts sont empruntés au *Manuel pratique pour l'étude et le calcul des ressorts en acier*, etc., par M. Philipps. Pour des renseignements plus précis et plus développés, nous renvoyons à ce Manuel important.

Un ressort quelconque étant donné, il s'agit de déterminer : 1° *quelle est sa flexibilité;* 2° *l'allongement qu'éprouvent les différentes feuilles sous la charge normale;* 3° *la résistance absolue*; c'est-à-dire l'allongement éprouvé par les différents points du ressort sous une charge déterminée la plus grande possible.

La *flexibilité* d'un ressort à feuilles d'égale épaisseur est donnée par la formule $i = \frac{QL^2 l}{2\,M}$, dans laquelle i exprime la perte de flèche ou la flexion sous la charge Q appliquée à chaque extrémité; L la demi-longueur de la maîtresse feuille (la première); l la longueur de l'étagement qui est le même pour toutes les feuilles; M le moment d'élasticité d'une feuille. — La *flexion* d'un ressort non étagé, c'est-à-dire dont toutes les feuilles ont la même longueur, est $i = \frac{QL^3}{3\,n\,M}$.

L'*allongement* en un point quelconque de la maîtresse-feuille et sous une charge quelconque, est donné par la formule générale $d = \frac{e}{2}\left(\frac{1}{r} - \frac{1}{R}\right)$, R étant le rayon de courbure de la maîtresse-feuille au point considéré et sous une charge déterminée, et r le rayon de fabrication.

La formule $e = 2rd$ détermine l'*épaisseur* en fonction du rayon et de l'allongement correspondant à l'aplatissement.

La relation $r = \frac{L^2}{2f}$ permet de déterminer l'*allongement* en un point quelconque dans les ressorts à feuilles d'inégale épaisseur ; — f étant la flèche de fabrication.

Pour établir un ressort, il faut préalablement se donner : 1° la largeur des feuilles $= a$; 2° la flexibilité ou flexion par 1,000 kil. $= i$; 3° la charge normale 2Q ; 4° l'allongement correspondant à la charge normale ; 5° la longueur de la première feuille comptée à partir des points de contact ou d'appui $= 2L$, ou la corde de fabrication $= 2c$, ou la corde sous charge $= 2c'$.

On détermine la *flèche de fabrication* par $f = \frac{i \times 2P}{Q}$, 2P étant la charge d'aplatissement du ressort. On calcule le *rayon* des feuilles par $L^2 = 2rf$, d'où $r = \frac{L^2}{2f}$; et l'*épaisseur* des feuilles par $e = 2rd$. L'*étagement* se détermine par $l = \frac{M}{Pr}$, et le *nombre* de feuilles par $n = \frac{L}{l}$.

On détermine le *volume* d'un ressort par la formule $V = ane \left\{ \frac{2L + 2L' - l}{2} \right\}$, et le *poids* en multipliant ce volume par la densité de l'acier $D = 7,8$. — Dans cette formule $\frac{2L + 2L'}{2}$ représente la somme des demi-longueurs de la première et de la dernière feuille.

Dans le calcul des ressorts de choc, il faut leur donner un volume ou un poids déterminé correspondant à une quantité de travail $T = \frac{EVd^2}{6}$, pour qu'ils puissent amortir un choc répondant à cette quantité de travail.

MOTEURS HYDRAULIQUES.

COURS D'EAU.

Puissance d'un cours d'eau. — On entend par là, le travail régulier qu'un cours d'eau peut développer; cette puissance est proportionnelle au *volume* des eaux dont on dispose, et à la *hauteur de chute* qu'on peut établir.

Vitesse. — *Dépense.* — La *vitesse* d'un fluide s'écoulant par un orifice, est le chemin que parcourent en 1″ les molécules de ce fluide à la sortie de cet orifice.

La *dépense* est le volume de fluide écoulé en 1″.

Jaugeage des cours d'eau. — Pour les petits cours d'eau, le procédé de jaugeage le plus simple consiste à établir un barrage le long du cours d'eau et à laisser écouler l'eau, soit par une écluse munie d'une vanne à ouverture variable, soit par un déversoir, par lesquels le liquide s'échappe sous une charge d'eau constante.

L'unité de jaugeage est le *module d'eau* de 10 ^{mc}. par 24 heures, ce qui correspond à peu près à la moitié d'un pouce de fontainier, lequel équivaut à 13 litres 3/10 d'eau par 1″.

Vanne. — Pour déterminer le volume d'eau qui s'écoule par un orifice placé sous l'eau, il faut que l'ouverture en soit réglée de telle sorte que l'eau en amont se maintienne constamment à la même hauteur.

On calcule la dépense d'eau par la formule $D = S\sqrt{2gh}$, dans laquelle S est la section de l'orifice, h la charge d'eau sur le milieu de l'orifice quand il débouche à l'*air libre*; ou la différence entre la charge d'eau sur le seuil de l'orifice en amont et la charge d'eau sur ce même seuil en aval, quand l'*orifice est noyé.*

La table suivante donne les valeurs de la vitesse $V = \sqrt{2gh}$, correspondantes à des hauteurs variables h.

TABLE

des vitesses d'écoulement et des hauteurs correspondantes.

VITESSE.	HAUTEUR correspond.	VITESSE.	HAUTEUR correspond.	VITESSE.	HAUTEUR correspond.
mètres.	mètres.	mètres.	mètres.	mètres.	mètres.
0.01	0.00001	1.00	0.0510	4.00	0.8156
0.02	0.00002	1.10	0.0617	4.20	0.8992
0.03	0.00005	1.20	0.0734	4.40	0.9869
0.04	0.00009	1.30	0.0861	4.60	1.0786
0.05	0.00013	1.40	0.0999	4.80	1.1744
0.06	0.00019	1.50	0.1147	5.00	1.2744
0.07	0.00026	1.60	0.1305	5.20	1.3784
0.08	0.00034	1.70	0.1473	5.40	1.4864
0.09	0.00043	1.80	0.1651	5.60	1.5986
0.10	0.00051	1.90	0.1840	5.80	1.7148
0.12	0.00074	2.00	0.2039	6.00	1.8351
0.15	0.00115	2.10	0.2248	6.20	1.9595
0.18	0.00166	2.20	0.2467	6.40	2.0879
0.20	0.00204	2.30	0.2696	6.60	2.2205
0.22	0.00247	2.40	0.2936	6.80	2.3571
0.25	0.00319	2.50	0.3186	7.00	2.4978
0.28	0.00400	2.60	0.3446	7.20	2.6425
0.30	0.00459	2.70	0.3716	7.40	2.7911
0.32	0.00522	2.80	0.3996	7.60	2.9443
0.35	0.00624	2.90	0.4287	7.80	3.1013
0.38	0.00735	3.00	0.4588	8.00	3.2624
0.40	0.00816	3.10	0.4899	8.20	3.4275
0.42	0.0090	3.20	0.5220	8.40	3.5968
0.45	0.0103	3.30	0.5551	8.60	3.7701
0.48	0.0117	3.40	0.5893	8.80	3.9475
0.50	0.0127	3.50	0.6244	9.00	4.1290
0.60	0.0184	3.60	0.6606	9.25	4.3615
0.70	0.0230	3.70	0.6978	9.50	4.6005
0.80	0.0326	3.80	0.7361	9.80	4.8956
0.90	0.0413	3.90	0.7753	10.00	5.0975

TABLE

des vitesses correspondantes à diverses hauteurs.

Hauteur.	Vitesse corresp.	Hauteur.	Vitesse corresp.	Hauteur.	Vitesse corresp.
mètres.	mètres.	mètres.	mètres.	mètres.	mètres.
0.01	0.45	0.60	3.403	3.00	7.672
0.05	0.99	0.70	3.705	3.25	7.985
0.10	1 40	0 80	3.961	3.75	8.577
0.15	1.715	0.90	4.208	4 00	8.859
0.20	1.981	1.00	4.430	4.50	9.400
0.25	2.215	1.30	5.050	5.00	9.910
0.30	2.426	1.70	5.775	5.50	10.385
0.35	2.620	2.00	6.264	6.00	10.847
0.40	2.802	2.30	6.718	6.50	11.289
0.50	2.972	2.70	7.279	7.00	11.716

L'expression $D=S\sqrt{2gh}$ est celle de la *dépense théorique*; celle de la *dépense réelle* est $D'=cS\sqrt{2gh}$, c étant un coefficient qui modifie les valeurs de D suivant les différents cas qui se présentent.

Les valeurs de c sont :

Orifice en mince paroi. — *Contraction de la veine.* . . 0,60
Cas de contraction incomplète. — Quand la contraction a lieu sur 3 côtés. 0,62
Id. Quand la contraction a lieu sur 2 côtés. . . 0,64
Id. Quand la contraction a lieu sur 1 côté. . . 0,67
Vannes inclinées. — Vannage incliné à 1 de base sur 2 de hauteur. 0,74
Id. Vannage incliné à 1 de base sur 1 de hauteur 0,80

Dans la table qui suit, les charges d'eau indiquées dans la première colonne sont celles que l'on mesure dans un endroit où le mouvement de l'eau est peu sensible.

TABLE.

Des coefficients pour le calcul du volume d'eau sortant d'orifices rectangulaires verticaux en minces parois, à contraction complète et à écoulement libre. (MM. Poncelet et Lesbros.)

CHARGE sur le sommet des orifices.	COEFFICIENTS DE LA DÉPENSE D'EAU POUR DES HAUTEURS D'ORIFICES DE					
	0 m.20	0 m.10	0 m.05	0 m.03	0 m.02	0 m.01
mètres.						
0.000	—	—	—	—	—	—
0.005	—	—	—	—	—	0.705
0.010	—	—	0.607	0.630	0.660	0.701
0.015	—	0.593	0.612	0.632	0.660	0.697
0.020	0.572	0.596	0.615	0.634	0.659	0.694
0.030	0.578	0.600	0.620	0.638	0.659	0.688
0.040	0.582	0.603	0.623	0.640	0.658	0.683
0.050	0.585	0.605	0.625	0.640	0.658	0.679
0.060	0.587	0.607	0.627	0.640	0.657	0.676
0.070	0.588	0.609	0.628	0.639	0.656	0.673
0.080	0.589	0.610	0.629	0.638	0.656	0.670
0.090	0.591	0.610	0.629	0.637	0.655	0.668
0.100	0.592	0.611	0.630	0.637	0.654	0.666
0.120	0.593	0.612	0.630	0.636	0.653	0.663
0.140	0.595	0.613	0.630	0.635	0.651	0.660
0.160	0.596	0.614	0.631	0.634	0.650	0.658
0.180	0.597	0.615	0.630	0.634	0.649	0.657
0.200	0.598	0.615	0.630	0.633	0.648	0.655
0.250	0.599	0.616	0.630	0.632	0.646	0.653
0.300	0.600	0.616	0.629	0.632	0.644	0.650
0.400	0.602	0.617	0.628	0.631	0.642	0.647
0.500	0.603	0.617	0.628	0.630	0.640	0.644
0.600	0.604	0.617	0.627	0.630	0.638	0.642
0.700	0.604	0.616	0.627	0.629	0.637	0.640
0.800	0.605	0.616	0.627	0.629	0.636	0.637
0.900	0.605	0.615	0.626	0.628	0.634	0.635

CHARGE sur le sommet des orifices.	COEFFICIENTS DE LA DÉPENSE D'EAU POUR DES HAUTEURS D'ORIFICES DE					
	0 m.20	0 m.10	0 m.05	0 m.03	0 m.02	0 m.01
mètres.						
1.000	0.605	0 615	0 626	0 628	0.633	0.632
1.100	0.604	0.614	0 625	0.627	0 631	0 629
1 200	0.604	0 614	0 624	0.626	0.628	0.626
1.300	0.603	0.613	0.622	0.624	0 625	0.622
1.400	0.603	0.612	0.621	0.622	0.622	0.618
1.500	0.602	0.611	0.620	0.620	0.619	0.615
1.600	0.602	0.611	0.618	0 618	0.617	0.613
1 700	0 602	0.610	0.617	0 616	0.615	0.612
1.800	0.601	0.609	0.615	0.615	0.614	0 612
1.900	0.601	0.608	0 614	0 613	0.612	0 611
2.000	0 601	0 607	0.613	0.612	0 612	0 611
3.000	0.601	0 603	0.606	0.608	0.610	0.609

Orifices garnis d'ajutages. — Avec les ajutages cylindriques, la dépense est plus considérable qu'avec les orifices en mince paroi. Le coefficient c est 0,82 pour un écoulement qui se fait à *gueule bée* ou à plein tuyau lorsque la longueur de l'ajutage est de 2 à 3 fois son diamètre ; la dépense est alors : $D = 0{,}82\, S \sqrt{2gh}$.

D'après les expériences d'*Eytelwein*, on aurait le tableau suivant :

Rapport entre la longueur et le diamètre des ajutages.	1 ou < 1	2 à 3	12	24	36	43	60
Cœfficients correspondants pour le volume d'eau.	0,62	0,82	0,77	0,73	0,78	0,63	0,60

La valeur des coefficients pour l'écoulement par des ajutages coniques convergents, est beaucoup plus grande.

De tous les ajutages, ce sont les troncs de cône adaptés au réservoir par leur petite base qui donnent lieu à la plus grande dépense.

Table des coefficients pour l'écoulement par des ajutages coniques convergents. (Expériences de KASTEL.)

ANGLE de convergence.	COEFFICIENTS pour la quantité d'eau.	COEFFICIENTS pour la vitesse d'écoulement.	ANGLE de convergence.	COEFFICIENTS pour la quantité d'eau.	COEFFICIENTS pour la vitesse d'écoulement.
0°	0,829	0,830	20°	0,921	0,973
2	0,872	0,870	22	0,915	0,974
4	0,905	0,902	24	0,910	0,975
6	0,924	0,924	26	0,904	0,976
8	0,937	0,940	28	0,898	0,977
10	0,943	0,950	30	0,894	0,978
12	0,946	0,950	35	0,882	0,980
14	0,943	0,964	40	0,870	0,981
16	0,939	0,969	45	0,857	0,983
18	0,930	0,972	50	0,843	0,986

Déversoir. — Le déversoir est un obstacle ou barrage établi en travers d'un cours d'eau, et au-dessus duquel l'eau s'écoule par une lame plus ou moins épaisse. En appelant l la largeur du déversoir terminé à sa partie supérieure par une arête horizontale ou *seuil*, h la hauteur du niveau d'eau dans le canal d'alimentation au-dessus de ce même seuil, on a : $D = clh\sqrt{2gh}$.

D'après M. Kastel, $D = \left(0{,}381 + 0{,}062\,\frac{l}{L}\right) lh\sqrt{2gh}$,

pour les cas suivants : (L largeur du canal d'alimentation.)

1° Si la section du courant d'eau dans le canal d'alimentation est au moins 5 fois plus grande que la section lh;

2° Si l est au moins égale à $\frac{L}{3}$;

3° Si l'ouverture du déversoir est à arêtes vives;

4° Si la hauteur de l'arête du déversoir au-dessus du niveau d'eau dans le canal de décharge est au moins égale à $2h$.

Pour les valeurs suivantes de $\frac{l}{L}$:

0,33 0,40 0,50 0,60 0,70 0,80 0,90 1,00

on a pour valeurs correspondantes de

$$\left(0,381 + 0,062\frac{l}{L}\right):$$

0,401 0,406 0,412 0,419 0,424 0,431 0,437 0,443.

D'après MM. Poncelet et Lesbros, si l'on attribue à h les valeurs suivantes :

0.01 0.02 0.03 0.04 0.06 0.08 0.10 0.15 0.20 0.22,

les valeurs correspondantes de c seront :

0.424 0.417 0.412 0.407 0.401 0.397 0.395 0.393 0.390 0.385.

Si l'on prend pour le coefficient une valeur moyenne $c = 0,405$, on aura : $D = 0,405\, lh\sqrt{2gh}$.

Si la largeur du déversoir est égale à celle du canal d'alimentation, la valeur de c est 0,424 d'après MM. Poncelet et Lesbros, et 0,443 d'après M. Kastel.

Mouvement de l'eau dans un canal. — Lorsque le canal a sur une certaine longueur une pente et un profil constants, on trouve la vitesse moyenne de l'eau par la formule

$$V = 56,86\sqrt{\frac{SH}{PL}} - 0,072$$

dans laquelle V désigne la vitesse moyenne de l'eau, S la

section de la veine fluide, H la pente correspondante à la longueur totale L mesurée, P le périmètre mouillé.

La dépense par 1″ est $D = S \times V$.

Lorsque l'on ne peut faire le nivellement du canal sur une longueur suffisante, on détermine la vitesse à la surface du courant, en jetant, dans le plus fort du courant, un ou plusieurs flotteurs légers disposés de façon à ce que leur face supérieure affleure à peu près celle de l'eau, et en observant le temps qu'ils mettent à parcourir un espace donné, pris aussi grand que possible.

Pour des vitesses à la surface comprises entre 0m.20 et 2 mètres, le rapport de la vitesse moyenne à celle observée est d'environ 0,80; pour des vitesses de 2 à 4 mètres, il est de 0,86; tandis que pour une vitesse de 0m.10, il n'est plus que de 0,75. — On a donc pour la vitesse à la surface U, comprise entre 0m.20 et 2 mètres :

$$U = \frac{V}{0,80} = 1,25\ V.$$

Afin que l'eau ne dégrade pas le lit de la rivière, la vitesse au fond ne doit pas dépasser certaine limite, laquelle varie suivant la nature des terres. On a trouvé par expérience :

Nature des terres.	Limite de la vitesse.
Terres détrempées	0m.076
Argiles tendres	0 152
Sables	0 305
Graviers	0 609
Cailloux	0 614
Pierres cassées, silex	0 220
Cailloux agglomérés, schistes tendres	1 520
Roches en couches	1 83
Roches dures	3 05

Si U représente la plus grande vitesse de l'eau au milieu du canal et un peu au-dessous de la surface, W la vitesse de l'eau au fond, V la vitesse moyenne, on établit entre ces 3 quantités les relations suivantes, qui permettent de déterminer deux d'entre elles, quand on connaît la troisième.

1° U étant connu :

$$V = \frac{U(U + 2,37)}{U + 3,15}, \qquad W = 2V - U$$

2° V étant connu :

$$U = -\frac{1}{2}(2,37 - V) + \sqrt{\frac{1}{4}(2,37 - V)^2 + 3,15\,V},$$

$$W = 2V - U.$$

3° W étant connu :

$$U = -\frac{1}{2}(1,59 - W) + \sqrt{\frac{1}{4}(1,59 - W)^2 + 3,15\,W},$$

$$V = \frac{W + U}{2}.$$

D'après les formules qui précèdent, on a donc :

$$W = 2V - U = 2V - 1,25\,V = 0,75\,V.$$

En adoptant pour W une valeur relative à la nature des terres traversées par le canal, on obtient V par la formule $V = \frac{W}{0,75}$.

Le tableau suivant donne les valeurs de U et de V, calculées d'après la relation $U = 1,25\,V$.

TABLE des valeurs de U *et de* V.

VITESSE		VITESSE		VITESSE	
à la surface.	moyenne.	à la surface.	moyenne.	à la surface.	moyenne.
0.01	0.00754	0.40	0.31206	1.75	1.47116
0.02	0.01508	0.45	0.35243	1.80	1.51609
0.03	0.02264	0.50	0.39308	1.85	1.56112
0.04	0.03022	0.55	0.43397	1.90	1.60625
0.05	0.03781	0.60	0.47511	1.95	1.65147
0.06	0.04542	0.65	0.51648	2.00	1.69679
0.07	0.05304	0.70	0.55807	2.05	1.74219
0.08	0.06068	0.75	0.59988	2.10	1.78769
0.09	0.06833	0.80	0.64190	2.15	1.83327
0.10	0.07599	0.85	0.68412	2.20	1.87893
0.11	0.08367	0.90	0.72653	2.25	1.92467
0.12	0.09137	0.95	0.76912	2.30	1.97049
0.13	0.09907	1.00	0.81189	2.35	2.01639
0.14	0.10679	1.05	0.85484	2.40	2.06235
0.15	0.11453	1.10	0.89795	2.45	2.10840
0.16	0.12228	1.15	0.94122	2.50	2.15451
0.17	0.13004	1.20	0.98464	2.55	2.20069
0.18	0.13782	1.25	1.02822	2.60	2.24693
0.19	0.14560	1.30	1.07193	2.65	2.29324
0.20	0.15341	1.35	1.11579	2.70	2.33962
0.21	0.16122	1.40	1.15978	2.75	2.38605
0.22	0.16905	1.45	1.20391	2.80	2.43255
0.23	0.17689	1.50	1.24816	2.85	2.47910
0.24	0.18475	1.55	1.29253	2.90	2.52571
0.25	0.19261	1.60	1.33701	2.95	2.57238
0.30	0.23213	1.65	1.38162	3.00	2.61910
0.35	0.27195	1.70	1.42634		

Profil du canal. — La perte de chute résultant de la pente donnée au canal est d'autant plus grande que la vitesse adoptée est plus considérable; ce qui exige que la marche des eaux soit aussi lente que possible, soit en moyenne $0^m.10$ à $0^m.30$ par 1″, et moins encore toutes les fois que l'on consentira à donner au canal des dimensions qui seront d'autant plus grandes que la vitesse sera plus petite.

Si nous appelons S la section du canal, D la dépense d'eau en mètres cubes et par 1″, V la vitesse moyenne de l'eau dans le canal, nous aurons $S = \frac{D}{V}$.

La forme d'un canal est généralement celle d'un trapèze, dans lequel la largeur du fond varie de 3 à 6 fois la hauteur de l'eau. La largeur à la ligne d'eau varie avec l'inclinaison que doivent présenter les talus.

Si *l* représente la largeur du lit au fond du canal, *h* la profondeur de l'eau dans le canal, *a* l'angle du talus des parois du canal, on a :

$$\frac{l}{h} = 2{,}7 + 0{,}9\,S, \qquad h = \sqrt{\frac{S}{\frac{l}{h} + \text{cotg.}\, a}}$$

$$l = \left(\frac{l}{h}\right) h$$

Lorsque les canaux doivent être revêtus en maçonnerie, on leur donne la forme d'un rectangle, dans lequel la largeur est le double de la profondeur.

On détermine le *périmètre mouillé* P, en ajoutant la longueur des 2 talus à celle du plat-fond; *la pente par mètre* I est donnée par la formule :

$$I = \frac{L}{R} = \frac{P}{S}\,(a\,V + b\,V^2),$$

L étant la longueur du canal, R la pente totale du canal, $a = 0{,}0000444$, $b = 0{,}000309$.

Lorsqu'il s'agit d'un canal de dérivation, on fixe la

pente par la position relative des points de départ et d'arrivée; et alors on calcule la vitesse par la formule $V = \frac{W}{0,75}$ et la largeur par $l = \frac{DI}{V^2(a + bV)} - 2h\sqrt{1 + n^2}$, n étant le rapport de la base des talus à leur hauteur.

TABLE des valeurs de $aV + bV^2$ pour diverses valeurs de V.

V	$aV + bV^2$	V	$aV + bV^2$	V	$aV + bV^2$
0.01	0.0000005	0.40	0.0000673	1.75	0.0010251
0.02	0.0000010	0.45	0.0000826	1.80	0.0010822
0.03	0.0000016	0.50	0.0000996	1.85	0.0011409
0 04	0.0000023	0.55	0.0001180	1.90	0.0012011
0.05	0.0000030	0.60	0.0001380	1.95	0.0012628
0.06	0.0000038	0 65	0 0001596	2.00	0.0013262
0.07	0 0000046	0.70	0.0001827	2.05	0.0013910
0.08	0.0000055	0.75	0 0002073	2.10	0.0014574
0.09	0.0000065	0 80	0.0002335	2.15	0 0015254
0.10	0 0000075	0.85	0.0002613	2.20	0.0015949
0.11	0.0000086	0.90	0.0002906	2.25	0.0016659
0.12	0.0000098	0.95	0.0003214	2.30	0 0017385
0.13	0.0000110	1.00	0.0003538	2.35	0.0018126
0.14	0.0000123	1.05	0.0003877	2.40	0.0018883
0 15	0.0000136	1.10	0.0004232	2.45	0.0019656
0.16	0.0000150	1 15	0.0004602	2.50	0 0020443
0.17	0.0000165	1.20	0.0004988	2 55	0.0021247
0.18	0.0000180	1.25	0.0005389	2 60	0.0022065
0.19	0.0000196	1.30	0 0005805	2.65	0.0022900
0 20	0.0000213	1.35	0.0006237	2.70	0.0023749
0.21	0 0000230	1.40	0.0006685	2.75	0.0024614
0.22	0.0000247	1.45	0.0007148	2 80	0.0025495
0.23	0.0000266	1 50	0 0007626	2.85	0.0026391
0.24	0.0000285	1.55	0.0008120	2.90	0.0027302
0.25	0 0000304	1.60	0.0008630	2.95	0 0028229
0.30	0.0000412	1 65	0.0009155	3.00	0 0029172
0.35	0.0000534	1.70	0.0009695		

Conduite de l'eau dans des tuyaux. — Le diamètre des conduites d'eau doit être le même dans toute leur longueur, et l'on doit chercher à éviter les coudes brusques, qui donnent lieu à des pertes de charge considérables.

Représentons par h la différence des niveaux de l'eau dans le réservoir principal et dans le réservoir partiel que la conduite met en communication, par D le volume écoulé par 1″, par L la longueur de la conduite, par d son diamètre, nous aurons :

$$h = \frac{D^2 (L + 54\,d)}{431,39\,d^2}.$$

Le diamètre de la conduite se détermine au moyen de la relation :

$$D^2 L + 54\,d\,D^2 = 431,39\,d^2,$$

équation qu'on résout par tâtonnements, en attribuant à d différentes valeurs, jusqu'à ce que le problème soit satisfait.

La formule $d = 0,0297 \sqrt[5]{\frac{D^2 L}{h}}$ donne une valeur convenable, lorsque le diamètre de la conduite est très-petit par rapport à L supposé très-grand.

Si V est la vitesse moyenne de l'eau dans une conduite de diamètre d, $= I \frac{h}{L}$ la déclivité ou pente moyenne, on a :

$$V = 26,79 \sqrt{d I} - 0^{m}.025\,;$$

le débit D par 1″ est donné par $D = \frac{d^2 V}{1,273}$.

Ces formules se rapportent à des tuyaux à section constante, sans étranglement dans l'intérieur, sans coudes brusques, ayant leurs changements de direction arrondis et raccordés par de grands rayons de courbures.

Le frottement de l'eau contre les parois des tuyaux donne lieu à une perte de charge considérable. Si H représente la colonne d'eau capable, par son poids, de vaincre cette résistance, due au frottement, on détermine sa valeur par les formules suivantes :

1° Pour des tuyaux d'un profil quelconque :

$$H = L\frac{C}{S}(aV + bV^2);$$

2° Pour des tuyaux cylindriques :

$$H = \frac{4L}{d}\left(aV + bV^2\right),$$

S étant la section du tuyau, C la circonférence du tuyau, L sa longueur, d son diamètre, V la vitesse de l'eau dans les tuyaux, $a = 0{,}00001733$ et $b = 0{,}0003483$.

TABLE des valeurs de V et des valeurs correspondantes de $aV + bV^2$, pour le calcul du frottement de l'eau contre les parois des tuyaux.

V	$aV + bV^2$	V	$aV + bV^2$	V	$aV + bV^2$
0.01	0.0000002	0 10	0.0000052	0.19	0 0000159
0.02	0 0000005	0.11	0.0000061	0.20	0.0000174
0.03	0.0000008	0 12	0.0000071	0.21	0.0000190
0.04	0.0000013	0.13	0.0000081	0.22	0.0000207
0.05	0.0000017	0.14	0.0000093	0.23	0.0000224
0.06	0.0000023	0.15	0.0000104	0 24	0.0000242
0.07	0.0000029	0.16	0.0000117	0.25	0.0000261
0.08	0 0000036	0.17	0.0000130	0.30	0.0000365
0.09	0.0000044	0.18	0.0000144	0.35	0.0000487

V	$aV+bV^2$	V	$aV+bV^2$	V	$aV+bV^2$
0.40	0.0000627	1.30	0.0006111	2.20	0 0017237
0.45	0.0000783	1.35	0.0006581	2.25	0.0018021
0.50	0.0000957	1.40	0.0007069	2.30	0.0018822
0 55	0.0001149	1.45	0.0007573	2.35	0 0019640
0.60	0.0001358	1.50	0.0008096	2.40	0.0020476
0.65	0.0001584	1.55	0.0008636	2.45	0.0021329
0.70	0.0001828	1.60	0.0009193	2.50	0.0022199
0.75	0.0002089	1.65	0.0009767	2 55	0.0023087
0.80	0.0002368	1.70	0.0010359	2.60	0.0023993
0.85	0.0002663	1 75	0.0010969	2.65	0.0024916
0.90	0.0002977	1 80	0.0011596	2.70	0.0025856
0 95	0.0003308	1.85	0.0012240	2.75	0.0026814
1.00	0.0003656	1.90	0.0012901	2.80	0.0027789
1.05	0.0004022	1.95	0.0013581	2.85	0.0028781
1.10	0.0004405	2.00	0.0014277	2.90	0.0029791
1.15	0.0004805	2.05	0.0014991	2.95	0 0030819
1.20	0.0005223	2.10	0.0015722	3.00	0.0031863
1.25	0.0005658	2.15	0.0016471		

La perte de charge H occasionnée par des courbes ou des coudes se détermine par la formule

$$H = \frac{V^2}{2g}\left(0{,}0039 + 0{,}0186\,R\right)\frac{a}{R^2},$$

dans laquelle R désigne le rayon du coude ou de la courbure, a la longueur de l'arc de la partie courbe, V la vitesse de l'eau dans le tuyau.

Jets d'eau. — On nomme *jet d'eau* un filet d'eau jaillissant de l'orifice d'un tuyau horizontal ou incliné. On obtient un jet d'eau vertical en perçant l'orifice dans une paroi horizontale ; on obtient un jet parabolique, en perçant l'orifice dans une paroi inclinée. La direction du jet est la résultante de la force de la pesanteur, toujours verticale, et de la force d'impulsion, toujours perpendiculaire à la paroi.

Théoriquement, un jet d'eau doit s'élever à une hauteur égale à $\frac{v^2}{2g}$ ou h ; mais plusieurs circonstances s'opposent à ce qu'il s'élève à plus des $\frac{2}{3}$ environ de cette valeur. Celle-ci est donnée par la formule $H = h - 0{,}01\,h^2$ en représentant par h la différence de niveau entre le haut du liquide de l'orifice.

On obtient le maximum de hauteur du jet, en faisant croître le diamètre des tuyaux de conduite avec leur longueur, en évitant les renflements et les coudes trop brusques ; enfin, en perçant l'orifice d'écoulement en mince paroi et en donnant au jet une direction un peu inclinée.

Le calcul indique, qu'abstraction faite de la résistance de l'air, un jet doit faire avec l'horizon un angle de 45 degrés pour prendre latéralement la plus grande amplitude possible.

Avec les ajutages coniques, la hauteur du jet n'est que

les 0,8, à 0,9 de celle fournie par les orifices en mince paroi ; avec les ajutages cylindriques, elle n'est plus que les 0,66 de celle fournie par les orifices en mince paroi.

ROUES HYDRAULIQUES.

On distingue les roues verticales, à axe horizontal, et les roues horizontales, à axe vertical, telles que les turbines. — Les roues se composent essentiellement d'une *couronne* circulaire sur laquelle agit le fluide, et d'un *axe à tourillons* relié à la couronne par des *bras* ou *rayons*.

On amène l'eau dans la couronne de la roue, soit au moyen d'une vanne avec charge d'eau à la partie supérieure, soit par une vanne en déversoir.

La partie du canal d'écoulement compris entre le vannage et le coursier de fuite est le *coursier de la roue*, qui peut être circulaire et emboîter entièrement la couronne, dans certains cas.

Les éléments caractéristiques des moteurs hydrauliques résident dans les dispositions attribuées à la couronne, au vannage et au coursier.

Nous distinguerons principalement les *roues à axe horizontal*, qui suivent :

1° Les roues en dessous, à aubes planes ou courbes, telles que les anciennes roues à palettes et les roues à la Poncelet.

2° Les roues à aubes ou à augets, emboîtées dans un coursier, et recevant l'eau par des orifices avec charge d'eau. — Roues de côté.

3° Les roues à aubes ou à augets, emboîtées dans un coursier, et recevant l'eau par des vannes en déversoir. — Roues de côtés.

4° Les roues à augets recevant l'eau, soit à leur sommet, soit en dessous de ce point, en avant ou en arrière de l'axe. — Roues en-dessus.

Rendement. — On calcule l'effet absolu E de la force de l'eau, comme suit :

1° $E = QH$, Q étant le volume d'eau, en mètres cubes, qui agit sur la roue dans une seconde; et H la hauteur totale de chute, en mètres.

2° $E = 1000\,QH$, exprimé en kilogrammes.

3° $E = \dfrac{1000\,QH}{75}$, en chevaux-vapeur.

On peut adopter les chiffres suivants comme représentant le rendement des roues établies dans de bonnes conditions :

	Rendement
Roue en dessous.	30 à 35 p. 0/0
Roue avec coursier à contrecourbe. .	40 à 50 —
Roue de Poncelet.	60 à 65 —
Roue à palettes avec vanne à déversoir.	60 à 65 —
Roue à palettes avec vanne à coulisses.	65 à 70 —
Roue à augets avec vanne à coulisses.	60 à 70 —
Roue en dessus pour de petites chutes de 3 à 5 mètres..	50 à 60 —
Roue en dessus pour de grandes chutes au-dessus de 5 mètres..	60 à 75 —

Dépense d'eau. — La formule $Q = c\,\dfrac{N}{H}$ sert à calculer la dépense Q d'eau qui doit agir sur la roue par seconde, pour produire un effet utile de N chevaux-vapeur, lorsque cette dépense n'est pas donnée immédiatement.

Les valeurs de c, pour les différentes roues, varient entre les limites suivantes :

Roue en dessous.	0,21 à 0,25
Roue à coursier à contre-courbe.	0,175 à 0,187
Roue de Poncelet.	0,115 à 0,125

Roue à palettes avec vanne à déversoir.	0,115 à 0,125
Roue à palettes avec vanne à coulisses.	0,105 à 0,115
Roue d'arrière à augets avec vanne à coulisses.	0,107 à 0,125
Roue en dessus pour de faibles chutes au-dessous de 5 mètres.	0,125 à 0,150
Roue en dessus pour des chutes au-dessus de 5 mètres..	0,100 à 0,122

Vitesse à la circonférence des roues. — Avec les vitesses suivantes, on obtient des roues hydrauliques un effet utile satisfaisant.

	Vitesse en mètres à la circonférence de la roue.
Roue en dessous.	$V = 0{,}4\sqrt{2gH}$
Roue avec coursier à contre-courbe.	V = 2 mètres
Roue de Poncelet.	$V = 0{,}55\sqrt{2gH}$
Roue à palettes avec vanne à déversoir..	V = 1,4
Roue à palettes avec vanne à coulisses.	V = 1,6
Roue à augets avec vanne à coulisses.	V = 1,5
Roue en dessus pour de faibles chutes.	V = 1,3 à 1,5
Roue en dessus pour de fortes chutes.	V = 1,5

Diamètre des roues. — Les diamètres qu'il convient de donner aux roues pour en obtenir un bon effet, sont :

Pour la roue en dessous, suivant les localités.. . . D = 4,6 à 7 mètres.

Pour la roue de Poncelet. . $D=4\ H$
Pour la roue avec coursier
à contrecourbe. . . . . . $D=3\ H$ à $5\ H$
Pour la roue à palettes avec
vanne à déversoir. . . . $D=2,5\ H$ à $3\ H$
Pour la roue à palettes avec
vanne à coulisses.. . . . $D=2\ H$ environ.
Pour la roue à augets avec
vanne à coulisses. . . . . $D=\frac{4}{3}H$

Pour la roue en dessus. . . $D=H-\frac{V^2}{2g}$

V étant la vitesse avec laquelle l'eau atteint la circonférence de la roue; on prend souvent $V=2v$, v étant la vitesse à la circonférence de la roue.

Largeur et profondeur de la roue. — Le rapport entre la largeur l de la roue, c'est-à-dire la dimension parallèle à l'axe de la roue des palettes ou des augets de la roue, et la profondeur p de la roue, c'est-à-dire la différence entre les rayons extérieur et intérieur de la roue, est donné par la formule $\frac{l}{p}=c\sqrt[3]{N}$, dans laquelle on fait $c=1,75$ pour les roues à palettes, et $c=2,25$ pour les roues à augets, $N=\frac{E}{75}$.

La roue de Poncelet ne suit pas cette règle.

Roues pendantes. — Ces roues sont généralement montées sur des bateaux-moulins; elles sont établies sur les cours d'eau sans aucun barrage.

Les aubes ou palettes doivent avoir au moins $0^m.33$ de hauteur, être espacées d'une quantité au plus égale à leur hauteur, être inclinées en avant, et former avec le rayon un angle égal à 1/3 d'angle droit quand la roue plonge de 1/4 ou de 1/5 de son rayon, et 1/6 d'angle droit quand elle plonge de 1/3 de son rayon. Il y a avantage à leur donner de la concavité du côté où l'eau les frappe.

Turbines. — On désigne sous ce nom des roues qui ont un axe vertical, et dont les palettes quelquefois planes, mais habituellement courbes, se meuvent par le choc, le poids ou la force centrifuge d'une veine fluide.

Dans les anciennes turbines, l'effet utile n'est guère que de 0,35. Les turbines de Fourneyron sont supérieures aux autres et conviennent à toutes les chutes; leur effet utile s'élève à 0,70 et souvent même à 0,75. Dans ces roues, l'eau, dirigée par des courbes verticales placées daus un cylindre fixe intérieur, arrive sur les aubes par la circonférence intérieure et en sort par la circonférence extérieure de la roue.

Ces moteurs, qui occupent peu de place, peuvent marcher noyés et à des vitesses très-différentes, sans que leur effet utile en soit notablement altéré; ils marchent à des vitesses bien supérieures à celles des autres roues, ce qui permet de ne pas recourir à des transformations de mouvement compliquées, notamment pour la mouture des grains.

La formule $Q = 0{,}107 \frac{N}{H}$ indique le volume Q d'eau en mètres cubes, qui doit agir sur la roue pour obtenir un effet utile de N chevaux. On détermine le rayon intérieur de la roue motrice par la formule $r = 0{,}538 \sqrt{Q}$, et le rayon de courbure des aubes directrices par $R = 0{,}5\,r$.

L'angle sous lequel les courbes directrices coupent la circonférence intérieure du tambour de la turbine, est de 15° pour les petites turbines, et de 24° pour les grandes.

On calcule l'épaisseur du métal des aubes directrices par la formule $e = \frac{r}{80}$, et celle du métal de la vanne cylindrique par $e' = \frac{r}{60}$.

Le jeu entre la vanne et la surface intérieure de la roue se prend égal à $\frac{r}{160}$.

Le nombre des aubes directrices est de 24 à 30.

L'angle sous lequel les aubes de la roue motrice coupent la circonférence intérieure de la roue est de 60 à 90°.

MACHINES PROPRES A ÉPUISER ET A ÉLEVER L'EAU.

Nous n'indiquerons que les principales de ces machines.

La *roue à palettes* emboîtée dans un coursier et douée d'un mouvement rapide de rotation, peut servir à élever de l'eau à une faible hauteur; cet appareil a l'inconvénient de n'agir que par choc. Il en est de même du *chapelet incliné* et du *tympan de Vitruve.*

La *vis d'Archimède* est l'un des appareils les plus employés pour l'élévation des eaux; c'est une vis dont le filet, très-mince et très-large, est emboîté sur un noyau de petit diamètre et recouvert d'une enveloppe cylindrique concentrique à celle du noyau. A l'aide d'une manivelle, on lui imprime, autour de son axe, un mouvement de rotation qui fait successivement parcourir à l'eau toutes les spires, depuis le réservoir inférieur où elle puise, jusqu'au réservoir où elle se vide; mais pour que cet effet se produise favorablement, il faut que la vis forme à l'horizon un angle de 30 à 45°.

Le diamètre extérieur des vis d'Archimède est ordinairement de 1/12 de la longueur de la vis, et le diamètre du noyau est 1/3 du diamètre extérieur. Il doit y avoir trois spires entières, dont la trace sur l'enveloppe fait avec l'axe un angle de 67 à 70°.

La *noria* est un appareil formé d'une double chaîne sans fin, composée de chaînons à articulations, à chacun desquels est ajusté un seau qui puise l'eau dans le réservoir inférieur et la déverse dans le réservoir supérieur. La chaîne s'enroule haut et bas sur une roue de forme hexagonale dont chaque côté correspond à un des chaînons.

Pompes. — Les *pompes* sont des machines qui servent à élever l'eau par aspiration, par pression ou par les deux effets combinés ; d'où l'on distingue trois espèces de pompes : les *pompes aspirantes,* les *pompes foulantes,* les *pompes aspirantes et foulantes.*

Dans l'établissement des pompes, il faut observer les règles suivantes :

1° La vitesse des pistons doit être comprise entre $0^m.16$ et $0^m.25$ par seconde ;

2° L'aire de l'ouverture masquée par les soupapes doit être la moitié environ de celle du corps de pompe ;

3° Le diamètre du tuyau d'aspiration et celui du tuyau de conduite doivent être égaux aux 2/3 de celui du corps de pompe ;

4° La course des pistons des grandes pompes doit être de 1 mètre à $1^m.50$;

5° L'espace nuisible doit être réduit autant que possible.

Dans les pompes en bon état, les fuites, les pertes occasionnées par la dureté de la fermeture des soupapes réduisent ordinairement le produit aux 4/5 du volume engendré par le piston.

Les *pompes à incendie* sont du genre des pompes foulantes ; elles se composent en général de deux pompes jumelles dont les tuyaux se rendent dans un réservoir d'air. L'eau refoulée dans ce réservoir est chassée par l'élasticité du gaz, et s'élève dans un tuyau flexible d'une longueur plus ou moins grande.

Presse hydraulique. — La presse hydraulique est utilisée dans tous les travaux qui exigent des pressions considérables ; c'est ainsi qu'on l'emploie pour fouler les draps, extraire le suc des betteraves, l'huile des graines oléagineuses. Elle est également employée pour éprouver les canons, les chaudières à vapeur et les chaînes destinées à la marine.

Cet appareil se compose essentiellement d'une pompe aspirante et foulante de petit diamètre, et d'un corps de pompe muni d'un piston massif de grand diamètre, recouvert d'un plateau destiné à recevoir les corps sur lesquels on veut exercer une pression. Les deux corps de pompe communiquent entre eux par un tube latéral.

En vertu du principe de Pascal, une pression de 1 kilogramme par centimètre carré, exercée sur la surface d'un liquide dans un vase, se fera sentir sans altération sur tous les points de la surface du même liquide dans un autre vase communiquant avec le premier; donc, si la surface du niveau dans le second corps de pompe P est centuple de ce qu'elle est dans le premier A, les pressions produites par le refoulement de l'eau de A en P seront dans le même rapport, et avec un effort de 1 kilogramme, on en obtiendra un de cent.

Un homme de force moyenne peut facilement, à l'aide d'un levier, produire sur la tête du piston A une force de 300 kilogrammes, et par suite une force de 30,000 kilogrammes sur le deuxième piston, si la surface de celui-ci vaut 100 fois celle du premier.

Dans les arts, on exerce jusqu'à des pressions de 50,000 kilogrammes sur la base du piston compresseur.

Bélier hydraulique — C'est une machine d'épuisement où la force motrice est empruntée à une chute d'eau. Elle est fondée sur ce principe que si, deux tubes verticaux communiquant par un tube horizontal, l'eau tombe d'une certaine hauteur dans le premier, et que l'on vienne à fermer brusquement l'issue placée à l'extrémité du tube horizontal au-delà du second tube vertical, l'eau refoulée brusquement dans celui-ci y montera à un niveau plus élevé que celui qu'elle occupe dans le premier.

D'après Eytelwein, les proportions suivantes sont les plus convenables pour la construction de ces appareils :

1° La longueur du corps du tuyau conducteur doit être égale à la hauteur d'ascension, augmentée de deux fois le rapport de cette hauteur à celle de la chute;

2° Le diamètre du même tuyau doit être 1,7 fois la racine carrée du volume dépensé; ce qui correspond à une vitesse de 1m.82 par seconde, que peut prendre l'eau. Le diamètre du tuyau d'ascension doit être égal à 1/2 de celui du conducteur; il ne doit pas être recourbé à l'extrémité;

3° Les deux soupapes, organes importants du jeu de l'appareil, doivent être très-rapprochées l'une de l'autre. Les soupapes à plaques sont généralement préférables aux clapets; mais pour des tuyaux de 0m.30 de diamètre et au-delà, on peut adopter les clapets;

4° L'orifice de la soupape d'arrêt, comme la soupape d'ascension, doit être égal à l'aire du tuyau de conduite; ces soupapes doivent être aussi légères que possible;

5° Il suffit que le réservoir d'air ait une capacité égale à celle du tuyau d'ascension.

Tableau comparatif du travail produit et de l'effet utile de divers moyens d'épuisement et d'élévation des eaux.

Les nombres suivis de la lettre T représentent le travail produit exprimé en unités dynamiques $K \times m$; les quantités suivies de la lettre E se rapportent à l'effet utile proprement dit. Ces résultats sont empruntés à M. Morin.

Baquetage à bras avec un seau léger.	46.000 T
Ecopes ordinaires.	48.000 T
Ecopes hollandaises.	120.000 T
Seaux à bascule si le puits a 2 à 3 mètres de profondeur.	60.000 T

Seaux à bascule si le puits a 4 ou 5 et plus.................. 70.000 T

Seau avec corde et poulie dans un puits ordinaire............ 77.000 T

Seau avec treuil à volant et à manivelle dans un puits très-profond.. . 170.000 T

Manèges des maraîchers, un homme. 200.000 T

— un cheval ou un mulet 1166.000 T

— un bœuf. . 1120.000 T

— un âne. . . 334.000 T

Chapelet incliné, un homme agissant à une manivelle qui ne doit pas faire plus de 30 tours en 1'. . . . . 68.000 T

— Un cheval. . . . . . 449.000 T. 0.38 E.

La vitesse du chapelet ne doit pas excéder 1m.50 en 1'.

Chapelet vertical, un homme à la manivelle.................. 115.000 T

— Un cheval............ 647.000 T

Noria perfectionnée de M. Gateau. L'effet utile varie avec la hauteur à laquelle la machine puise l'eau :

Pour des hauteurs	de 1	mètre, il est égal à.	0.48	E
—	de 2	—	0 57	E
—	de 3	—	0.63	E
—	de 4	—	0.66	E
—	de 6	et au-delà	0 70	E

Noria de M. Burel, 1 cheval. . . . . . . 671.000 T

— 1 âne. . . 334.000 T. 0.58 E

Roue chinoise, mue par des hommes placés à hauteur de l'axe sur une roue à chevilles, 1 homme.. . . . . 144.864 T. 0.58 E

L'eau est élevée à 0m.5 ou 0m.6 au moins, au-dessus du niveau du réservoir.

Roue à tympan, mue par des hommes agissant au bas d'une roue à marcher, 1 homme	214.000 T.	0.80	E
Roue à godets ou à seaux.		0 60	E
Roue à palettes planes, emboîtée dans un coursier circulaire, appelé Flashweel.		0 70	E
Vis d'Archimède. .	100.000 T. 0.70 à	0.75	E
Bélier hydraulique (résultat des expériences d'Eytelwein dans les cas les plus favorables).		0.875	E
Machines à colonnes d'eau de Reichenbach.		0.50	E
Pompes d'épuisement des mines. (Observations de 8 machines à basse pression.).		0 66	E

On prend ici, pour le travail développé par le moteur, celui que la machine utilise, et on fera remarquer que la longueur des tuyaux d'ascension occasionne des fuites considérables.

Pompe de la saline de Dieuze mue par une roue hydraulique. . . .	228 T.	0.523	E

Le volume d'eau élevé est les 4/5 du volume engendré par les pistons. — Le développement des conduites d'eau douce est de 361 mètres et leur diamètre de $0^m.06$. — Le développement des conduites d'eau salée est de 636 mètres et leur diamètre de $0^m.108$. — L'eau n'est élevée qu'à 16 ou 18 mètres de hauteur.

MOTEURS A VAPEUR.

GÉNÉRATEURS A VAPEUR.

Principes. — On a pris comme *unité de chaleur*, la quantité de chaleur nécessaire pour élever de 0° à 1° la température d'un kilogramme d'eau, c'est-à-dire pour chauffer 1 kilogramme d'eau de 1°. On a reconnu que 1 kilogramme de bonne houille brûlant complétement pouvait chauffer 7,500 kilogrammes d'eau de 1°, ou, ce qui est la même chose, 750 kilogrammes de 10°; et l'on dit que la combustion de 1 kilogramme de houille produit 7,500 *unités de chaleur* ou 7,500 *calories*. Mais la quantité de chaleur nécessaire pour évaporer 1 kilogramme d'eau à 100° est de 550°, ou, en d'autres termes, il faut 650 unités de chaleur pour vaporiser 1 kilogramme d'eau pris à 0°. Donc 1 kilogramme de houille devrait produire $\frac{7500}{650}$ ou 11kil.5 de vapeur; cependant, la plupart des chaudières ne donnent que 5 à 6 kilogrammes de vapeur par kilogramme de houille.

Le tirage par la cheminée coûte à peu près 25 p. 0/0 de la chaleur donnée par la houille; il en reste encore une perte de 25 p. 0/0 due aux dispositions des appareils.

Théoriquement, la quantité d'air nécessaire à la combustion de 1 kilogramme de houille est de 9mc d'air froid; ce qu'il est facile de déterminer, sachant que 1 kilogramme de houille, suivant la qualité, contient 77 à 90 p. 0/0 de carbone, environ 5 p. 0/0 d'hydrogène, 16 à 4 p. 0/0 d'oxygène et des quantités insignifiantes d'azote. — Il y a d'autant plus de carbone que la houille est plus grasse.

Pratiquement, il faut considérer comme nécessaire un

volume de 18^{mc} par 1 kilogramme de houille, bien que la moitié de l'air ne serve réellement qu'à la combustion. On peut même calculer les dimensions du foyer de manière à pouvoir y appeler un volume d'air triple de celui qu'indique la théorie, parce que l'on peut toujours réduire à volonté le tirage au moyen d'un *registre*.

On distingue dans tout appareil générateur les trois parties principales : le fourneau, la chaudière et les appareils de tirage.

Fourneau. — Il se compose de la *grille*, du *cendrier*, des *carneaux* et de la *cheminée*. Le *foyer proprement dit* est la partie du fourneau où se fait la combustion.

La grille est formée de *barreaux* en fer, parfois en fonte. Ces barreaux sont amincis à la partie inférieure, pour faciliter l'accès de l'air et la chute des cendres. Les dimensions des barreaux sont très-variables; les meilleures dimensions sont une épaisseur de 20 à 25^{mm}. pour les barreaux avec 5^{mm} d'écartement; on leur donne parfois 30 à 35^{mm} d'epaisseur et 5 à 10^{mm} d'écartement.

Il existe naturellement une relation entre l'ouverture de la grille par laquelle l'air entre dans le fourneau, et celle de la cheminée par laquelle il sort. En pratique, on admet l'égalité entre ces deux ouvertures. Si donc la partie libre de la grille par laquelle l'air doit passer est le 1/4 de la partie pleine et le 1/5 de la surface totale, la surface de la grille sera 5 fois égale à la section de la cheminée.

On donne souvent à la *surface de la grille* 3^{d2}.50 à 4^{d2}.80 par kilogramme de houille brûlé par heure, dans les foyers à combustion lente; 1^{d2}.00 à 1^{d2}.20 dans les foyers à combustion vive; et parfois 0^{d2}.75 dans les foyers les plus actifs, ainsi que dans ceux où l'épaisseur du combustible sur la grille doit être très-considérable. — La bonne dimension à adopter pour les grilles est de 1^{d2} par demi-kilogramme de houille à brûler par heure, chaque fois que l'on peut obtenir cette dimension sans donner plus de 1m.80 de longueur.

La couche de houille sur la grille doit être disposée en plan incliné, de façon que son épaisseur sur le devant ne soit que de 6 à 8 centimètres, et vers l'extrémité de 12 à 15 centimètres. — Le coke peut se charger sur une épaisseur de 30 à 50 centimètres.

La distance entre la grille et la chaudière varie de 30 à 45 centimètres, selon la nature du combustible; ainsi, pour les houilles grasses à longue flamme, la distance doit être plus grande que pour les houilles à courte flamme.

Les portes des foyers ont généralement de 0m.30 à 0m.35 de haut sur 0m.40 à 0m.50 de large; on doit les placer à l'extrémité d'un canal de maçonnerie, à une distance de 0m.40 à 0m.50 de la grille et par conséquent du feu.

A l'extrémité de la grille, se trouve une élévation de 0m.15 environ, qui se nomme *autel*, et qui est destinée à maintenir le combustible sur la grille.

Sous la grille est un espace vide appelé *cendrier*, dans lequel tombent les cendres et par lequel l'air arrive sous la grille; on donne au cendrier 0m.60 à 0m.70 de hauteur.

Les *carneaux*, par lesquels la flamme et les produits de la combustion se rendent à la cheminée, ont des dimensions qui diffèrent suivant leur éloignement du foyer; car ce n'est pas un même volume qui doit passer à chaque instant à travers les différentes sections du fourneau, mais un même poids. Or, le poids de 1^{m3} d'air pèse d'autant moins que sa température est plus élevée : ainsi, il pèse

à 0°. 1k.3	à 600°. 1k.3 : 3,2	à 1200°. 1k.3 : 5,4
à 300°. 1k.3 : 2,1	à 900°. 1k.3 : 4,3	

Il est indispensable qu'il sorte autant de kilogrammes

qu'il en entre, et il faut que le poids de gaz qui passe en une seconde dans une section, passe dans le même temps à travers une quelconque des autres.

Si l'on veut que la *vitesse des gaz* soit la même sur tout le parcours pour éviter les chocs et les remous, il faut proportionner les sections aux volumes qu'y prend un même poids d'air. Il est généralement avantageux de faire les sections de passage du gaz de plus en plus grandes depuis la cheminée jusqu'au foyer.

Si V désigne la vitesse en un point du fourneau, S et T la section et la température en ce point, le poids qui y passera en une seconde, sera $S\,V\,\frac{1^{k}.3}{1+0{,}00367\,T}$.

Si l'on veut que, cette quantité restant constante pour chaque point des conduits de la fumée, la vitesse reste également constante, il faudra que le rapport $\frac{S}{1+0{,}00367\,T}$ ne varie pas, c'est-à-dire que S soit en chaque point proportionnel à $1+0{,}00367\,T$.

Cheminée. — Le tirage d'une cheminée est dû à la différence de densité de l'air intérieur et extérieur, différence due à celle des températures. Le mouvement de l'air y est d'autant plus rapide, que la cheminée est plus élevée; le calcul indique que la vitesse croît proportionnellement à la racine carrée de la hauteur. On a :

$$V=\frac{0^{m}.268\sqrt{H\,T}}{1''},$$

H étant le nombre de mètres de la hauteur et T le nombre de degrés centigrades de la température moyenne dans la cheminée.

Le volume d'air chaud qui s'écoule en 1″ par l'orifice d'une cheminée est, à peu de chose près, égal à la vitesse multipliée par la surface de cet orifice. On obtient le poids de ce volume en multipliant celui-ci par le poids de 1^{mc} d'air à la température qu'il possède en s'écoulant. C'est ce poids d'air écoulé en une seconde qui mesure le *tirage* de la cheminée. Ainsi, appelant S la surface de l'orifice de la cheminée, le volume écoulé sera à peu près SV et le tirage sera $Q = \frac{mS\sqrt{HT}}{1 + aT}$, m étant un coefficient renfermant les données constantes et celles qui se rapportent aux différentes résistances.

Si l'on veut déterminer les résistances dues aux frottements dans la cheminée ou dans les carneaux, on posera $V = \sqrt{\frac{2gHaT}{1+2gf}}$, admettant que leur effet consiste à diminuer la hauteur motrice d'une quantité fV^2, f étant un coefficient de frottement. Lorsqu'on veut tenir compte d'une autre résistance, telle que celle qu'éprouve l'air dans son passage à travers les barreaux de la grille, il faut ajouter à f le coefficient r du terme rv^2, expression de la perte de hauteur motrice produite par cette résistance; on a alors $V = \sqrt{\frac{2gHaT}{1+2gf+2gr}}$.

On constate par l'expérience et le calcul que la température de l'air dans un foyer est d'environ 1200°; on a : $t = \frac{4C}{V \times 1,3}$, V étant le volume d'air nécessaire à la combustion de 1 kilogramme de combustible dont le pouvoir calorifique est C. Avec la bonne houille, C = 7,500 calories et $V = 18^{mc}$.

Si nous représentons par P la perte de chaleur par une cheminée dont la température est T, nous obtiendrons sa valeur par la formule $P = C\frac{T}{t}$. Faisant successivement T = 300°, 150°, 400°, t étant égal à 1200°, la perte sera de 25, 12 1/2, 33 p. 0/0.

La hauteur de la cheminée doit être d'environ 10 mètres pour produire un bon tirage ; on augmente peu celui-ci en élevant davantage la cheminée, on gagne plus en élargissant sa section. On est généralement obligé de donner une hauteur de 20 à 50 mètres aux cheminées, afin de déverser la fumée le plus haut possible dans l'atmosphère. D'Arcet propose de donner aux cheminées une hauteur de 10 mètres et une section d'autant de décimètres carrés que l'on veut brûler de fois 3 kilogrammes ou 3 1/3 kilogrammes de houille par heure. S'il faut donner une hauteur supérieure à 10 mètres, on réduira la section en la divisant par la racine carrée du rapport de cette hauteur à celle de 10 mètres. La formule de d'Arcet est $S = 100^{c.q.} \frac{n}{\sqrt{H}}$.

Lorsqu'on ne veut prendre que la section rigoureusement nécessaire, il faut prendre un nombre de décimètres carrés égal au nombre de kilogrammes de houille à brûler par heure, divisé par la racine carrée du nombre de mètres de hauteur.

Dans les grandes cheminées des machines de 200 à 400 chevaux, et dont la hauteur est de 45 à 60 mètres, on peut se contenter de donner 1^d pour 5 kilogrammes de houille.

Lorsqu'il s'agit de cheminée pyramidale, ces données se rapportent à la section supérieure.

Pour les cheminées communes à plusieurs foyers, la hauteur doit être portée à 20 ou 30 mètres, afin de vaincre les résistances provenant de la multiplicité et de la longueur des conduits de fumée, ainsi que de leur différence forcée de direction. La section se calcule dans la supposition que tous les fourneaux sont à la fois en activité.

Les cheminées d'usine sont en briques ou en tôle.

Lorsqu'on les construit en tôle, il faut préférer les cheminées larges et peu élevées aux cheminées hautes et étroites, afin de ne pas diminuer davantage le tirage, sur lequel la nature des matériaux employés exerce une influence nuisible. On leur donne une section d'autant de décimètres carrées qu'il faut brûler de fois 4 kilogrammes de houille par heure.

Les cheminées en briques sont préférables aux cheminées métalliques, au double point de vue de la solidité et de la bonté du tirage. On leur donne une section circulaire, carrée ou octogonale. Quand les cheminées n'ont qu'une petite hauteur, on les fait prismatiques intérieurement, en donnant aux murailles une épaisseur plus grande à la base qu'au sommet. Quant aux cheminées élevées, on leur donne toujours une forme pyramidale en dedans et en dehors, pour augmenter la base sur laquelle elles reposent, tout en réduisant, autant que possible, le cube de la maçonnerie. Le degré de conicité dépend de la nature des matériaux employés; la pente intérieure par mètre courant est d'environ $0^{m}.012$ à 0,018; et la pente extérieure varie de 0,025 à 0,025. L'épaisseur de la maçonnerie au sommet est de 0,11 ou de 0,22, la largeur ou la longueur d'une brique ordinaire. En appelant d le diamètre intérieur au sommet d'une cheminée, d' son diamètre extérieur, D et D' les diamètres intérieur et extérieur au bas de la cheminée, on a :

$$d' = d + 0,22 \qquad \text{ou } d' = d + 0,44$$
$$D = d + 2H\,m, \qquad D' = d' + 2H\,m';$$

m étant compris entre 0,012 et 0,018, et m' entre 0,025 et 0,035.

Tirage artificiel. — Dans les locomotives, on produit le tirage par un jet de vapeur, dont l'action est très-énergique. La quantité d'air si considérable qu'il faut appeler pour la consommation de ces machines, ne peut être obtenue qu'en forçant la vapeur à sortir avec une grande vitesse par l'orifice étranglé du tuyau de décharge; il résulte de là une contre-pression dans les cylindres qui peut aller jusqu'à 30 p. 0/0 de la pression. Ce moyen de tirage est indispensable pour résoudre la difficulté très-grande d'obtenir un tirage énergique dans les plus mauvaises conditions.

D'après les expériences de MM. Flachat et Petiet, le travail, produit par les injections intermittentes de vapeur dans la cheminée des locomotives, varie de 0,5 à 0,16 du travail que la vapeur pourrait produire

On peut produire un tirage artificiel par ventilateur : un homme ou 1/7 de cheval-vapeur peut faire mouvoir un ventilateur appelant assez d'air pour brûler 42kil.5 de houille par heure; donc, avec un travail de cheval-vapeur, on peut faire mouvoir un ventilateur appelant assez d'air pour brûler $7 \times 42 = 297$ kil.,5, ou environ 300 kilogrammes de houille par heure; mais, comme avec une bonne machine à vapeur, un cheval coûte 3 kilogrammes de houille par heure, on voit qu'à l'aide d'un ventilateur, on obtient avec 3 kilogrammes de houille le tirage nécessaire à la combustion de 300 kilogrammes. Ainsi, le tirage par un ventilateur coûterait 1 p. 0/0 du combustible consommé, tandis que le tirage par les cheminées coûte 25 p. 0/0.

Dans une brasserie de Louvain, un ventilateur, qui emploie un travail mécanique de 6 chevaux, suffit pour produire l'appel nécessaire à une combustion de 1,000 kilogrammes de houille par heure.

Le travail de 6 chevaux-vapeur équivaut à une dépense de 15 à 20 kilogrammes par heure. Donc le tirage, dans ce cas, ne coûte que 1 1/2 à 2 p. 0/0.

Chaudières. — L'*épaisseur d'une chaudière* se détermine d'après son diamètre et les pressions qu'elle doit supporter; elle se calcule au moyen de la formule :

$$E = 0,0018\,(n-1)\,D + 0,003.$$

On tire de cette formule : $n - 1 = \dfrac{E-3}{1,8 \times D}$, ce qui donne le *nombre d'atmosphères effectives* que la pression de la vapeur dans une chaudière de diamètre D et d'épaisseur E donnés ne doit pas dépasser.

Les ordonnances exigent que l'épaisseur des chaudières soit inférieure à 15mm. En posant

$$14^{mm} = 1^{mm}8\,(n-1)\,D + 3^{mm},$$

on trouve : $D = \frac{11}{n-1}$ pour la valeur du *diamètre maximum* d'une chaudière dans laquelle la vapeur peut avoir une tension de n atmosphères ; et $n - 1 = \frac{11}{D}$ pour le *nombre maximum d'atmosphères effectives* auquel il est permis d'élever la pression de la vapeur dans une chaudière de diamètre D.

Dans les *chaudières tubulaires*, l'épaisseur des parties cylindriques non exposées à l'action directe du feu ou de la fumée, sans pouvoir dépasser 14mm, est déterminée par la formule :

$$E = 0{,}0015\,(n-1)\,D + 0{,}002.$$

Les ordonnances publient une table dans laquelle sont calculées les épaisseurs pour les diamètres et les pressions les plus usitées. On voit à l'inspection de cette table, donnée ci-après, que l'épaisseur des chaudières n'atteint jamais 14 millimètres ; c'est que les règlements s'opposent à ce qu'on donne cette épaisseur. Lorsque, par suite du diamètre projeté ou de la tension de la vapeur, une épaisseur plus considérable est jugée nécessaire, il faut, au lieu d'une seule chaudière, en établir plusieurs de diamètre plus petit.

TABLE

des épaisseurs à donner aux chaudières cylindriques

DIAMÈTRES des chaudières.	TENSION DE LA VAPEUR DANS LA CHAUDIÈRE.						
	2 atm.	3 atm.	4 atm.	5 atm.	6 atm.	7 atm.	8 atm.
mètr.	mill.	mill.	mill.	mill.	mill.	mill.	mill.
0.50	3.9	4.8	5.7	6.6	7.5	8 4	9.3
0.55	4.0	5.0	6.0	7.0	7.9	8 9	9.9
0.60	4.1	5.2	6.2	7.3	8.3	9.5	10.6
0.65	4 2	5.3	6.5	7.7	8 8	10 0	11.2
0.70	4.3	5.5	6 8	8.0	9.3	10.6	11.8
0.75	4.3	5.7	7 0	8.4	9.7	11.1	12.4
0.80	4.4	5.9	7.3	8.8	10.2	11.6	13.1
0.85	4.5	6.1	7.6	9 1	10 6	12.2	13.7
0.90	4.6	6.2	7.9	9.5	11.1	12.7	
0.95	4.7	6.4	8.1	9.8	11.5	13.3	
1.00	4.8	6.6	8.4	10.2	12.0	13.8	
1.05	4.9	6.8	8.7	10.6	12.4		
1.10	5.0	7.0	8.9	10.9	12.9		
1 15	5.1	7.1	9.2	11.3	13.3		
1.20	5.2	7.3	9.5	11.6	13.8		
1.25	5.2	7.5	9 7	12.0			
1.30	5.3	7.7	10.0	12.4			
1 35	5.4	7.9	10.3	12.7			
1.40	5.5	8.0	10.6	13 1			
1.45	5.6	8.2	10.8	13.4			
1.50	5.7	8.4	11.1	13.8			
1.55	5.8	8 6	11.4				
1.60	5.9	8.8	11.6				
1.65	6 0	8.9	11.9				
1 70	6.1	9.1	12.2				
1.75	6.1	9.3	12.4				
1.80	6.2	9.5	12.7				
1.85	6.3	9.7	13.0				
1.90	6.4	9.8	13.3				
1.95	6.5	10.0	13.5				
2.00	6.6	10 2	13.8				

Les chaudières se font en bonne tôle n° 4 ou en fer à grains; pour les chaudières de locomotives, l'acier puddlé est d'un très-bon emploi.

Les tôles se réunissent à l'aide de rivets, dont le diamètre est ordinairement d'un 1/2 centimètre plus grand que 1 1/2 fois l'épaisseur de la tôle. — La distance entre 2 rivets, de centre à centre, doit être 5 fois l'épaisseur de la tôle.

Toute la surface chauffée de la chaudière porte le nom de *surface de chauffe;* on distingue la surface de chauffe *directe,* qui est au-dessus du foyer, et la surface de chauffe *indirecte,* qui n'est chauffée que par la flamme et la fumée. Dans le but d'augmenter la surface de chauffe totale, et par suite aussi la production de vapeur, sans augmenter proportionnellement les dimensions du fourneau, on ajoute à la chaudière d'autres chaudières d'un diamètre plus petit appelées *bouilleurs.*

On estime que 1^{m2} de surface directe peut vaporiser jusqu'à 100 litres d'eau par heure, tandis que la surface indirecte ne vaporise guère plus de 10 à 15 litres d'eau par heure par mètre carré. On voit donc qu'en moyenne 1^{m2} de surface de chauffe totale vaporise de 20 à 30 litres ou kilogrammes d'eau par heure. Dans la pratique, on compte que 1^{m2} de surface de la grille brûle 50 à 60 kilogramme de houille par heure, et que 1^{m2} de surface de chauffe brûle 4 kilogrammes, ce qui ne donne qu'une production moyenne de 20 kilogrammes de vapeur par 1^{m2} de surface de chauffe.

Les dimensions des chaudières se calculent particulièrement d'après la surface de chauffe que l'on veut obtenir; celle-ci peut être augmentée, soit en augmentant le diamètre, soit en augmentant la longueur. Dans le premier cas, il faut augmenter l'épaisseur de la chaudière, ce qui n'est pas nécessaire dans le second cas; il en résulte qu'à égalité de surface de chauffe, une chaudière de grand diamètre pèse beaucoup plus, et par conséquent coûte plus cher qu'une chaudière de grande longueur.

La *chambre d'eau* et la *chambre de vapeur* doivent entrer en considération lorsqu'on détermine les dimensions des chaudières. La chambre d'eau doit avoir une capacité au moins égale à 8 fois le volume d'eau à dépenser par heure ; dans les chaudières tubulaires de locomotives et de bateaux, cette proportion se réduit souvent à 6 ou 7. — La chambre de vapeur doit également recevoir de grandes dimensions. La bonne proportion admise est 10 fois le volume d'eau à consommer par heure ; cependant, on peut adopter 8 fois ce volume, comme pour la chambre d'eau, ou, d'une manière plus précise, 0mc.200 par cheval. Ces dimensions, très-convenables pour des chaudières à basse pression, peuvent être réduites considérablement pour des chaudières à haute pression ; ainsi, les valeurs *minima* pourront être prises de :

0mc.200	0,150	0,100	0,075	0,060	pour
1 1/2	2	3	4	5	atmosphères.

Les éléments qui servent à déterminer la grandeur à donner aux surfaces de chauffe, sont les suivants : 1mq de surface de chauffe totale d'une chaudière cylindrique avec ou sans bouilleurs, produit en moyenne, avec un feu modéré, 20 kilogrammes de vapeur ; d'un autre côté les machines à vapeur consomment plus ou moins de vapeur suivant leur mode de construction. On peut admettre qu'une bonne *machine à détente et à condensation* consomme 15 à 20 kilogrammes de vapeur par heure et par cheval ; une *machine sans détente et à condensation*, 20 à 25 kilogrammes ; une *machine à détente et sans condensation*, 25 à 30 kilogrammes ; une *machine sans détente et sans condensation*, 30 à 35 kilogrammes. Les surfaces de chauffe à donner aux chaudières, sont donc :

$0{,}75^{m.q.}$ à	$1^{m.q.}$	par cheval	pour les machines à détente et à condensation.
1	— 1,25	—	pour les machines sans détente et à condensation.
1,25	— 1,50	—	pour les machines à détente et sans condensation.
1,50	— 1,75	—	pour les machines sans détente et sans condensation.

Cependant on donne rarement une surface de $0{,}75^{mq}$ ou même de 1^{mq} par cheval, les grandes surfaces de chauffe étant très-favorables à l'économie du combustible, parce qu'elles permettent de donner à la combustion beaucoup de lenteur et de régularité. Pour les chaudières ordinaires (non tubulaires) de machines fixes, on peut admettre sans crainte une proportion uniforme de $1^{m}.50$ par cheval et par heure.

Chaudières à bouilleurs. — La formule suivante sert à déterminer la surface de chauffe d'une chaudière à bouilleurs :

$$S = \frac{\pi D L}{2} + 2 \times \frac{5}{6} \times \pi d l,$$

dans laquelle S est la surface de chauffe totale ; D, L le diamètre et la longueur de la chaudière ; *d*, *l* le diamètre et la longueur chauffée du bouilleur.

Le volume de la chambre de vapeur est $V = \frac{1}{3} \frac{\pi D^2 L}{4}$.

En substituant à π sa valeur 3,142, on a :

$$S = 1{,}57\, D.L + 2{,}62\, d.l,$$ et

$$V = 0{,}26\, D^2 L,$$ d'où

$$\frac{V}{S} = \frac{0{,}26\, D^2.L}{1{,}57\, D.L + 2{,}62\, d.l}.$$

Généralement, on a $d = \frac{D}{2}$ et $l = L$, donc $\frac{V}{S} = 0{,}09\, D$.

Si on prend, par cheval, $V = 0^{mc}200$ et $S = 1^{mq}450$, il vient $\frac{V}{S} = 0^m133$, d'où $D = \frac{1}{0,09} \frac{V}{S} = 1^m48$.

Nous empruntons à M. Péclet la table suivante, dans laquelle sont indiquées les dimensions relatives aux générateurs à bouilleurs et les épaisseurs des tôles pour une pression de 5 atmosphères.

Tableau relatif aux générateurs à bouilleurs.

NOMBRE de chevaux.	LONGUEUR des chaudières.	LONGUEUR des deux bouilleurs.	DIAMÈTRE des chaudières.	DIAMÈTRE des bouilleurs.	ÉPAISSEUR de la tête.	
					des chaudières.	des bouilleurs.
	mètres.	mètres.	mètres.	mètres.	millim.	mill.
2	1.65	1.75	0.66	0.28	8	8
4	2.10	2.20	0.70	0.30	8	8
6	2.70	2.85	0.75	0.35	9	10
8	3.40	3.60	0.80	0.35	9	10
10	4.10	4.30	0.80	0.38	10	10
12	4.80	5.00	0.80	0.38	10	10
15	5.60	5.80	0.80	0.45	10	10
20	6.60	6.80	0.85	0.50	10	10
25	8.00	8.20	0.85	0.50	10	10
30	8.30	8.50	1.00	0.60	10.5	10
35	9.50	9.70	1.00	0.60	11	10
40	10.00	10.30	1.00	0.70	11	10

Dans les *chaudières à carneaux intérieurs*, c'est-à-dire dans celles où l'on admet un tube cylindrique qui les traverse dans toute leur longueur pour le passage d'un courant d'air chaud, le rapport du diamètre du tube à celui de la chaudière est au moins : 0,24 — 0,31 — 0,38 — 0,43 — 0,49 — 0,67, suivant que le rapport de la longueur de la chaudière à son diamètre est : 2, 3, 4, 5, 6 ou 10. On augmente ces rapports de $\frac{2}{10}$ ou de $\frac{4}{10}$ de leurs valeurs selon que le tube forme le dernier ou l'avant-dernier carneau que doit traverser la flamme. Quand on remplace ce tube par deux tubes de plus petits diamètres, les rapports du diamètre de ces tubes au diamètre de la chaudière sont au moins : 0,19 — 0,24 — 0,30 — 0,35 — 0,39, selon que le rapport de la longueur de la chaudière à son diamètre est : 2, 3, 4, 5 ou 6. Comme précédemment on augmente ces rapports de $\frac{2}{10}$ ou de $\frac{4}{10}$ de leurs valeurs.

Chaudières tubulaires. — Les *chaudières tubulaires* ne sont pas généralement chauffées extérieurement; les foyers y sont à l'intérieur et les gaz chauds doivent, avant d'atteindre la cheminée, traverser un système de tubes, ordinairement de 7 à 8 centimètres de diamètre et de 3 à 4 millimètres d'épaisseur.

Ces chaudières sont principalement employées dans les locomotives et les bateaux à vapeur, où l'emplacement étroit nécessite des chaudières puissantes sous un petit volume.

Dans ce genre de générateur, on distingue 3 parties principales : la *boîte à feu* ou foyer, les *tubes* et la *boîte à fumée* surmontée de la cheminée.

Appelant S la surface de chauffe, s une section transversale faite en un point des carneaux, D le diamètre des tubes qui contiennent les foyers, N leur nombre, L la longueur de la grille, L' la longueur restant au-delà de la grille, et de même d, n, l, le diamètre, le nombre et la longueur des petits tubes; et posant les 3 conditions suivantes : 1° que $s = \frac{S}{a}$, a rapport qui doit exister entre S et s pour que le tirage soit convenable; 2° que l'on ait la relation suivante entre la surface de chauffe des tubes et celle des foyers : $\pi d l =$ ou $< b S'$, S' représentant toute la surface de chauffe autre que celle des tubes; 3° que la grille ait une surface égale à $\frac{1}{c}$ de la surface de chauffe; on peut établir les relations suivantes entre la surface de chauffe, le nombre et les dimensions des tubes d'une *chaudière tubulaire à foyers cylindriques :*

1° $S = \frac{N\pi DL}{2} + N\pi DL' + n\pi dl$ la surface de chauffe se composant de la moitié de la surface des foyers et de toute la surface des tubes;

2° $\frac{N\pi D^2}{4} =$ ou $> \frac{n\pi d^2}{4}$, d'où $ND^2 =$ ou $> nd^2$;

3° $n = \frac{2ND(L + 2L')}{d(ad - 4l)}$, qui exige $ad > 4l$ pour que la condition $s = \frac{S}{a}$ subsiste, n ne pouvant être négatif;

4° $l =$ ou $< \frac{a}{4\left(1 + \frac{1}{b}\right)} d$;

5° $L = \frac{an\pi d^2}{CN4D}$;

6° $L' = \frac{and^2}{4ND}\left(\frac{1}{b+1} - \frac{\pi}{2c}\right)$.

La longueur totale des tubes qui contiennent les foyers, y compris celle de la grille, est donnée par $L + L'$.

On prend $a = 100$, $b = 10$, $c = 20$, valeurs qui donnent de bonnes proportions.

Générateurs de locomotives. — Dans les locomotives, on fait usage de chaudières tubulaires; la tension de la vapeur, primitivement de 4 atmosphères, a été portée successivement à 5, 6, 7 et 8.

Les dimensions des principales parties d'un générateur sont les suivantes : les grilles ont à peu près 1^{mq} de surface; les tubes ont une longueur qui varie de $2^m.5$ à

4 mètres, un diamètre intérieur de 0m.037 à 0m.064; leur nombre est de 120 à 162; les surfaces de chauffe des foyers de 5mq à 7mq; la surface de chauffe des tubes de 50mq à 93mq. On donne à la cheminée un diamètre compris entre 0m33 et 0m.40, et une hauteur au-dessus de la boîte à feu de 1m60 à 2 mètres.

La consommation de coke est environ de 400 kilogrammes par heure, pour les machines à grande vitesse; c'est-à-dire de 4 kilogrammes par décimètre carré de grille. La quantité d'eau vaporisée par kilogramme de coke varie de 9 à 10 kilogrammes, mais cette vapeur contient 0,30 à 0,40 d'eau. La consommation de coke par kilomètre parcouru est de 7 à 9 kilogrammes; elle varie avec la charge du convoi, la saison, le vent.

MM. Gouin et Lechatelier ont reconnu que la température des gaz au sortir des tubes est à peu près de 400 degrés.

On a fait de nombreux essais pour remplacer le coke par différentes espèces de houille; les houilles demi-grasses, telles que celles de Charleroi, semblent être d'un bon usage. La production de la vapeur est plus rapide et plus soutenue avec la houille qu'avec le coke. Un hectolitre de houille pèse en moyenne 80 kilogrammes, et un hectolitre de coke 40 kilogrammes; par conséquent, dans un même foyer et pour une même hauteur de charge, on peut mettre en poids 2 fois plus du premier combustible que du second.

Les charbons menus associés à une matière collante et agglutinés par la pression fournissent un combustible qui présente de grands avantages sur le coke et remplace avantageusement ce dernier dans les locomotives, où il donne, à côté d'un pouvoir calorifique égal, une économie d'au moins 25 p. 0/0 sur les prix d'achat.

Générateurs de bateaux. — L'emploi des chaudières tubulaires pour bateaux devient général.

L'appareil de vaporisation, dans les grands bateaux à vapeur, se compose d'un certain nombre de corps de chaudières placés les uns à côté des autres.

Les tubes des chaudières de bateau se font généralement en fer ; ils ont 0m.075 à 0m.085 de diamètre et 1m.50 à 2m.20 de longueur. Parfois on les construit en laiton.

Quant aux proportions des chaudières, on a, par cheval-vapeur :

Surface de chauffe de la boîte à feu. . .	0,2019	m.q.
— — des tuyaux ou tubes.	0,75 à 1,4	—
— totale de chauffe.	0,93 à 1,7	—
— de grille.	0,057	—
— entre les intervalles des barreaux.	0,016	—
Volume du cendrier.	0,0306	m.c.
— de la boîte à feu.	0,0408	—
— d'eau exposé à l'évaporation. .	0,2005	—
— occupé par la vapeur.	0,1472	—
— total de la chaudière. { serpentin.	0,598	—
— total de la chaudière. { bouilleurs. . . .	0,280	—
Hauteur de la cheminée. { grands bateaux.	5 à 9	m.
Hauteur de la cheminée. { petits bateaux. :	11 à 14	—
Section de la cheminée.	0,00614	m.q.
— des tuyaux à air	0,0111	—

Manomètres. — On donne le nom général de *manomètres* à des instruments destinés à mesurer la tension des gaz et des vapeurs, lorsqu'elle est supérieure à la pression atmosphérique.

Le *manomètre à air libre* donne la mesure, en atmosphères, de la tension d'une vapeur renfermée en vase clos, d'après la hauteur de la colonne de mercure à laquelle cette tension peut faire équilibre. Ce manomètre n'est en usage que pour des pressions qui ne dépassent pas 5 à 7 atmosphères. Au-delà il faudrait donner au tube une hauteur dépassant 4 et 5 mètres, ce qui le rendrait embarrassant.

Sur la chaudière à basse pression, on place généralement des manomètres à air libre à siphon, qui dans ce cas sont très-courts, parce que la différence des niveaux du mercure ne peut guère dépasser 38 centimètres, ou 1/2 atmosphère.

La loi exige que sur chaque chaudière il y ait un manomètre à air libre; mais elle en admet d'autres pour des pressions de plus de 6 atmosphères.

Le *manomètre à air comprimé* sert à mesurer les hautes pressions exercées par la vapeur, d'après la réduction qu'elles font subir à une masse d'air, et d'après la colonne de mercure qu'elle soulève en même temps dans le tube fermé qui contient cet air. — Ce manomètre est peu employé, parce qu'il a l'inconvénient de donner des indications souvent inexactes.

On fait usage de *manomètres métalliques* pour mesurer des pressions élevées, sur les machines fixes et les locomotives. Ces manomètres mesurent la pression d'une vapeur par la déformation qu'elle fait subir à un vase métallique dans lequel pénètre la vapeur. Le plus employé est le manomètre de M. Bourdon, formé d'un tube en cuivre à section elliptique. Ce tube est recourbé en spirale et se termine par une aiguille indiquant sur un cadran les pressions de la vapeur, lorsqu'on laisse pénétrer celle-ci dans le tube.

Tube indicateur. — Le niveau de l'eau dans les chaudières doit être constamment de 0m.10 au moins, au-dessus des carneaux, afin que les parties non mouillées de la tôle ne puissent rougir. Le tube indicateur sert à indiquer la hauteur de l'eau ; il se place sur le devant du fourneau. Il se compose d'un tube en verre de 0m.25 de longueur environ, fixé jointivement dans 2 douilles en cuivre, communiquant par des tubes, avec l'eau et la vapeur de la chaudière. L'eau s'y met au même niveau que dans la chaudière, et le milieu du tube doit être à la hauteur du niveau normal.

Flotteur. — Le flotteur ordinaire se compose d'une pierre suspendue par un fil de cuivre ou de laiton, à un levier terminé par deux arcs, sur lesquels s'enroulent deux chaines dont l'une porte le flotteur et l'autre le contre-poids. Le fil de cuivre passe dans une petite boîte à étoupe. La pierre, qui est plate, ronde ou ovale, doit pendre aux 3/4 dans l'eau lorsque le levier est horizontal, et que le niveau de l'eau est à la hauteur normale. Dès que le niveau baisse, la pierre descend.

Sifflet d'alarme. — Le sifflet d'alarme se compose d'un flotteur ordinaire dont la boîte à étoupe est remplacée par un sifflet ; le bruit de celui-ci se fait entendre dès que l'eau est descendue au-dessous du niveau qu'il convient de conserver, c'est-à-dire lorsque le niveau est descendu de $0^m.05$.

Pour que cet appareil ne siffle pas à un abaissement moindre, il faut que le flotteur, qui est une pierre ou une plaque en fonte, pende entièrement dans l'eau, de façon à ce qu'il n'en sorte que lorsque le niveau a baissé d'environ $0^m.05$, ce qu'il est aisé de déterminer par une expérience lors de la pose des appareils. Ce sifflet est d'une grande simplicité; toutes les pièces qui le composent, sont, à l'exception du flotteur, extérieures à la chaudière, et, par suite, faciles à visiter et à faire fonctionner à la main.

Le sifflet d'alarme, comme le flotteur, se place près du trou d'homme, loin des tubulures des bouilleurs.

Soupapes de sûreté. — Elles ont pour but de laisser échapper la vapeur, lorsque la tension de celle-ci vient à dépasser la limite exigée par les ordonnances. La loi ne tolère que les soupapes à siéges plats. Un poids agissant directement ou par l'intermédiaire d'un levier, presse la soupape pour contre-balancer la pression intérieure de la vapeur.

Voici ce qu'exige la loi relativement aux soupapes :

« *Chaque chaudière à vapeur doit être munie de 2 soupapes de sûreté à siége plat, fixées directement sur la chambre de vapeur.*

» *Une de ces soupapes sera disposée de manière à être inaccessible à tout autre qu'au chef de l'établissement.*

» *Le diamètre des orifices de ces soupapes variera selon la surface de chauffe des chaudières et selon la tension maxima de la vapeur.*

» *Au-delà de 6 atmosphères de tension intérieure, le diamètre sera le même que pour 6 atmosphères.*

» *Ces soupapes devront être disposées de manière à pouvoir se soulever librement, d'une quantité au moins égale au 1/4 du diamètre des orifices.*

» *La largeur de la surface annulaire de recouvrement ou d'appui, sera au plus le 1/20 du diamètre de l'orifice et n'excédera dans aucun cas 4 millimètres.*

» *La soupape sera chargée par un poids unique, agissant soit directement, soit par l'intermédiaire d'un levier.*

» *L'effort exercé sur la soupape ne dépassera pas celui de la pression maxima autorisé pour la vapeur.*

» *Le poids et le levier seront vérifiés et poinçonnés par le fonctionnaire chargé de la surveillance des machines à vapeur.* »

Le diamètre des soupapes se calcule d'après la formule $D = 2{,}6\sqrt{\dfrac{S}{N - 0{,}412}}$, dans laquelle D est le diamètre en centimètres, S la surface de chauffe en mètres carrés, N le numéro du timbre de la chaudière.

TABLE pour régler les diamètres des orifices des soupapes de sûreté.

SURFACES DE CHAUFFE des chaudières.	NUMÉROS DES TIMBRES INDIQUANT LES TENSIONS DE LA VAPEUR.									
	1 1/2 atm.	**2** atm.	**2 1/2** atm.	**3** atm.	**3 1/2** atm.	**4** atm.	**4 1/2** atm.	**5** atm.	**5 1/2** atm.	**6** atm.
mèt. carr	millim.	millim.	millim.	millim.	millim.	millim.	millim.	millim.	millim.	millim.
1	25	21	18	16	14	13	12	12	11	11
2	35	30	25	22	21	19	18	17	16	15
3	43	35	31	28	25	23	22	21	20	19
4	50	41	35	32	29	27	25	24	23	22
5	56	46	40	36	33	30	28	27	25	24
6	61	50	44	39	36	33	31	29	28	27
7	66	54	47	42	39	36	34	32	30	29
8	70	58	50	45	41	38	36	34	32	31
9	75	62	54	48	44	41	38	36	34	33
10	79	65	57	51	46	43	40	38	36	34
11	83	68	60	53	49	45	42	40	38	36
12	87	71	62	56	51	47	44	42	40	38
13	90	74	64	58	53	50	46	43	41	39
14	93	77	67	60	55	51	48	45	43	41
15	96	80	70	62	57	53	50	47	44	42
16	100	82	71	64	59	55	51	48	46	44
17	103	85	74	66	61	56	53	50	47	45
18	106	87	76	68	62	58	54	51	49	46
19	109	90	78	70	64	60	56	53	50	48
20	111	92	80	72	66	61	57	54	51	49
21	114	94	82	73	67	62	59	55	52	50
22	117	96	84	75	69	64	60	57	54	51
23	119	99	86	77	71	65	61	58	55	52
24	122	101	88	79	72	67	63	59	56	53
25	125	103	90	80	74	68	64	60	57	55
26	127	105	91	82	75	70	65	61	58	56
27	129	107	93	84	77	71	66	63	60	57
28	132	109	95	85	78	72	68	64	61	58
29	134	111	96	87	79	74	69	65	62	59
30	136	113	98	88	81	75	70	66	63	60
35	147	120	106	95	86	81	75	72	69	65
40	156	130	113	101	92	86	81	75	72	69
45	167	137	119	107	97	91	86	80	76	73
50	174	145	125	113	104	96	91	84	81	76
55	184	151	132	119	107	101	96	88	85	80
60	193	158	137	121	113	106	101	94	91	84

Essai des chaudières. — Une chaudière ne peut être installée qu'après avoir été éprouvée. Les ordonnances exigent que les chaudières des machines fixes soient essayées sous une pression triple de celle pour laquelle elles sont construites. On éprouve une chaudière en la remplissant d'eau et la fermant hermétiquement, puis en introduisant successivement de nouvelles quantités d'eau, au moyen d'une pompe foulante, jusqu'à ce que la soupape, chargée de poids déterminés, soit soulevée. L'épreuve étant jugée satisfaisante, la chaudière est *timbrée* au moyen d'une plaque de cuivre indiquant le nombre d'atmosphères effectives auquel il est permis de porter la pression de la vapeur.

MACHINES A VAPEUR.

Les machines à vapeur sont des appareils qui permettent d'utiliser la force élastique de la vapeur d'eau, comme force motrice. On utilise la force de la vapeur, en faisant agir celle-ci sur un piston mobile dans un cylindre, généralement en fonte; le piston reçoit un mouvement rectiligne alternatif qui est ensuite transformé en mouvement circulaire continu, à l'aide de diverses pièces.

On divise les machines à vapeur en machines à basse, à moyenne et à haute pression. Une machine est dite à *basse pression*, lorsque la tension de la vapeur ne dépasse pas 1 1/2 atmosphère au plus ; à *moyenne pression*, lorsque la tension est comprise entre 1 1/2 atmosphère et 4 atmosphères ; et à *haute pression*, lorsque la tension dépasse 4 atmosphères.

On classe encore les machines d'après le mode d'emploi de la vapeur ; on distingue : 1° les machines sans détente et sans condensation; 2° les machines à détente et sans condensation ; 3° les machines sans détente et avec condensation ; 4° les machines à détente et avec condensation.

Ce qui distingue les machines sans détente des machines à détente, c'est que dans les premières la vapeur agit en plein sur le piston pendant toute la durée de sa course, tandis que dans les deuxièmes, elle cesse d'arriver sur le piston lorsque celui-ci est seulement aux 2/3 ou aux 3/4 de sa course. Dans ce dernier cas, la vapeur, en vertu de sa force expansive, agit encore sur le piston et achève de lui faire parcourir sa course.

Lorsque la vapeur, après avoir agi sur l'une des faces du piston, se rend, au lieu de se dégager à l'air libre, dans un vase rempli d'eau froide, appelé *condenseur*, où elle se liquéfie, la machine est dite à *condensation*. La condensation de la vapeur peut abaisser la pression jusqu'à n'être plus que de 1/5 à 1/7 d'atmosphère. — Les machines sans condenseur sont dites *sans condensation*.

Les machines à basse pression sont à condensation, et souvent aussi celles à moyenne pression; quant aux machines à haute pression, elles sont indifféremment avec ou sans condensation.

Les machines à deux cylindres, système de Woolf, sont à détente et généralement à condensation; ce qui les distingue des machines à détente ordinaires, c'est qu'il y a un piston qui fonctionne toujours à haute pression, d'où résulte une différence moins grande entre les pressions au commencement et à la fin de la course; mais elles sont à détente fixe. La différence entre les volumes des cylindres détermine le degré de la détente, qui reste invariable pour toutes les pressions auxquelles fonctionne l'appareil.

M. Redtenbacher, dans ses *Résultats pour la construction des machines*, établit des règles et des formules pour le calcul des machines à vapeur, basées sur une théorie qui ne diffère de celle du comte de Pambour, que par l'introduction du poids spécifique de la vapeur, représenté par $a+bp$, et la représentation des résistances passives par des formules.

Les valeurs de a et b sont :

Pour les machines à basse pression :

$$a=0{,}06295;\ b=0{,}000051;\ \frac{a}{b}=1234$$

Pour les machines à haute pression :

$$a=0{,}1427;\ b=0{,}0000473;\ \frac{a}{b}=3017$$

Les valeurs de $a+bp$ ont été indiquées dans la partie de la physique, relative aux tensions de la vapeur (p. 51).

M. Redtenbacher calcule les dimensions de toutes les pièces, pour les diverses espèces de machines à vapeur, en fonction du diamètre du cylindre. Nous lui empruntons plusieurs des renseignements qui suivent.

Machine de Watt à basse pression. — On détermine la force de la machine en chevaux-vapeur par la formule $F=\frac{Sv(p-r)}{75}$, dans laquelle S désigne la section du cylindre en mètres carrés, v la vitesse moyenne du piston, p la pression de la vapeur sur un mètre carré dans le cylindre et derrière le piston pendant que la chaudière et le cylindre sont en communication, r la résistance, par rapport à 1^{mq} de la surface du piston, qui réagit contre le mouvement du piston.

En appelant $d=a+bp$ le poids de 1^{mc} de vapeur, q la perte de vapeur en kilogrammes par $1''$ entre le piston et le cylindre, on a, pour la quantité de vapeur en kilogrammes qui agit par $1''$ sur la machine :

$$Q=Sv(1+K)\,d+q.$$

K, coefficient de l'espace nuisible, est généralement $=0{,}05$.

On a pour la valeur de r :

$$r = 3\left\{586 + 15h + 10\frac{S}{s}v\right\} + 269\,D + \frac{367}{D}$$

h, hauteur d'élévation de l'eau froide de condensation ;

s, section d'un canal d'introduction de la vapeur ;

D, diamètre du cylindre.

La valeur de q est $= 0{,}064\,D \times d$.

$$D = 0{,}11\,(1 + \sqrt{F});\quad v = 0{,}46 + 0{,}84\sqrt{D}.$$

La longueur de la course du piston se calcule par $L = \frac{1}{7}(19 - 5\,D)\,D$, et le nombre des rotations de la manivelle par 1″ par $n = \frac{30\,v}{L}$.

La course du piston est $\frac{L}{2}$, tant pour la pompe à air que pour la pompe à eau froide ; le diamètre de la pompe à air $= \frac{2}{3}\,D$, celui de la pompe à eau froide $= 0{,}316\,D$.

Le volume du condenseur est égal au volume de la pompe à air ; le diamètre du tuyau d'introduction de l'eau froide $= 0{,}08\,D$.

Le volume décrit par le piston de la pompe à eau chaude $= 0{,}004\,\frac{D^2\pi}{4}\,L$; tandis que le volume décrit par le piston de la pompe à eau froide $= \frac{1}{20}\,\frac{D^2\pi}{4}\,L$.

Pour ces machines, on prend :

Rayon de la manivelle. . . . . $= \frac{L}{2}$.

Diamètre du tourillon de la manivelle. . . . $= 0{,}15\,D$.

Diamètre de l'arbre du volant. . . . . $= 0{,}30\,D$.

Table des diamètres des cylindres et des vitesses des pistons dans les machines à basse pression de Watt.

(Pression de la vapeur dans le cylindre 8330 kil., correspondante à la force nominale).

FORCE EN CHEVAUX.	DIAMÈTRE du cylindre en centimètres.	SECTION du cylindre par force de cheval.	VITESSE du piston par seconde.	NOMBRE des rotations de la manivelle par minute.	QUANTITÉ de vapeur par cheval et par seconde.
		centim.	mètres.		
1	14 5	200	0 89	68 2	1: 40
2	22 0	190	0.90	47 2	1: 54
3	26.0	180	0.92	41 8	1: 64
4	30.0	176	0.95	38.0	1: 70
6	36.8	176	0.98	32.6	1: 82
8	41.8	171	1.00	30.0	1: 94
10	45.9	166	1.03	28.3	1: 97
16	55.0	148	1.08	25.4	1: 103
20	60.0	141	1.11	24.1	1: 105
28	69.4	137	1.16	22.2	1: 107
36	78.0	131	1 20	21.2	1: 109
40	81.5	130	1.22	21.0	1: 110
45	85.5	129	1 23	20.6	1: 111
50	90 0	127	1.25	20.3	1: 111
60	96.8	123	1.29	20.0	1: 112
70	103.3	119	1.31	19 0	1: 113
80	109.0	117	1.33	18.3	1: 113
90	114.5	115	1.36	17.8	1: 114
100	120.0	113	1.38	17.3	1: 114

Machine à moyenne pression. — En conservant les mêmes notations que précédemment, on détermine la force en chevaux-vapeur des machines à moyenne pression à un cylindre, avec détente et condensation, par $F = Sv\left\{\frac{(3017 + p)c - (3017 + r)}{75}\right\}$; c est un coefficient qui résulte de l'influence de la détente; ses valeurs sont :

$$\begin{array}{lcccccc} & & 0{,}958 & 0{,}846 & 0{,}685 & 0{,}568 & 0{,}535 \\ \text{pour :} & \frac{L}{l} = & \frac{3}{4} & \frac{1}{2} & \frac{1}{3} & \frac{1}{4} & \frac{1}{5}, \end{array}$$

appelant L la course du piston, l la partie de cette course comprise entre le point de départ et le point où commence la détente.

La quantité Q se détermine par :

$$Q = Svd\left(\frac{L}{l} + r\right)$$

Le diamètre du cylindre se calcule par :

$$D = 0{,}082\,(1 + \sqrt{F}),$$

la vitesse du piston par $v = 0{,}17\,(1 + 10\sqrt{D})$, la longueur de la course du piston par $L = (28 - D)\,D$.

La formule $n = 30\,\frac{v}{L}$ donne le nombre des rotations de la manivelle par minute.

La course du piston, de la pompe à air et de la pompe à eau froide, $= \frac{L}{2}$; le diamètre de la première pompe $= 0{,}54\,D$, celui de la seconde $= 0{,}26\,D$.

Machines à haute pression. — Les formules relatives aux machines à haute pression sont :

1° Pour celles sans condensation ni détente,

$$F = \frac{Sv(p - r)}{75}$$

$$Q = Sv\,(1 + r)\,d + q.$$

2° Pour celles sans condensation, avec détente,

$$F = \frac{Sv \left\{ (3017 + p)\, c - (3017 + r) \right\}}{75}$$

$$Q = Sv \left(\frac{L}{l} + k \right) d + q$$

Dans les deux cas,

quand $p =$ 2000 30000 40000 50000
on a : $q =$ 0,076 D 0,107 D 0,138 D 0,157 D.

On emploie rarement les machines sans détente; leur consommation est de 7 kilogrammes de houille par cheval et par heure; les machines à détente consomment 5,5 à 6 kilogrammes par cheval et par heure.

Le diamètre du cylindre est donné, en mètres, par la formule $D = 0{,}045 + 0{,}0556 \sqrt{F}$ pour les machines sans détente, et par $D = 0{,}06 + 0{,}074 \sqrt{F}$ pour les machines à détente. Pour ces deux genres de machines, on calcule la vitesse du piston par $v = 0{,}017\,(1 + 10\sqrt{D})$; la course du piston, par $L = (28 - D)\, D$; le nombre des rotations de la manivelle par $n = \frac{30\, v}{L}$; et le diamètre du tuyau de vapeur, par $d = 0{,}2\, D$.

Suivant que l'on prend la course du piston de la pompe à eau chaude $= \frac{1}{2}, \frac{1}{3}$ ou $\frac{1}{4}$, L, on a, pour le diamètre de la pompe, $d = 0{,}09\, D$; $0{,}12\, D$; $0{,}14\, D$ pour les machines à détente, et $0{,}16\, D$; $0{,}20\, D$; $0{,}23\, D$ pour celles sans détente.

Machines de Woolf. — Pour les machines de Woolf à 2 cylindres, avec condensation et détente, on a les formules suivantes :

$$F = \frac{sv \left\{ (3017 + p)\, c + \frac{SL}{sl} (3017 + r) \right\}}{75}$$

$$Q = sv\left(\frac{SL}{ksl+SL}\right)(1+K)(1+k)\,d;$$

dans lesquelles S désigne la section du grand cylindre, L la course du piston, K le coefficient de l'espace nuisible; et *s*, *l*, *k*, les mêmes quantités par rapport au petit cylindre, dont le piston est animé de la vitesse *v*.

r se rapporte au piston du grand cylindre.

Ces machines consomment 2kil.5 de houille par cheval et par heure.

Le diamètre du grand cylindre est donné, en mètres, par $D = 0{,}024 + 0{,}11\sqrt{F}$; et celui du petit cylindre, par $D' = 0{,}58\,D$.

La tension de la vapeur dans le petit cylindre est, en kilogrammes, de 1,800 par centimètre carré; la vitesse du grand piston $= 1.33^m$, celle du petit piston $= 1^m$; la course du grand piston $= 2D$, celle du petit piston $= \frac{3}{2}D$.

Le diamètre de la pompe à air est les $\frac{5}{10}$ de celui du grand cylindre, et la course de son piston est la moitié de la course du grand piston.

Le diamètre de la pompe à eau froide $= 0{,}24\,D$, et la course de son piston est la moitié de celle du grand piston.

Pour une longueur de la course du piston de la pompe à eau chaude, $= \frac{1}{3}L$ ou $\frac{1}{4}L$, le diamètre de cette pompe $= 0{,}10\,D$ ou $0{,}12\,D$.

Le volume du condenseur $= \frac{3{,}1415\,D^3}{16}$, et le diamètre du tuyau d'injection $= 0{,}07\,D$.

TABLE des dimensions principales des machines de Woolf, à deux cylindres, à détente et à condensation, la tension de la vapeur dans le petit cylindre étant de 1,75 *atmosphère.*

Force en chevaux.	Diamètre du petit cylindre en centimètres.	Section de ce cylindre par cheval en centimètres carrés.	Diamètre du grand cylindre en centimètres.	Section de ce cylindre par cheval en centimètres carrés.	Course du petit piston en mètres.	Course du grand piston en mètres.	Quantité de vapeur par seconde et par cheval en kilogramme.
4	14.4	40.07	24.94	120.1	0.34	0.46	1: 105
6	17.1	38.27	29.62	114.8	0.44	0.59	1: 118
8	19.5	37.33	33.77	112.0	0.51	0.68	1: 130
10	21.6	36.64	37.41	109.9	0.56	0.75	1: 139
12	23.3	36.43	40.18	109.3	0.60	0.80	1: 147
16	26.8	36.03	40.42	108.1	0.70	0.93	1: 160
20	30.0	35.62	51.96	106.8	0.78	1.04	1: 169
28	35.2	34.96	60.97	104.8	0.91	1.22	1: 182
32	37.5	34.51	64.95	103.5	0.97	1.30	1: 185
40	41.6	33.98	72.05	101.9	1.08	1.44	1: 190
45	44.0	33.75	76.21	101.2	1.14	1.52	1: 193
50	46.2	33.52	80.02	100.5	1.20	1.60	1: 195
60	50.0	32.72	86.60	98.1	1.30	1.73	1: 198
70	54.0	32.71	93.53	98.1	1.40	1.87	1: 201
80	57.6	32.69	99.76	98.0	1.50	2.00	1: 203
90	61.3	32.64	106.17	97.9	1.60	2.12	1: 205
100	64.4	32.57	111.54	97.7	1.67	2.23	1: 207

Puissance mécanique de la vapeur dans le travail sans détente. — Soit un cylindre dont le piston ait une surface S; soit P la pression en eau de la vapeur à son entrée dans le cylindre; *p* la pression sur la face opposée du piston; E l'espace parcouru par ce dernier, le volume qu'occupera la vapeur sera $V = S \times E$.

Si V représente des mètres cubes, le travail utile de la vapeur, T, sera exprimé en dynamies par la formule $T = V(P - p)$.

S'il n'y a pas condensation, p représente la pression atmosphérique et vaut $10^{m}.34$; en donnant donc une valeur à P et remplaçant V par le volume de 1 kil. de vapeur à cette même pression P, on aura le travail de 1 kil. de vapeur.

Si la vapeur n'est pas condensée derrière le piston, la valeur de p devient nulle; mais le vide n'étant jamais complet, il reste toujours une pression d'au moins $0^{m}.05$ de mercure; on a donc en eau $p = 0^{m}.65$.

Détente avec condensation. — Le *maximum* d'effet de 1^{mc} d'eau vaporisée dans les bonnes machines à détente et à condensation est : $1159(1 + 0{,}00364\,t)\log.\dfrac{P}{p + F}$; ce maximum d'effet dans les machines à condensation sans détente, étant $1159\,(1 + 0{,}00364\,t)\left(1 - \dfrac{p + F}{P}\right)$, on a pour le maximum d'effet dû à l'action seule de la détente :

$$1159\,(1 + 0{,}00364\,t)\left\{\log.\frac{P}{p + F} + \frac{p + F}{P} - 1\right\}.$$

Dans ces formules, P et p sont les forces élastiques de la vapeur avant et après la condensation; et F désigne l'intensité du frottement, supposée constante dans toute l'étendue de la course.

La table suivante fait connaître l'effet mécanique de 1 kilogramme de vapeur dans les machines à détente.

Le signe — dont sont affectés certains nombres, indique la force négative nécessaire à la détente de la vapeur qui, dans les conditions où on veut la faire agir, loin de produire de la force, en exige, au contraire, pour se détendre dans la proportion voulue.

TABLE

Des effets mécaniques de la vapeur d'eau agissant par détente avec ou sans condensation.

FORCE ÉLASTIQUE de la vapeur en atm.	EFFET MÉCANIQUE, EN CHEVAUX, DE 1 KIL. DE VAPEUR.							
	DÉTENTE sans condensation.				DÉTENTE avec condensation.			
	POINT DE LA COURSE OU COMMENCE LA DÉTENTE.							
	1	1/2	1/3	1/4	1	1/2	1/3	1/4
1.00	0	—71	—209	—375	201	330	393	428
1.25	47	—22	— 71	—192	211	349	419	462
1.50	80	86	— 24	— 67	218	363	439	486
1.75	104	134	94	— 24	224	374	454	505
2.00	123	171	147	95	229	382	466	520
2.25	138	200	190	151	234	392	477	533
2 50	150	224	225	197	237	397	485	544
2.75	161	244	255	236	240	403	493	554
3.00	170	261	280	268	243	408	501	561
3.25	178	276	302	301	246	413	506	569
3.50	184	289	320	321	248	417	511	576
3.75	190	301	337	342	250	420	516	582
4 00	196	311	352	362	252	421	521	587
4.50	205	330	377	395	256	430	529	597
5.00	213	344	400	422	259	436	537	606
6.00	226	368	432	465	264	445	549	621
7.00	235	386	458	498	269	454	560	634
8.00	243	401	479	524	272	460	569	643
9.00	250	414	497	547	277	466	578	646
10.00	256	425	512	565	281	473	585	663
12.00	267	446	540	601	288	484	600	681
15 00	277	462	562	628	293	495	614	696
17.50	284	475	580	650	299	504	625	709
20.00	290	486	595	672	303	513	634	720
25.00	300	504	618	696	311	524	651	739
30.00	308	518	637	637	317	537	664	755

MACHINES FIXES ET MOBILES. — APPAREILS.

LOCOMOTIVES ET BATEAUX A VAPEUR.

Locomotives. — On distingue, dans les chemins de fer, 3 catégories de trains : les trains *express* ou à grande vitesse; les trains ordinaires de voyageurs ou à moyenne vitesse; les trains à marchandises ou à petite vitesse. De là résultent 3 espèces de locomotives. — La vitesse des trains par seconde est de 16 à 20^m pour les premiers; de 12 à 16^m pour les deuxièmes; et de 8 à 12^m pour les troisièmes.

Dans le calcul des locomotives, on doit tenir compte du poids du train : ce poids, d'un train sans locomotive est de 50 à 100 tonnes pour les trains express; de 100 à 150 pour les trains ordinaires de voyageurs; et de 150 à 300 pour les trains de marchandises; pour autant que la voie ne présente pas de pentes plus fortes que 1/150, et que le rayon minimum des courbes les plus petites soit d'au moins 200 mètres. Pour de plus fortes pentes, le poids du train ne doit jamais dépasser 150 tonnes.

Toutes les locomotives sont montées sur 3 paires de roues assemblées à demeure avec leurs essieux.

Le diamètre des roues motrices se calcule par :

$$d = cV\sqrt{\frac{p}{g}},$$

V étant la vitesse en mètres et par seconde, p la compression des ressorts par leur charge, g l'accélération de la vitesse par la gravité, c un coefficient qu'on prend égal à 2,73 au minimum, et à 3,46 au maximum. La valeur de p est comprise entre 0,04 et 0,05 mètres; pour la première de ces valeurs, on a pour :

$V =$	5	6	8	10	12	14 mètres.
d min. =	0,87	1,04	1,39	1,74	2,08	2,44 —
d max. =	1,10	1,32	1,76	2,2	2,64	3,08 —

On peut déterminer le nombre des roues motrices par $N = \frac{0,88}{75,75\ K} \cdot \frac{25 + V}{\sqrt{V^3}}\ Q$, K étant le coefficient de frottement des roues sur les rails, Q le poids (en tonne) de la locomotive chargée.

La pression qu'une roue peut exercer contre la voie, ne doit pas dépasser $5\sqrt{d}$.

Le rapport qu'on peut établir entre le poids (en tonnes) Q de la locomotive chargée et la pression (en tonnes) q de toutes les roues motrices contre les rails, est

$$\frac{Q}{q} = \frac{295 + 11\ V}{454,5\ K V}.$$

On a $K = \frac{1}{3}$, dans les temps secs, poussière légère sur les rails ; $K = \frac{1}{6}$ dans les temps ordinaires ; $K = \frac{1}{10}$, dans les temps de pluie et de neige.

On détermine l'écartement entre les axes des essieux extrêmes des locomotives, d'après le rayon minimum des courbes que présente la voie ferrée, et d'après la vitesse à laquelle ces courbes doivent être franchies.

Relevé des rapports existant entre les diverses pièces d'une locomotive. — (M. Redtenbacher).

Notations. — D diamètre d'un des cylindres à vapeur d'une locomotive ; *s* section de ce cylindre ; F surface totale de chauffe ; *d* diamètre d'un tube bouilleur.

Appareil à vapeur.

Longueur de la grille.	$0.114\sqrt{F}$
Largeur —	$0.114\sqrt{F}$
Surface —	$0.013\sqrt{F}$

Hauteur au-dessus de la grille de la rangée inférieure des tubes. .	$0.080 \sqrt{F}$
Diamètre intérieur des tubes de la chaudière. { minimum .	0.037 mètres.
{ maximum.	0.045 —
Nombre des tubes	$0.0033 \frac{F}{d^2}$
Longueur	87 *d*
Epaisseur du métal d'un tube. . .	0.002 mètres.
Surface de chauffe de tous les tubes.	0.92 F
Somme des aires de section de tous les tubes	0.00269 F
Surface de chauffe de la boîte à feu.	0.08 F
Distance entre le fond de la boîte à feu et le fond de l'enveloppe. .	0.08 mètres.
Distance entre les côtés de la boîte à feu et les côtés de l'enveloppe.	0.08 mètres.
Distance entre les boulons qui réunissent les parois de la boîte à feu aux parois de l'enveloppe. .	0.12 —
Diamètre de ces boulons.	0.02 —
Diamètre intérieur de la chaudière, ordinairement cylindrique. . . .	$0.124 \sqrt{F}$
Longueur de la chaudière.	84 *d*
Epaisseur de la tôle formant les parois de la chaudière.	$0.0013 \sqrt{F}$
Epaisseur de la tôle formant l'enveloppe extérieure de la boîte à feu.	$0.0014 \sqrt{F}$
Epaisseur du plafond de la boîte à feu, de cuivre.	$0.0014 \sqrt{F}$
Epaisseur des parois latérales et du fond de la boîte à feu, de cuivre.	$0.0014 \sqrt{F}$
Epaisseur de la paroi des tubes. .	$0.0024 \sqrt{F}$
Section de l'ouverture d'une soupape de sûreté.	0.0001 F

Diamètre de la cheminée.	D
Hauteur.	4 D

Pompes alimentaires.

Diamètre du piston d'une pompe .	$0.0128\sqrt{F}$
Course du piston.	0.12 mètres.
Diamètre de l'ouverture d'une soupape.	$0.0058\sqrt{F}$
Diamètre des tuyaux d'aspiration et de refoulement	$0.0058\sqrt{F}$

Admission de la vapeur et régulateur.

Section maxima de l'ouverture du régulateur	0.00015 F
Diamètre intérieur des tuyaux d'admission de la vapeur.	$0.016\sqrt{F}$
Section de ce tuyau.	0.0002 F
Section des tuyaux par lesquels la vapeur va aux boîtes à vapeur.	0.0001 F

Tuyau d'échappement.

Section du tuyau d'échappement.		0.0002 F
Section de l'orifice du tuyau d'échappement.	minimum. .	0.0000273 F
	maximum. .	0.00017 F

Mécanisme de distribution.

Angle d'avance	=	30 degrés.
Avance linéaire des tiroirs. . .	=	0.013 D
Recouvrement intérieur des tiroirs.	=	0.012 D
Recouvrement extérieur *id.* . .	=	0.065 D
Rayon de l'excentrique *id.*. . .	=	0.15 D
Ouverture d'admission. — Rapport de la longueur à la hauteur.	=	6.91
Ouverture d'admission. — Section.	=	$0.000132\,F = 0.071\,s$

Ouverture de l'échappement.	Rapport de la largeur à la hauteur.	=	3.65
	Section.	=	$0.000237\,F = 0.14\,s$
Tiroirs.	Longueur.	=	$0.03\sqrt{F} = 0.63\,D$
	Largeur.	=	$0.04\sqrt{F} = 0.82\,D$
	Surface.	=	$0.0012\,F = 0.59\,s$

Cylindres et transmission.

Section d'un cylindre dans les locomotives à deux cylindres.	=	$0.00136\,F$
Diamètre d'un cylindre à vapeur	=	$0.0416\sqrt{F}$
Longueur de la course	=	$1.57\,D$
Longueur de la bielle de transmission	=	$3.84\,D$

Bandages. — Les bandages qu'on emploie pour cercler les roues de voitures qui roulent sur les chemins de fer, pèsent de 30 à 85 kilogrammes par mètre courant, soit environ 170 à 600 kilogrammes pour la pièce finie.

Lorsque les bandages ont longtemps servi et qu'ils ont éprouvé de l'usure, on les passe au tour où on leur rend une forme convenable.

Les bandages de fer, usés de $0^m.0022$ à $0^m.0032$ doivent être tournés de nouveau; on enlève en moyenne $0^m.0064$ d'épaisseur. Ceux en acier puddlé ne sont mis au tour que lorsqu'ils ont été usés de $0^m.0027$; on enlève alors $0^m.0055$. Ceux en acier fondu s'usent avec une telle régularité qu'on ne leur enlève, après usure de $0^m.0027$, que $0^m.0038$. — Les bandages n'arrivent à l'usure indiquée qu'après avoir parcouru : *ceux en fer*, $18^k.831$; *ceux en acier*, $40^k.487$.

Le *bandage en fer* a de $0^m.050$ à $0^m.0523$ d'épaisseur, et peut être tourné 5 fois et usé 6 fois; le *bandage en acier puddlé*, de $0^m.0392$ à $0^m.040$ d'épaisseur, peut être tourné 4 fois et usé à 5 reprises; le *bandage en acier fondu*, de $0^m.0283$ à $0^m.030$ d'épaisseur, peut être mis également 4 fois sur le tour et être usé 5 fois. — En partant de ces données, on trouve qu'un bandage peut parcourir, avant d'être mis hors de service : *en fer*, 141k.240; *en acier puddlé*, 202k.435; *en acier fondu*, 706k.200.

Bateaux à vapeur. — Les proportions pratiques usuelles d'après lesquelles les bateaux sont disposés, sont :

RAPPORTS.		BATEAUX de rivière.	BATEAUX de mer.
$\frac{L}{L'}$ =	$\frac{\text{longueur de la carène}}{\text{largeur de la carène}}$	9	6
$\frac{T}{L'}$ =	$\frac{\text{tirant d'eau}}{\text{largeur de la carène}}$	0,18	0.4
$\frac{H}{L'}$ =	$\frac{\text{hauteur de la carène}}{\text{largeur de la carène}}$	0.5	0.64
$\frac{F}{R}$ =	$\frac{\text{force en chevaux des machines}}{\text{rectangle immergé}}$	13.7	11.8
$\frac{S}{R}$ =	$\frac{\text{section immergée}}{\text{rectangle circonscrit à S}}$	0.88	0.82
$\frac{s}{S'}$ =	$\frac{\text{surf. de la flottaison}}{\text{surf. du rectangle circonscrit à la flott.}}$	0.667	0.794
$\frac{v}{V}$ =	$\frac{\text{volume de l'eau déplacée}}{\text{vol. du parallélipipède circonscrit à } v.}$	0.480	0.591
$\frac{u}{U}$ =	$\frac{\text{vitesse des roues à la circonférence}}{\text{vitesse du bateau}}$	1.41	1.45
$\frac{D}{L'}$ =	$\frac{\text{diamètre d'une roue à aubes}}{\text{largeur de la carène}}$	0.73	0.73
$\frac{l}{L'}$ =	$\frac{\text{longueur d'une aube}}{\text{largeur de la carène}}$	0.37	0.33
$\frac{n}{D}$ =	$\frac{\text{nombre des aubes d'une roue}}{\text{diamètre d'une roue}}$	3 à 3.3	2.7
$\frac{h}{l}$ =	$\frac{\text{hauteur d'une aube}}{\text{largeur d'une aube}}$	0.2	0.234
$\frac{A}{R}$ =	$\frac{\text{somme des surfaces de 2 aubes}}{\text{rectangle immergé}}$	0.318	0.2
Hauteur du métacentre au-dessus du centre de gravité de l'eau déplacée.		$0.0829 \frac{L'^2}{T}$	$0.1018 \frac{L'^2}{T}$

Hauteur du centre de gravité du bâtiment avec machines au-dessus du centre de gravité de l'eau déplacée . . . . $\frac{1}{2}$ H — 0.600 T.

Ces données, comme le tableau qui suit, sont empruntées aux *Résultats pour la construction des machines*, de M. Redtenbacher.

Règles pour les machines de Watt dans les bateaux à vapeur.

(N, force en chevaux-vapeur de la machine motrice.)

Cylindres.

T, tension de la vapeur dans le cylindre par mètre carré. . . . . = 8330 kilog.

D, diamètre d'un cylindre . . . . . . = $0,11\ (1 + \sqrt{N})$

C, course de piston. . . . . = 1,1 D

Aire de section d'un tuyau de vapeur. = $\frac{1}{30}\ s$ à $\frac{1}{20}\ s$

Largeur du canal d'introduction.. . . = 0,36 D

Hauteur —— . . . = 0,07 D

Diamètre de la tige de piston. . . . . = 0,10 D

Pompe à air.

Diamètre d'une pompe à air. . . . . . = 0,57 D

Course de piston.. . . . . = $\frac{1}{2}\ c = 0,55$ D

Hauteur de l'orifice de la soupape.. . = 0,13 D

Largeur —— . . = 0,50 D

Diamètre de la tige de piston. . . . . = 0,06 D

Pompes alimentaires.

Diamètre d'une pompe. . . . . = 0,11 D

Course de piston. . . . . = $\frac{1}{2}\ c = 0,55$ D

Traverses.

1. *Pour le cylindre et pour la bielle.*

Longueur de la traverse. . . . . = 1,55 D
Diamètre du tourillon de la traverse. = 0,10 D
Hauteur de la traverse au milieu. . . = 0,27 D
Epaisseur de la traverse. . . . . = 0,09 D

2. *Pour la pompe à air.*

Longueur de la traverse. . . . . = 1,55 D
Diamètre du tourillon . . . . = 0,06 D
Hauteur de la traverse au milieu. . . = 0,19 D
Epaisseur de la traverse au milieu . . = 0,06 D
Epaisseur du métal de la douille.. . . = 0,03 D

Bielles motrices.

Longueur de la bielle verticale. . . . . = 2,20 D
Diamètre au milieu. . . . . = 0,10 D
Longueur de la bielle motrice. . . . . = 2,60 D
Diamètre au milieu. . . . . = 0,14 D

Balanciers.

Longueur d'un balancier. . = 3,141 = 3,50 D
Hauteur d'un balancier.. . . . . = 0,65 D
Epaisseur du corps. . . . . = 0,04 D
Diamètre du tourillon.. . . . . = 0,19 D

Manivelle.

Diamètre du bouton.. . . . . = 0,14 D
Diamètre de l'arbre de la manivelle. = 0,22 D
Rayon de la manivelle. . . . . = 0,55 D

MACHINES SOUFFLANTES.

Pour alimenter la combustion dans les hauts-fourneaux et les foyers métallurgiques, on fait usage de machines soufflantes, dont les plus usitées sont les *trompes*, les *ventilateurs* et les *machines à piston*.

Trompe. — L'air qui doit alimenter cette machine, est celui qu'entraîne avec lui dans sa chute un cours d'eau, dont on dispose de telle sorte, que cet air soit abandonné dans un réservoir donné. Cet appareil se compose d'un ou plusieurs tuyaux verticaux de section circulaire et d'une longueur de $0^m.80$ à 1 mètre de moins que la hauteur de la chute dont on dispose.

Le minimum de chute que l'on puisse adopter est de 5 mètres. Un mètre cube d'eau ne produit, en moyenne, que 1 mètre cube d'air avec une chute de 5 à 6 mètres; et le rendement des trompes n'est guère que de 10 p. 0/0 du travail dépensé.

La partie supérieure du tuyau ou de l'*arbre* est de forme conique; la partie rétrécie (*étranguillon*) à $0^m.10$ à $0^m.15$ de diamètre se place à $0^m.50$ ou $0^m.60$ au-dessous du niveau de l'eau dans la *pechère* ou bassin supérieur.

L'air atmosphérique qui doit être entraîné par l'eau s'introduit par 4 *aspirateurs* situés au-dessous de l'étranguillon; leur section totale est, en moyenne, à peu près égale à 49 fois celle de la buse.

L'ouverture de la buse varie de $0^m.03$ à $0^m.04$ pour des étranguillons de $0^m.10$ à $0^m.15$ de diamètre, et une pression de $0^m.03$ à $0^m.07$ de mercure.

Ventilateur. — Cette machine est principalement employée pour souffler les cubilots des fonderies et les feux de forge maréchale.

Le ventilateur comprend deux pièces principales : le

tambour et la roue à palettes. Sur les faces latérales du tambour sont pratiqués des orifices qui donnent accès à l'air; celui-ci s'échappe par un orifice placé à la circonférence, en vertu de la force centrifuge qui le chasse contre les parois du tambour.

On donne aux orifices d'aspiration un diamètre $d=\frac{5}{8}D$, D étant celui de l'enveloppe; et aux orifices de sortie la même largeur que l'enveloppe, et une hauteur $h=\frac{3}{10}D$. On détermine la longueur L des ailes d'après la relation $L=\frac{21\,R}{40}$, R étant le rayon, et leur nombre d'après le diamètre. Ce nombre est de 4 pour un diamètre de $0^m.30$ à $0^m.50$; de 6 pour $0^m.50$ à $0^m.70$, et de 8 pour $0^m.70$ à 1 mètre.

L'effet utile des ventilateurs est faible; il n'est guère, en général, de plus de 0,30 à 0,40. Cet effet utile diminue, en outre, très-rapidement à mesure que la pression augmente.

La meilleure disposition à donner à l'enveloppe des ventilateurs soufflants, ou à la fois aspirants et soufflants, pour augmenter l'effet utile, est l'excentricité de l'axe par rapport aux joues du tambour.

Le ventilateur de M. Combes est à ailes courbes; la courbure, à l'origine des ailes, se calcule de manière à éviter l'effet du choc de l'air, et la courbure à la circonférence de manière à ne laisser échapper l'air qu'avec une faible vitesse.

Calculs relatifs aux souffleries à piston.

Volume d'air engendré par le piston.—En tenant compte des pertes d'air qui ont toujours lieu par la garniture du piston et les clapets, pertes qui s'élèvent en moyenne à 32 pour 100 dans les appareils bien entretenus, on a pour déterminer le volume réellement émis pendant 1″, et ramené à la température de 0° : $Q = \frac{2.35\,R^2V}{1 \pm 0.004\,t}$, suivant que la température de l'air est supérieure ou inférieure à 0° ; si l'on ne veut pas tenir compte de la température de l'air, on fait $t = 0$.

Dans cette formule, R désigne le rayon du cylindre soufflant, V la vitesse du piston, t la température de l'air.

Volume d'air lancé par les buses. — On calcule ce volume en fonction de la section des buses et de la vitesse avec laquelle l'air s'en échappe.

Appelons h la pression de l'air en mercure à la buse ; h' la hauteur d'une colonne d'air de même poids que h ; d', la densité de l'air comprimé ; d, la densité du mercure par rapport à l'air, $= 10,466$; p, la pression barométrique ; v, la vitesse ; $g = 9,807$;

Nous avons : $v = \sqrt{2g\,h'}$, et les relations $h'\,d' = h\,d$ et $d'\,h = (p + h)1$, d'où $h' = \frac{h\,d\,p}{p + h}$.

A $t°$, on aura $h' = \frac{h\,d\,p}{p + h}(1 \pm 0,004\,t)$; d'où

$$v = 595,04 \sqrt{\frac{h\,(1 \pm 0,004\,t)}{p + h}}.$$

Le volume d'air Q lancé par la buse est égal au produit $Sv = 0,785\,d^2 \times v$, S étant la section ; et en tenant compte du coefficient d'expérience, qui est 0,94 pour les ajutages coniques, on a $Q = 0,94 \times 0,785\,d^2 \times v$.

Ce volume ramené à 0 et à la pression atmosphérique, sera $Q_0 = \frac{0,737\,d^2}{(1 \pm 0,004\,t)}\,\frac{p + h}{p}$ ou

$$Q_0 = \frac{384\,d^2 \sqrt{h\,(p + h)\,(1 \pm 0,004\,t)}}{1 \pm 0,004\,t}.$$

Diamètres des buses. — Le diamètre de la buse se tire de la dernière équation :

$$d = \sqrt{\frac{Q_0 (1 \pm 0{,}004\, t)}{384 \sqrt{h (p + h)}\, (1 \pm 0{,}004\, t)}}$$

Diamètre des tuyaux de conduite. — La section des tuyaux dépend de la longueur de la conduite et du volume d'air qui doit y passer. Si H et h désignent les pressions au commencement et à la fin de la conduite, L la longueur de la conduite, D son diamètre, on a :

$$h = \mathrm{H} \frac{42 \mathrm{D}^5}{\mathrm{L}\, d^4 + 42\, \mathrm{D}^5}.$$

En pratique, la vitesse de l'air dans les tuyaux est ordinairement réglée à 20 mètres par 1″; si donc le piston soufflant se meut à une vitesse de 1 mètre, la section des tuyaux devra être de 1/20 de celle du cylindre; à cette vitesse, et avec des pressions initiales de $0^{m}.02$ à $0^{m}.16$ de mercure, la différence des pressions $\mathrm{H} - h$ varie environ de $0^{m}.003$ à $0^{m}.005$ de mercure pour des conduites de 20 mètres de long, et de $0^{m}.005$ à $0^{m}.01$ pour une conduite de 40 mètres; elle est plus grande encore lorsque les tuyaux portent des rétrécissements ou des coudes.

On doit généralement calculer le diamètre de manière à ne pas obtenir une diminution de pression qui dépasse 0,05 de celle qui existe dans le régulateur.

Si donc, on prend $\mathrm{H} - h = 0{,}05\, \mathrm{H}$, d'où $h = 0{,}95\, \mathrm{H}$, la formule donne $\mathrm{D}^5 = \frac{0{,}95\, \mathrm{L}\, d^4}{0{,}05 \times 42} = 0{,}45\, \mathrm{L}\, d^4$, et par suite,

$$\log \mathrm{D} = \frac{\log 0{,}45 + \log \mathrm{L} + 4 \log d}{5}.$$

Cylindre soufflant. — On calcule les dimensions du cylindre soufflant, en supposant le volume d'air à fournir

Q dilaté à 20°, température moyenne de l'été ; le volume à fournir par le cylindre est donc

$$Q\,\frac{(1+0{,}004\times 20^{\circ})}{0{,}75}=1{,}44\,Q,$$

en tenant compte des pertes qui exigent une augmentation de volume dans le rapport de 0,75 à 1

Si R désigne le rayon du cylindre, C sa course, N le nombre de coups de piston par minute, et V la vitesse du piston par seconde, on a $\pi R^2 V = 1{,}44\,Q$.

De cette formule on tire R, après s'être donné V, qui ne doit pas dépasser $0^m.60$; on obtient N par $N=\frac{60\,V}{C}$. On peut généralement prendre $C=2R$, ce qui donne $N=\frac{30\,V}{R}$. Le nombre des tours de la manivelle sera $\frac{N}{2}$.

Travail utile. — On calcule l'effet utile d'une soufflerie quelconque, en fonction du *poids d'air* lancé par la buse, et de la *hauteur génératrice de la vitesse* d'écoulement, par la formule $\frac{Q\times P\times h'}{75}$, en chevaux-vapeur, P désignant le poids du mètre cube d'air. Or, le poids du mètre cube d'air, à 0° et à la pression 0,76, $=1^k.3$; et comme $h'=\frac{h\,p\,d}{p+h}$, on a, posant $d=10466$ (densité du mercure par rapport à l'air), et $p=0{,}76$:

$$\frac{Q\times P\times h'}{75}=\frac{Q\times 1{,}3\times h\times 10466\times 0{,}76}{75\,(0{,}76+h)}=\frac{137{,}87\,Q\,h}{0{,}76+h},$$

Si l'on veut exprimer l'effet utile, en chevaux-vapeur, en fonction de la *section de la buse*, de la *pression* et de la *vitesse* de l'air, on fait usage de la formule :

$$\frac{0{,}785\,d^2+h\times 13{,}568}{75}$$

ou en réduisant : $\frac{QPh'}{77} = 142,01\ d^2vh$ (chevaux-vapeur.

La section de la buse $= 0,785\ d^2$ et 13,568 indiquant la densité du mercure par rapport à l'eau, la pression de l'air en kilogrammes $= h \times 13,568$; v désigne la vitesse de l'air.

Force motrice. — La force motrice ou la quantité de travail dépensé par une soufflerie à piston, comprend le travail utile et celui qui est absorbé par les pertes et frottements.

Nous avons donc :

1° Travail utile. . . $142,01\ d^2vh$
2° Perte d'air (1/3 du travail utile). $47,33\ d^2vh$
} $= 189,34\ d^2vh$.

3° Frottements du piston . . . . . . $13,60\ RhV$
4° Frottements de la tige . . . . . . $454,43 r^2 hV$
} $= hV(13,63 R + 454,43 r^2)$.

sans tenir compte des autres frottements très-variables qui, suivant le genre de la communication de mouvement, peuvent s'élever de 1/6 à 1/12 du travail total.

R représente le rayon du piston, V la vitesse par seconde, r le rayon de la tige, H l'effort avec lequel le moteur agit dans le cylindre et au commencement de la conduite.

En additionnant ces 4 valeurs et en les augmentant dans le rapport de H à h, il vient pour le travail total :

$$T = H \left\{ 189,34\ d^2v + V(13,60 R + 454,43 r^2) \right\}$$

le travail utile étant calculé d'après la dernière formule précédemment indiquée. Si l'effet utile est calculé en fonction du volume de l'air et de la pression, on a :

$$T = H \left\{ \frac{173,82\ Q}{0,76 + h} + V(13,60 R + 454,43 r^2) \right\}$$

Il est généralement plus commode de calculer le *travail dans le cylindre* soufflant seul, en fonction de la pression de l'air et de la vitesse moyenne du piston.

Si R désigne le rayon du piston et V sa vitesse, le poids dont il est chargé sera : $\pi R^2 H + 13{,}568$ et l'on aura :

$$T = \frac{\pi R^2 H \times 13{,}568 \times V}{75} = 180{,}91\ \pi R^2 V H.$$

Le tableau suivant indique le travail utile et la force motrice d'une soufflerie, fournissant 10^{m3} d'air par minute à des pressions variables depuis $0^m.01$ jusqu'à $0^m.16$ de mercure. On suppose l'air à 0° et à la pression de 0,76 ; on a pris V = 0,60.

PRESSIONS en mercure.	TRAVAIL utile.	TRAVAIL moteur.	PRESSIONS en mercure.	TRAVAIL utile.	TRAVAIL moteur.
mètres.	chevaux.	chevaux.	mètres.	chevaux.	chevaux.
0.01	0.296	0 432	0.09	2.430	3.888
0.02	0.587	0.864	0.10	2 670	4.320
0 03	0.870	1.296	0.11	2.900	4.752
0.04	1.150	1.728	0.12	3.140	5.184
0.05	1.400	2.160	0.13	3.360	5.616
0.06	1.680	2.592	0.14	3.560	6.048
0.07	1.940	3.024	0.15	3.800	6.480
0.08	2.185	3.456	0.16	4.000	6.912

Pour obtenir le travail utile et le travail moteur pour tout autre volume, il suffit de multiplier ces résultats par le nouveau volume ; ainsi on aura, à la pression 0,01 :

	Vol = 20^{m3}	Vol = 30^{m3}	Vol = 40^{m3}	Vol = 50^{m3}	Vol = 60^{m3}
Tu =	0.592	0.890	1.18	1.48	1.786
T*m* =	0.864	1.296	1.728	2.16	2.59

SCIERIES.

On distingue les scies alternatives et les scies circulaires. Pour scier les bois épais, on emploie les scies alternatives, et pour bois minces on fait usage de scies circulaires. Ces dernières ne peuvent être employées pour scier des arbres épais, parce qu'il faudrait leur donner un trop grand diamètre.

Scies pour planches. — On distingue les scies pour bois tendres et les scies pour bois durs. Pour les premiers l'avancement d'une scie est ordinairement de 0,0043 à 0,0063, et pour les secondes il est de 0,0028 à 0,0044.

L'étendue de la denture de la scie doit être du double du bloc de bois à scier, soit généralement : $1^{m}.2$ à $1^{m}.6$; et le rayon de la manivelle, au moins de la demi-hauteur du bloc, soit environ $r = 0,30$ à $0,50$. Désignant par h la hauteur du bloc, on a $\frac{r}{h} = 0,60$ à $0,70$.

On détermine l'avancement du chariot à bloc, après chaque trait, par la formule $a = 2p\frac{cr}{eh}$, dans laquelle p désigne la profondeur du creux entre 2 dents consécutives de la scie, c le rapport entre l'aire d'un creux et l'aire dt (d, division de la scie) qui correspond à une division, e le rapport entre le volume des copeaux ou de la sciure et le volume du bois dont ils proviennent.

Les valeurs de ces quantités sont :

	p	c	e	d
Pour bois tendre.	0,024 à 0,030	0,75	5,5	0,04 à 0,05
Pour bois dur.. .	0,018 à 0,024	0,65	5	0,03 à 0,04

Pour ces 2 sortes de bois, l'épaisseur de la lame varie entre 0,0015 et 0,0020 ; la largeur du trait de scie entre 0,0030 et 0,0040; la largeur de la lame entre 0,120 et

0,160; le nombre n de traits de scie par minute entre 80 à 200.

On calcule l'aire de la surface sciée par heure, par la formule $A = 60\ n.a.h.$

Scies à placage. — Pour le placage, l'avancement de la scie est de 0,0006 à 0,0008, et le nombre de traits de scie par minute est de 180 à 200.

La distance entre les pointes de 2 dents consécutives de la scie, ou d, = 0,008 à 0,010.

On a pour les autres quantités :

$p = 0{,}005$ à $0{,}006$; $c = 0{,}65$; $e = 4$; $r = 0{,}30$ à $0{,}60$;

Epaisseur de la lame. . . =0,0003 à 0,00035
Largeur du trait de scie. =0,0006 à 0,007
Largeur de la lame. . . . =0,06 à 0,08.

Scies circulaires. — $d = 0{,}02$ à $0{,}03$; $p = 0{,}014$ à $0{,}02$; épaisseur de la lame =0,002 à 0,003 ; largeur du trait de scie = 0,003 à 0,004 ; diamètre de la scie =0,5 à 0,7 ; nombre de tours par minute 250 à 300 ; surface sciée par cheval-vapeur et par heure =4 à 6 mètres carrés.

Ces données se rapportent aux scies employées pour le sciage des bois minces.

Les scies circulaires employées pour l'affranchissement des fers, tels que les rails, ont un diamètre qui varie depuis $0^{m}.80$ à $1^{m}.20$, et leur arbre fait 800 à 1000 tours par minute.

MOULINS.

Moulins à vent. — Ces machines ont pour objet de recueillir et de transmettre l'action du vent ; on reçoit cette action sur des palettes, aubes ou *ailes* fixées à un arbre ou axe tournant, comme dans les roues hydrauliques. Cet axe est vertical ou horizontal.

Les moulins à *axe horizontal*, ou plutôt à axe légèrement incliné de 8° à 15° sur l'horizon, comme l'est ordinairement la direction du vent en pays de plaines, sont ceux que l'on emploie le plus généralement et dont on peut obtenir les plus grands effets. La roue est terminée par 4 rayons rectangulaires appelés volants, sur chacun desquels est placée une aile qui reçoit obliquement l'action du vent. On allonge les volants avec d'autres pièces moins fortes appelées *entes*. La figure de l'aile est ordinairement rectangulaire. La figure la plus avantageuse est celle de l'aile à la hollandaise, dont les éléments transversaux ont les inclinaisons suivantes, le rayon de l'aile étant divisé en 6 parties, le premier élément au-delà de l'axe étant désigné par 1, et le dernier, à l'extrémité de l'aile, par 6 :

Nos des éléments.	Angle fait avec l'axe.	Angle fait avec le plan du mouvement.
1	72°	18°
2	71	19
3 (mil. de l'aile.)	72	18
4	72	16
5	77 1/2	11 1/2
6 (extrémité.)	83	7

La largeur de l'aile ne doit pas surpasser le quart de sa longueur; elle en est ordinairement le 1/5 ou le 1/6. Il vaut mieux diminuer l'angle des éléments avec le plan du mouvement que de l'augmenter.

Lorsqu'on veut adopter une figure autre que la figure rectangulaire, et former l'angle de manière qu'en employant la même surface de toile, le moulin transmette la plus grande quantité d'action qu'il est possible, il faut choisir la figure d'une aile élargie formée en plaçant à l'extrémité du rayon un barreau égal au 1/3 du rayon, et partagé au point où il coupe dans le rapport de 3 à 2. La table précédente sert pour la détermination des inclinaisons des éléments transversaux.

Quelle que soit la disposition des ailes, on ne peut obtenir le maximum d'effet qu'en maintenant leur vitesse de rotation dans un rapport constant avec celle du vent; vitesse qui, à l'extrémité de l'aile, doit être égale à 2,7 ou 2,6 fois celle du vent. La vitesse du vent régnant est dans la plupart des contrées V = 6 à 7 mètres.

Le nombre le plus avantageux des tours de la roue à ailes est par minute, N = 1,85 V.

L'effet de la roue à ailes est $T = \frac{SV^3}{577}$, en chevaux-vapeur, ou $Pv = 0{,}13\,SV^3$, en kilogrammètres.

P, pression en kilog.; v vitesse en mètres à l'extrémité des ailes; V vitesse du vent; S surface d'une des ailes de la roue.

Les dimensions des ailes dans les meilleurs et les plus grands moulins à vent sont généralement :

Distance de l'échelon intérieur de l'axe	= 2	mètres.
— — extérieur de l'axe	= 10	»
Largeur d'une aile.	= 2	»
Surface d'une aile.	= 16	»

Dans ce cas, on a :

Angle du barreau intérieur avec la direction du vent. .		$= 64^o + 39$
Angle du barreau extérieur avec la direction du vent. .		$= 80^o + 44'$
Vitesse du vent.	V = 6	V = 7
Tours de la roue à ailes par minute.	$n = 11{,}2$	$n = 12{,}9$
Effet utile en chevaux.	T = 6	T = 9,5
Effet utile en kilogrammètres.	$Pv = 449{,}28$	$Pv = 712{,}5$.

Moulins à blé. — Les moulins à l'anglaise ont ordinairement des meules d'un diamètre de $1^m.5$ qui font 120 tours par minute. Une telle paire de meules exige une force de 4 chevaux et peut moudre 16 à 17 hectolitres de blé par heure, c'est-à-dire environ 42 litres par cheval et par heure.

Les relations suivantes lient entre elles les quantités : D diamètre de la meule (en mètres), N nombre de tours de la meule par minute, Q quantité de blés (en hectolitres) qui est moulue par heure, T force motrice (en chevaux-vapeur) nécessaire pour faire marcher les meules et les machines auxiliaires :

$$T = \frac{Q}{0.42} = 2.66\,D = \frac{480}{N}$$

$$D = \frac{Q}{1.12} = \frac{T}{2.66}$$

$$N = \frac{201.60}{Q}$$

La vitesse à la circonférence de la meule, par seconde, est $9^m.42$.

D'après ce qui précède, on forme le tableau suivant, qui indique les valeurs des quantités Q, D, N, T, correspondantes à l'une d'entre elles.

Q	D	N	T
litres.	mètres.	tours.	chevaux-vapeur
42	0.375	480	1
84	0.750	240	2
126	1.12	160	3
168	1.50	120	4
215	1.92	96	5

Le tableau suivant est emprunté aux *Résultats pour la construction des machines*, par M. Redtenbacher.

TABLEAU

indiquant le rendement, la vitesse et la force motrice des diverses machines auxiliaires employées dans les moulins.

DÉSIGNATION DES MACHINES.	PRODUIT PAR HEURE en hectolitres.	FORCE MOTRICE en chevaux-vapeur.	VITESSE DES PIÈCES principales.
Machines préparatoires.			
1° Machine à nettoyer avec cylindres en treillis de fil-de-fer pour purifier les blés de paille, de terre, pierres, etc.	10.00	0.25	»
Rotations du cylindre par minute	»	»	25
2° Machine à nettoyer avec deux batteurs et un ventilateur.	6.70	0.20	»
Rotation des axes des batteurs. .	»	»	120
Rotation de l'ailette.	»	»	60
3° Machine à nettoyer avec pierres, brosses, ailettes (ramonerie). .	6.70	1.00	»
Tours de la meule par minute.. .	»	»	170
Tours de la brosse — . .	»	»	170
Tours de l'ailette — . .	»	»	340
Machine à nettoyer les blés, avec cylindre frotteur vertical et cylindre incliné, en fer-blanc, pour enlever les grains de semence, de *Cartier*.	4.00	1.00	»
Tours par minute du cylindre vertical.	»	»	280
Tours par minute du cylindre incliné, en fer-blanc.	»	»	28
Comprimeur.	10.00	1.00	»
Rotations par minute du cylindre d'alimentation.	»	»	5.5
Rotations par minute du cylindre de compression..	»	»	30

DÉSIGNATION DES MACHINES.	PRODUIT PAR HEURE en hectolitres.	FORCE MOTRICE en chevaux-vapeur.	VITESSE DES PIÈCES principales.
Farine.			
Tamis à brosse	0.31	0.1	?
Tamis à cylindre avec bourse :			
Rotations par minute	»	»	24
Force motrice..	»	0.13	»
Rendement avec une surface de tamis de 24 mètres carrés.	6.00 8 00	»	»
Tamis de semoule.	»	0.1	24
Machine de transport.			
Tire-sac	»	2	1.5m
Machine à élever (hauteur h). . .	90.00	$\frac{h}{36}$	1.3
Machine à conduire avec vis. . .	10.00	1	25

TROISIÈME PARTIE.

INDUSTRIES ET FABRICATIONS. CHAUFFAGE, VENTILATION ET ÉCLAIRAGE. TRAVAUX D'ART.

INDUSTRIES ET FABRICATIONS DIVERSES.

Panification. — On fabrique le pain avec les *farines* des céréales, c'est-à-dire avec les produits de la *mouture* de ces graines, débarrassées, par un *tamisage* ou *blutage*, des *parties corticales* qu'on appelle *son*.

La *farine de froment* est principalement employée dans la préparation du pain ; dans certaines contrées, on fait du pain avec la farine d'orge, avec la farine de seigle, ou avec un mélange de ces trois céréales, connu sous le nom de *méteil*. — On ajoute souvent à la farine de froment un peu de farine de seigle pour donner plus de goût au pain.

Le poids des diverses sortes de blés est :

1 litre d'orge.	586 à 625	grammes.
— de seigle.	683 à 722	—
— de froment.	742 à 781	—
— d'épeautre.	430	—
— d'avoine.	410 à 488	—

Cent kilogrammes de blés donnent en moyenne 80 de farine, 16 de son, avec un déchet de 4,0.

Le gluten, très-riche en azote, est réellement la partie nutritive des farines, et c'est lui qui communique à leur pâte la propriété de *lever*. — Voici les quantités moyennes d'amidon et de gluten contenues dans les farines de blé, sur 100 parties en poids :

	Amidon sec.	Gluten humide.	Gluten sec.
Farine brute de froment. . . .	71.49	29.00	11.00
— de méteil	75.50	25.60	9 80
— de blé dur d'Odessa . .	56.50	35.11	14.55
— — 2e qualité. . . .	64.00	30.20	12.06

Si l'orge, le seigle, l'avoine, le maïs, le riz, le millet, le sorgho et le sarrazin ne peuvent donner un pain semblable à celui du blé, c'est que ces différentes graines contiennent beaucoup moins de gluten ou en sont complétement dépourvues.

Voici la proportion du gluten humide ou du principe azoté (albumine ou légumine) qui le remplace dans les substances alimentaires autres que le blé :

Seigle.	12 8	Sarrazin	10.7
Orge..	13.4	Fèves de marais. . .	11.0
Avoine	13.7	Haricots	23.6
Maïs.	12.3	Pois.	26.4
Riz..	7.5	Lentilles..	37.0

On appelle *levain* la substance (pâte aigrie ou fermentée, ou levure de bière) qu'on ajoute à la pâte avant sa cuisson, pour lui faire éprouver cette fermentation qui en détermine le boursouflement ou la légèreté.

Les diverses opérations de la panification sont : l'hydratation, le pétrissage, la fermentation, l'apprêt et la cuisson.

On falsifie la farine de froment avec de la fécule de pomme de terre, une farine qui contient 30 p. 100 de fécule rend la panification très-difficile.

Les fours de boulanger ont ordinairement une forme elliptique; leur sole est plane, recouverte d'une voûte surbaissée. Leur longueur est en général de 3 mètres, leur largeur est de 2m.70, et leur hauteur de 36 à 40 centimètres. — Le combustible employé est le bois, dont les boulangers retirent, à l'état de braise, environ 30 à 35 pour 100. — La température d'un four est évaluée à 300°, et la durée de la cuisson à 27 minutes.

Un sac de farine pesant 159 kilogrammes rend en moyenne 104 pains de 2 kilogrammes, ou 130 kilogrammes de pain pour 100.

Les substances étrangères que l'on introduit quelquefois dans la pâte, dans le but d'employer des farines médiocres et de faire entrer dans le pain une plus grande quantité d'eau, sont : l'alun, le sulfate de zinc, le carbonate de magnésie, et surtout le sulfate de cuivre. — On peut constater la présence du sulfate de cuivre, en versant sur le pain une goutte de cyanoferrure de potassium, qui produit une légère coloration rose — On emploie parfois du carbonate d'ammoniaque pour faire lever la pâte et blanchir le pain, principalement pour la pâtisserie.

Fabrication du papier. — C'est avec les débris de tissus végétaux réduits en chiffons, qu'on fabrique le papier.

Les chiffons subissent d'abord un premier *triage*, puis sont classés en 3 catégories : *chiffons blancs*, *demi-blancs* et *noirs*; on les classe encore suivant leur origine, en *chiffons de chanvre et de lin*, et en *chiffons de coton*.

Les chiffons qui contiennent de la laine sont employés pour fabriquer les papiers d'emballage les plus communs. Le *papier à calquer* se prépare avec du chanvre ou du lin en filasse qu'on ne soumet pas, en général, au blanchiment.

On peut admettre en moyenne que :

100 kil.	de chiffons de	1re espèce	donnent	70 kil.	de papier	à lettre.
100	——	2e	——	70	——	à écrire.
100	——	3e	——	70	——	à impress.
100	——	4e	——	64	——	à emball.

Un cylindre à demi-pâte et un cylindre à pâte produisent, par 12 heures de travail, une quantité de pâte qui est de :

Pâte préparée pour papier à lettre . . .		103 kilogr.	
—	— à écrire . . .	167	—
—	— à impression	167	—
—	— d'emballage.	203	—

Une machine à papier fournit, dans le même temps, 310 kilogrammes de papier à lettre, 500 kilogrammes de papier à écrire ou de papier à impression, 610 kilogrammes de papier d'emballage.

Ces chiffres se rapportent à une machine mesurant 12m.4 en longueur, 2 mètres en largeur ; à un nombre de tours de la trémie par minute, compris entre 162 à 324 ; et un nombre de coups de la trémie de nœuds, compris entre 250 et 350 ; la vitesse du papier par seconde étant 0,13 à 0,15, et la force motrice de 3 à 4 chevaux.

M. Redtenbacher donne les chiffres suivants pour les *cylindres à papier* et les *cuves de pâte :*

Longueur d'une cuve de cylindre.		3.3 mètres.	
Largeur	—	1.35	—
Profondeur	—	0.53	—
Diamètre du tambour	—	0 68	—
Largeur	—	0.68	—
Nombre des couteaux d'un tambour.	cylindre à demi-pâte. .	36	
	— à pâte.. . . .	48	
Nombre des tranchants du fond.. . .	— à demi-pâte..	12	
	— à pâte.. . . .	16	
Nombre des tours du tambour par minute.	— à demi-pâte..	166	
	— à pâte.. . . .	200	
Nombre des tambours par machine.		6 à 8	
Force motrice pour un cylindre..		4 à 3	
Nombre de cuves de pâte par machine. . .		2	

Diamètre d'une cuve.	3.20 mètr.
Hauteur.	1.22 —
Nombre de tours d'un mêloir par minute.	3 5
Hauteur de la cuve au-dessus du fond de la salle des machines (parquet)	1.5 mètr.

La longueur de la machine à papier se prend égale à 12m.4 ; sa largeur = 2m ; sa distance au mur = 2m. Le nombre des tours de la trémie, par minute, = 162 à 324 ; le nombre des coups de la trémie de nœuds = 250 à 350 ; la vitesse du papier, par seconde, = 0m.13 à 0m.15 ; la force motrice = 3 à 4 chevaux.

La quantité d'eau nécessaire par minute pour un cylindre à papier (pâte et demi-pâte) ensemble, est de 0,14 mètres cubes ; et la quantité d'eau nécessaire pour la machine est de 0,14mc.

Filature de coton.—Voici quelles sont la division française et la division anglaise pour le numérotage des fils :

Division française.

1 écheveau = 10 échevettes = 700 tours de dévidoir = 1000 mètres.
1 échevette = 70 tours de dévidoir = 100 mètres.
1 tour de dévidoir = 1m.428.

Division anglaise.

1 bank = 7 leys = 560 tours de dévid. = 840 yards = 2520 pieds angl.
1 ley = 80 tours de dévid. = 120 yards = 360 pieds angl.
1 tour de dévid. = 1y5 = 4p5 anglais.

Pour obtenir les numéros des fils anglais correspondant aux numéros français, il faut multiplier les premiers par 0,847 ; et pour avoir les numéros français correspondant aux numéros anglais, on multiplie les premiers par 1,180.

La table suivante donne le numéro français qui correspond au numéro anglais, et réciproquement.

TABLE

de réduction des numéros des fils anglais et français.

Nos anglais.	Nos français.	Nos anglais.	Nos français.	Nos anglais.	Nos français.
2	1.1	38	32.3	82	69.7
3	2.55	40	34	84	71.4
4	3.4	42	35.7	86	73.1
5	4 25	44	37.4	88	74.8
6	5.1	46	39.1	90	76.5
7	5.95	48	40.8	100	85
8	6.8	50	42.5	110	93.5
9	7.65	52	44.2	120	102
10	8.5	54	45.9	130	110 5
12	10.2	56	47.6	140	119
14	11.9	58	49.3	150	127.5
16	13.6	60	51	160	136
18	15.3	62	52.7	170	144.5
20	17	64	54.4	180	153
22	18.7	66	56.1	190	161.5
24	20.4	68	57.8	200	170
26	22.1	70	59.5	220	187
28	23.8	72	61.2	240	204
30	25.5	74	62.9	260	221
32	27.2	76	64.6	280	238
34	28.9	78	66.3	300	254.1
36	30.6	80	68		

Les données suivantes, relatives à la filature du coton, sont établies d'après la division française pour le numérotage des fils.

On a, suivant M. Redtenbacher, les chiffres qui suivent pour le travail des batteurs, des cardes, des laminoirs en 12 à 13 heures :

Un welou (loup) rend.	2000 kilog.
Un batteur éplucheur.	700
Un batteur étaleur.	700

Une carde en gros ou en fin simple de $0^m.57$ de largeur.	12 kilog.
Une carde en fin double ou une carde en gros de $0^m.97$ de largeur.	20
Une tête de laminoir.	30

Pour savoir le nombre de têtes de laminoir qui sont nécessaires pour une certaine production journalière, on divise la production journalière exprimée en kilogrammes, par les nombres 30, 15, 10, 7.5, si l'étirage a lieu 1, 2, 3 ou 4 fois.

Les formules $N = 425 + 25\,m$, $T = 148\sqrt{\dfrac{m}{10 + 0.2n}}$, $Q = 0{,}36\,\dfrac{N}{m\,T}$ permettent de calculer le nombre N de rotations d'une broche par minute, le nombre T des torsions d'une mèche du numéro m sur 1 mètre de longueur, le rendement Q en kilogrammes et en 12 heures de travail d'une broche; n est le numéro du fil.

On a aussi pour la vitesse et la fourniture des broches, dites *Trostle* : $Q = \dfrac{3}{400}\dfrac{N}{n^2}$; ordinairement $N = 4000$.

La force motrice pour les machines d'une filature de coton, inclusivement la transmission, est :

		Chevaux-vapeur.
Batteur-éplucheur double avec un ventilateur.		3
Batteur-étaleur avec un batteur et un ventilateur.		2
Carde simple de 0.57 mètres de largeur		0.13
Carde double de 0.97 ——		0.22
Carde de déchets de 0.97 ——		0.29
Une tête de laminoir.		0.041
Une broche de banc à broches.	pour mèches de nº 0,5 à 2. . . .	0.0085
	— nº 2 à 6. . . .	0.0073
	— nº 6 à 12. . . .	0.0063
Une bobine à tube.		0.0238

	Chevaux-vapeur.
Une broche d'un métier, nommée *trostle*	0.0095
—— nommée *mule-jenny*. .	0.00228

Tissage mécanique. — Les deux tableaux suivants, empruntés à M. Redtenbacher, renferment les faits les plus importants sur le tissage mécanique de toiles de coton unies.

Résultats d'expériences relatifs au tissage mécanique.

Désignation de la toile.	N° de la chaîne.	N° de la trame.	Nombre des fils de chaîne ou de trame sur 0,01.	Nombre des mouvements des peignes par 1'.	Poids d'un mètre carré de toile.	Surface tissée en 12 h. théorique.	Surface tissée en 12 h. pratique.	Poids des surfaces tissées en 12 heures.	Nombre des métiers pour employer 100 kilog. de fil dans le tissage.
Cretonne.	10	12	17	114	0.158	48	36	5.69	17
—	15	18	20	110	0.130	39	29	3.77	26
—	20	25	23	107	0.104	33	24	2.49	40
Calicot.	25	32	26	104	0.091	29	22	2.00	50
—	30	39	29	101	0.084	25	19	1.59	63
—	35	45	31	98	0.078	23	17	1.33	75
—	40	52	34	94	0.075	20	15	1.13	88
—	45	59	37	91	0.072	18	13	0.94	105
Mousseline.	50	66	39	88	0.068	16	12	0.82	122
—	55	71	41	85	0.066	15	11	0.73	136
—	60	80	45	82	0.065	13	9.7	0.63	160
—	65	86	47	78	0.063	12	9.0	0.57	175
Jaconas.	70	93	50	75	0.062	11	8.3	0.51	200
—	75	100	53	72	0.062	9.7	7.3	0.45	222
—	80	107	56	69	0.061	8.8	6.6	0.40	250
—	85	116	59	66	0.061	8.0	6.0	0.37	270
—	90	120	61	62	0.060	7.3	5.4	0.32	312
—	95	129	66	59	0.060	6.5	4.9	0.29	344
—	100	134	67	56	0.059	6.0	4.5	0.26	400

DÉNOMINATION des machines.	Nombre des machines par 100 métiers.	Nombre des machines pour employer journellement 100 kil. de fil du n° 30 à 40 dans le tissage.	Force motrice en chevaux-vapeur pour une machine.	Emplacement en m. c. d'une machine.	Tours des poulies motrices par 1'.
Métier à tisser.	100	88	0.10	4.06	100
Machine à encoller la chaîne.	3 à 4	2.6 à 3.5	0.70	30	130 à 140
Bobinière avec 144 broches.	1	0.88	0.20	10	110 à 120
Banc à ourdir.	2	1.76	0.10	32	95

Fabrication de la fonte. — La fonte de fer est le résultat immédiat du travail de certains appareils (appelés *flussoffen* par les Allemands, *blast furnace* par les Anglais, *hauts-fourneaux* par les Belges) où s'opère la réduction des minerais de fer sous l'influence d'une température très-élevée et de quelques réactifs dont l'un des principaux est le carbone, contenu dans le combustible (bois ou coke) qui alimente l'appareil. On ajoute aux minerais des matières stériles ou *fondants*, dans le but de déterminer à une température convenable leur fusion et celle de leurs gangues, et aussi d'empêcher la formation de certaines combinaisons qui entraînent le fer avec elles, et de soustraire la fonte à l'action des courants d'air qui peuvent la dénaturer. Le fondant généralement employé, est la *castine*, carbonate de chaux; en l'ajoutant à des mélanges de minerais dont la gangue est différente, on parvient à introduire dans le lit de fusion les quantités convenables de matières stériles pour la formation du laitier.

Tableau des dimensions de divers hauts-fourneaux.

	Hauts-fourneaux au bois		Hauts-fourneaux au coke.	
	mètres.	mètres.	mètres.	mètres.
Hauteur du gueulard au ventre.	5.200	7.080	10.900	7.240
— des étalages.	1.300	2.120	2.700	2.209
— de l'ouvrage.	1.160	1.250	2.100	1.117
— du creuset. .	0.460	0.550	0.700	1.981
— totale. . . .	8.120	11.000	16.400	15.215
Largeur du creuset	0.650	0.600	0.900	1.219
— de l'ouvrage en bas. . . .	0.540	0.600	»	1.625
— des étalages en bas	0.760	0.700	1.300	2.743
— du ventre . .	1.790	3.000	4.500	4.775
— du gueulard.	0.540	1.100	2.000	3.479
Longueur du creuset.	»	1.800	2.000	»

Dans les hauts-fourneaux au bois, on estime qu'il faut 160 kilogrammes de charbon de bois pour 100 kilogrammes de fonte ; $11^{mc}.56$ d'air par minute et par mètre carré de section ; 90 kilogrammes de charbon de bois par heure et par mètre carré de section.

Dans les hauts-fourneaux au coke, on fait, par 24 heures, de 30 à 40 *charges* de minerais, chacune comprenant 45 à 70 *boîtes* de 25 kilogrammes, c'est-à-dire 1125 à 1750 kilogrammes. — La charge est d'autant plus forte que la fonte doit s'écarter davantage des qualités des fontes de moulage. — Le rendement à la coulée est de 30 à 35 p. 0/0 pour fontes de moulage, de 35 à 40 p. 0/0 pour fontes d'affinage, et va jusqu'à 42 p. 0/0 pour fontes fer métis ; on fait 3 coulées par 24 heures. On peut compter, comme production minima, sur 11,000 kilogrammes en fonte de moulage et 18,000 kilogrammes en fonte d'affinage, par 24 heures. La consommation de coke est de 1,80 à 2 kilogrammes par 1 kilogramme de fonte de moulage, et de 1,30 à 1,40 par 1 kilogramme de fonte d'affinage. On emploie, dans la composition des charges : 1° pour fonte de moulage, de 25 à 35 kilogrammes de *castine* pour 100 kilogrammes de minerais; 2° pour fonte d'affinage, de 22 à 25 kilogrammes de *castine* pour 100 kilogrammes de minerais. — La température la plus convenable à laquelle l'air des appareils doit être chauffé est de 160 à 180 degrés centigrades.

Moulage de la fonte. — Le travail des fonderies comprend : la *fusion*, le *moulage* et le *coulage* de la fonte. La première partie comprend le travail des fourneaux employés à la refonte; la seconde, l'art de former les moules et de les préparer; la troisième, l'opération de la sablerie et l'achèvement des objets coulés.

Il est avantageux de couler en *première fusion*, c'est-à-dire directement du haut-fourneau, pour de grosses pièces qui se vendent à bas prix.

La refonte du fer cru s'opère dans des creusets, des cubilots ou des fours à réverbère. Par le premier procédé, la fonte subit un déchet de 4 à 5 p. 0/0, et parfois du double; par le deuxième, ce déchet est de 6 à 8 p. 0/0; par le troisième, 1,050 kilogrammes de fonte grise rendent 1,000 kilogrammes de fonte coulée, et exigent 12 hectolitres de houille de bonne qualité.

Les *modèles* se font en métal, plâtre, cire, pierre, argile, mais généralement en bois. — Pour trouver le poids de la pièce qui doit être moulée, il suffit de multiplier le poids du modèle par le poids spécifique de la fonte et de diviser le poids par celui du bois dont est fait le modèle.

Le retrait de la fonte pour les objets coulés est ordinairement de 10 à 12 millimètres par mètre, sur les 3 dimensions; dans les fonderies on augmente ordinairement les modèles de 1 à 1,2 p. 0/0, ce qui revient à prendre toutes les mesures avec une règle de 1m.010 à 1m.012 de long, divisée comme le mètre ordinaire en $\frac{1}{10}$, $\frac{1}{100}$, $\frac{1}{1000}$.

On distingue le moulage en *moulage simple*, qui a lieu à découvert ou sous châssis, et en *moulage à noyaux*. — On peut distribuer les opérations du moulage en 5 classes principales : 1° le moulage en sable vert ou sable non séché ; 2° le moulage en sable vert séché, qui tient le milieu entre le précédent et le suivant ; 3° le moulage en sable d'étuve ; 4° le moulage en terre ; 5° le moulage en coquilles, ou autrement le moulage qui se pratique au moyen de creux en métal, qui servent plusieurs fois à la coulée.

Les proportions adoptées généralement dans les fonderies sont celles de 2/5 à 1/5 de sable neuf sur 3/5 à 4/5 de sable vieux pour le moulage à vert, et de 1/3 à 1/4 de sable vieux sur 2/3 à 3/4 de sable neuf pour le moulage étuvé. — Suivant la qualité des sables et suivant le volume des modèles, on mêle au sable vert depuis 1/20 jusqu'à 1/5 de houille broyée et tamisée qui sert à faire décaper les pièces et à favoriser le dégagement des gaz. — Il est quelquefois avantageux pour les pièces d'une grande surface et sujettes à la *dartre*, de mélanger avec le sable d'étuve 1/12 à 1/15 de crottin de cheval ou de bourre hachée, surtout quand le sable contient beaucoup d'argile.

En coulant les pièces dans un moule en fonte excessivement épais, on blanchit et durcit la surface à 0m.01 à 0m.02 de profondeur. Le moulage *en coquille*, abandonné pour les poids d'horloge et les boulets de canons, est généralement employé pour *tremper* les cylindres de laminoirs. Pour obtenir de bons cylindres trempés, il faut : faire l'épaisseur des coquilles égale au tiers du diamètre du cylindre à couler ; élever les coquilles à une température de 75 à 80° ; introduire le métal par 2 jets en source et dirigés suivant des tangentes qui font tourbillonner le métal en maintenant les scories au milieu, jusqu'à ce qu'elles s'élèvent à la surface de la masselotte ; donner à celle-ci le tiers environ du poids du cylindre ; choisir, autant que possible, des fontes grises provenant de minerais fusibles traités dans des ouvrages peu élevés. — La table seule des cylindres durs se coule en coquille ; les tourillons et les treffles sont moulés en sable séché.

Fabrication du fer (1).— On emploie deux procédés très-différents pour *l'affinage de la fonte :* 1° l'affinage au charbon de bois, dit affinage au petit foyer ; 2° l'affinage à la houille, appelé affinage par la méthode anglaise.

L'affinage par la méthode anglaise s'opère dans des *fours à réverbère* chauffés à la houille, sous l'influence du courant d'air que produit le tirage de la cheminée et des scories qui se forment ou qu'on ajoute pendant le travail. La matière est mise en fusion sur la sole du four et brassée par la main de l'ouvrier jusqu'à sa conversion en fer. Lorsque l'ouvrier juge que l'affinage est achevé, il réunit, sous forme de boules, les fragments de fer disséminés sur la sole du four ; il enlève successivement ces boules et les porte à un appareil de cinglage, puis, de là, au laminoir, où elles sont étirées en barres.

(1) Extrait, comme ce qui suit, du *Traité pratique de la fabrication du fer et de l'acier puddlé*, par L. Ansiaux et L. Masion.

TABLEAU

comparatif des déchets subis par les fontes, tant au puddlage qu'au cinglage, et des consommations de combustible aux fours à puddler.

DÉSIGNATION des FONTES EMPLOYÉES.	PRODUITS.	DÉCHETS p. 0/0.	CONSOMMATIONS par 1000 kil. de produit.	NOMBRE de charges par 12 heures.
Fonte blanche fer métis. . .	Fer métis ou fer n° 1.	7 à 8	1000 à 1100 kil.	7 à 8
Fonte blanche ordinaire. . .	Fer fort n° 2.	9 à 11	1100 à 1150 »	6 à 7
Fonte truitée ou F. grise. . .	Fer fort n° 3.	10 à 12	1100 à 1200 »	5 à 6
Fonte grise fer fort extra. .	F. fort n° 4 ou F. extra. F. f. n° 3, 1re qualité.	12 à 14	1200 à 1400 »	5 à 6
Fonte blanche ordinaire. . .	Fer grenu, n° 2.	14	1400 kil.	5 à 6
Fin-métal . . . . . puddlage à l'eau	Fer puddlé à l'eau.	8 à 10	785 »	8
Fonte blanche. . . puddlage à l'eau	Fer puddlé à l'eau.	10 à 12	1015 »	5
Fonte grise. . . . . puddlage à l'eau	Fer puddlé à l'eau.	12 à 15, parf. 20	1200 »	4
Fonte grise.	Fer à grains ou acier naturel.	14 à 15	1500 à 1700 »	4 à 5

On appelle *fer ébauché*, celui qui, au sortir du four à puddler, n'a été que cinglé et laminé. Le *corroyage* est une opération par laquelle on convertit le fer ébauché en un fer, dit *fer corroyé*, d'une composition plus pure et plus homogène.

Les fers marchands et les fers finis se font avec des paquets, trousses ou billettes d'ébauché, d'ébauché et corroyé, ou de corroyé. Pour obtenir 100 kilogrammes de fer fini, on compte qu'il faut fournir au four à réchauffer :

105 à 108 kil. de fer en billettes, plus 4 à 6 kil. pour bouts
108 à 113 kil. de fer en trousses (petits paquets), — 5 à 8 —
120 kil. de fer en moyenne, en paquets, — 8 à 10 —

La consommation de houille, dans les fours à réchauffer est, en général de 300 à 450 kilogrammes par tonne de produits en petits fers, et de 450 à 600 kilogrammes par tonne de fer de fortes dimensions. Le déchet est de 7 à 8 p. 0/0 pour les petits fers, et de 9 à 15 p. 0/0 pour les gros fers. On fait, en 12 heures de temps, 6 à 7 *fournées* en gros échantillons, et de 9 à 10 en petits fers. La durée d'une *chaude* est d'environ 3/4 d'heure pour les petits fers, et de 1 heure à 1h.20 pour les plus gros. Le passage d'une chaude au laminoir dure, pour les grosses pièces, 12 à 20 minutes, et pour les barres minces de 25 à 35 minutes.

Le tableau suivant résume la série des opérations que l'on peut faire subir à la fonte pour la convertir en fers livrables au commerce.

Exposé sommaire de la fabrication des fers suivant la matière première et le travail.

CLASSIFICATION DES FERS.	TRAITEMENT DES MATIÈRES.	Martelage.	Laminage.	Réchauffage.
1re CLASSE.	Puddlage de fonte brute. . . . a } d	1	1	»
—	id. de fin-métal. . . . b } d	1	1	»
Fers ébauchés.	Traitement de ferraille . . . . c } d	1	1	»
—	Puddlage avec simple martelage de l'une des matières ci-dessus désignées. . . . . e	1	»	»
Barres, billettes et lopins.				
2e CLASSE.	Corroyage de *d*. . . . . D	1	2	1
—	id. de *e* (laminoir). . . . . E	1	1	1
Fers corroyés.	id. de *d* + E. . . . . G	1	2	1 1/2
—	Traitement de la ferraille. . . . . H	»	1	1
Barres, billettes et lopins.	Corroyage de *e* (marteau). I	2	»	1
	Emploi de *d*.. . . . . *m*	1	2	1
3e CLASSE.	id. de *d* + D. . . . . M	1	2 1/2	1 1/2
—	id. de D. . . . . N	1	3	2
Fers finis.	Réchauffage des billettes *d*. . . . *m'*	1	2	1
	id. id. D. . . . N'	1	3	2
	id. des lopins I. . . . . . I'	2	1	2

AJUSTAGE DES PIÈCES DE MACHINES.

Au sortir de la forge et de la fonderie, les pièces de machines doivent subir différentes opérations dans un atelier d'ajustage, où elles reçoivent les formes et les dimensions qu'elles doivent présenter pour leur assemblage parfait entre elles. — Les fontes qui ont des inégalités sont ébarbées avec le ciseau et la râpe; cette dernière sert principalement à détacher le sable brasé. Certaines pièces sont émoulues, polies, forées et alésées sur le tour.

Tournage. — Les outils qui servent à dégrossir ont leur tranchant plus ou moins arrondi; ceux qui servent à finir ou à planer ont le tranchant droit.—Pour la fonte et les métaux durs, le tranchant est plat, et le biseau est d'autant moins aigu que le métal est plus dur. Pour le fer, le tranchant est plus aigu et un peu relevé.

La vitesse dans les machines à tourner varie avec le diamètre des pièces et la nature du métal. — Les vitesses à donner à la circonférence des pièces sont :

Pour la fonte grise.	$0^{m}.075$ par seconde
— *Id.* blanche.	$0^{m}.020$
— le fer.	$0^{m}.150$
— le cuivre.	La plus grande possible.

Quand on tourne le fer, on humecte constamment l'outil avec un filet d'eau ou quelques gouttes d'huile.

Alésage. — Les vitesses qu'on donne à la circonférence de l'outil sont :

Pour la fonte douce.	$0^{m}.0500$ par seconde
— *Id.* dure.	$0^{m}.0125$
— le fer.	$0^{m}.1000$
— le cuivre. . . .	La plus grande possible.

Rabotage. — Les vitesses à donner à l'outil sont les mêmes que celles qu'on donne aux tours.

Alésage et tournage des pièces en fonte. — Suivant

M. Landrin, l'expérience a démontré que sur un tour à couteaux ou burins fixes, lorsqu'il s'agit d'aléser des cylindres, des pompes ou des masses pesantes de fonte, la vélocité qui doit être imprimée au corps en mouvement, ne doit pas dépasser 23m.928 par minute. Une vitesse plus grande échauffe la fonte, lui ôte de sa dureté à la surface et la dilate sur le passage de l'instrument de manière qu'au moindre temps d'arrêt, la contraction agissant, il reste une marque sur le métal.

La pratique a également appris que pour tourner, la vitesse peut, sans inconvénient, être double de celle de l'alésage.

C'est sur ces données qu'ont été formées les deux tables suivantes, que nous empruntons, comme ce qui précède, au *Manuel du Maître de forges*, par M. *H. Landrin*, ingénieur civil des mines (1).

Diamèt.	Nombre de révolutions.		Diamèt.	Nombre de révolutions.	
	Alésoir.	Tour.		Alésoir.	Tour.
mètres			mètres.		
0 01	7.500	15.00	0.25	0.300	0.60
0.02	3.750	7.50	0.30	0.250	0.50
0.03	2 500	5.00	0.35	0.214	0.428
0.04	1.875	3.75	0.40	0.187	0.37
0.05	1.500	3.00	0.45	0.166	0.333
0.06	1.250	2.50	0.50	0.150	0.30
0 07	1.071	2.142	0.60	0.125	0.25
0.08	0.937	1.874	0.70	0.107	0.214
0.09	0.833	1.666	0.80	0.093	0.186
0.10	0.750	1.500	0.90	0.083	0.166
0 15	0.500	1.00	1.00	0.075	0.150
0.20	0.375	0.75			

(1) Vol. in-18, avec figures, 3 fr., à la Librairie Roret.

Lorsque l'outil tranchant est sur un porte-burin fixe, on peut le faire avancer sur la pièce de 0m.00158 pour le commencement, et de 0m001 seulement à la fin.

Quand l'outil est tenu à la main, la vélocité des pièces peut être considérablement augmentée sans inconvénient.

CHAUFFAGE. — VENTILATION. — ÉCLAIRAGE.

CHAUFFAGE.

Chauffage de l'air. — On peut chauffer l'air d'un grand nombre de manières différentes : 1° en le mêlant aux produits de la combustion ; 2° en le mettant en contact avec des surfaces chauffées directement, soit par la fumée ou la vapeur, soit par l'eau chaude ou d'autres liquides. Le premier mode de chauffage est principalement employé pour produire le tirage des cheminées d'appel ; il l'est aussi dans le chauffage domestique.

Un bon système de chauffage doit satisfaire aux conditions suivantes : 1° élévation suffisante et modérée de température ; 2° absence d'altération de l'air soit par sécheresse, soit par mélange de gaz délétère ou de fumée ; 3° alimentation régulière du foyer, de la masse d'air nécessaire à la combustion ; 4° économie de combustible.

On doit proscrire d'une manière absolue tous les appareils de chauffage qui ne sont pourvus d'aucun moyen de communication avec l'air extérieur, et qui laissent échapper dans la pièce où ils sont placés, tous les gaz résultant de la combustion. Tels sont : le *brazero* espagnol, les réchauds, les chaufferettes. Ces appareils sont très-nuisibles à la santé, à cause des gaz asphyxiants (*oxyde et acide carboniques*) qui se dégagent pendant la combustion, quels que soient les combustibles.

Quantité de chaleur nécessaire pour le chauffage des édifices. — La quantité de chaleur, en calories, qu'exige le chauffage de l'espace par heure, s'il n'est pas ventilé artificiellement, est donnée par :

$$Q = K \left\{ \frac{cc'}{ce + c'} S + q s \right\} (T - t)$$

S désignant la surface des murs, la surface du plafond et du parquet qui renferment l'espace à chauffer ; *s*, la surface totale des fenêtres ; *e*, l'épaisseur du mur ; T, la température la plus basse de l'air extérieur en hiver ; *t*, la température qu'on doit introduire dans l'espace, si la température extérieure est T.

c et *c'* sont deux nombres qui dépendent de la nature des matériaux, on a :

Pour mur en moellons	$c = 9$,	$c' = 0,80$
Pour mur en briques. .	$c = 9$,	$c' = 0,68$
Pour bois de sapin. . .	$c = 8$,	$c' = 0,17$
Pour bois de chêne. . .	$c = 8$,	$c' = 0,32$
Pour verre	$c = 9$,	$c' = 0,27$

q est la quantité de chaleur perdue par heure et par mètre carré de surface de fenêtre, à une différence de température de 1° ; pour vitres simples en fenêtre, $q = 3,66$; pour vitres doubles, $q = 2,00$.

K est un coefficient qui dépend d'un chauffage continuel ou d'un chauffage intermittent : dans le premier cas, $K = 1,0$; dans le second, $K = 1,2$.

Pour des murs en moellons de 0m.60 d'épaisseur, des fenêtres simples, et un chauffage intermittent, la plus grande différence de température étant 30°, on a :

$$Q = 36\,S + 132\,s.$$

La formule devient $Q = 36\,S + 132\,s + 9\,N$, dans le cas du chauffage avec renouvellement de l'air du local où sont réunies des personnes en grand nombre N.

Foyers découverts. — La seule chaleur utilisée dans les foyers ordinaires est celle qui provient du rayonnement : ce sont donc les combustibles dont le pouvoir rayonnant est grand, qui présentent le plus d'avantage. Ainsi, la houille et le coke sont préférables au bois.

La première condition à remplir, pour toutes les cheminées, est d'assurer le renouvellement de l'air dans les pièces chauffées. On peut admettre qu'en général, dans les foyers découverts, le volume d'air appelé est au moins de 100^{mc} par kilogramme de bois.

L'ouverture d'une cheminée ordinaire laisse passer dans l'appartement à peu près 1/4 de la quantité totale de chaleur rayonnée par les combustibles; cette chaleur rayonnée étant 0,25 de la chaleur totale dégagée pour le bois, 0,50 pour le charbon de bois, la houille et le coke, il s'ensuit que l'on n'utilise dans les foyers découverts qu'environ 0,06 de la chaleur totale pour le bois et 0,12 pour les 3 autres combustibles.

Généralement, l'air nécessaire à la combustion s'introduit par les fissures des portes et des fenêtres, ce qui dérange l'allure du foyer; il est préférable de régler la ventilation par des ouvertures spéciales et de dimensions suffisantes, prenant directement l'air à l'extérieur.

Pour tirer le meilleur parti possible des foyers ouverts, il faut rétrécir l'orifice de communication du foyer avec le conduit, diminuer la profondeur du foyer, rendre évasées les parois latérales, leur donner une forme semi-elliptique, les construire en faïence blanche, en briques vernissées ou en plaques de laiton polies, qui réfléchissent la plus grande quantité de chaleur. Les parois ne doivent jamais être peintes en noir comme on le fait habituellement, puisque cette couleur absorbe les rayons calorifiques au lieu de les renvoyer dans l'appartement. L'usage du plâtre doit être proscrit, à moins qu'il ne serve à lier entre eux des matériaux plus résistants. Les tuyaux de $0^m.030$ d'épaisseur, en terre cuite, peuvent, dans certains cas, présenter de grands avantages. L'expérience a démontré que, pour une cheminée d'appartement ordinaire, un tuyau circulaire de 15 à 20 centimètres de diamètre ou de toute autre forme ayant 3 à 4 décimètres de surface, était généralement suffisant.

Chauffage par les poêles. — C'est un des plus simples et des plus économiques, car il utilise la presque totalité du calorique produit et permet de refroidir la fumée jusqu'à 100 degrés avant de la laisser échapper au dehors. Son inconvénient est d'accroître la puissance absorbante de l'air pour l'eau, puissance qui est satisfaite aux dépens des personnes qui occupent le local chauffé. Pour éviter cet inconvénient, on place sur les poêles un vase contenant de l'eau.

Les poêles en faïence et en maçonnerie s'échauffent et se refroidissent lentement ; les poêles en tôle et en fonte utilisent mieux le combustible, refroidissent plus complétement la fumée et sont plus économiques; mais ils altèrent l'air et lui communiquent parfois une odeur désagréable. Les poêles en fonte peuvent présenter des dangers si l'on active trop la chaleur ou s'ils sont chauffés au rouge, parce qu'alors le carbone que contient la fonte se combine à l'oxygène de l'air. Vu la densité de la fonte, la combustion du carbone ne s'effectue que lentement; il se forme de l'oxyde carbonique qui produit un assoupissement, capable de dégénérer en asphyxie, lorsque l'action est prolongée ou lorsque la pièce chauffée ne reçoit pas de courant d'air. Un danger analogue que les poêles en fonte présentent encore, provient de l'habitude qu'on a de les noircir, quand ils sont vieux, avec du plomb (graphite, plombagine). La mine de plomb contient en général 95 p. 0/0 de carbone pur. Ce carbone tend à rendre l'atmosphère délétère.

On doit donner aux poêles une forme simple et la plus grande surface de chauffe possible, et leur adapter des tuyaux verticaux pour faciliter le tirage; on compte ordinairement 1^{m2} de surface de chauffe par 100^{mc} d'air à chauffer.

On peut calculer la superficie d'un poêle par les formules suivantes :

$$A = \frac{Q}{1600}, \text{ pour des poêles en terre cuite;}$$

$$A = \frac{Q}{4000}, \text{ pour des poêles en fonte;}$$

$$A = \frac{Q}{1500}, \text{ pour des poêles en tôle;}$$

Q étant la quantité de chaleur que le chauffage de l'espace exige :

$$Q = 36S + 132s + 9N.$$

Poêles-calorifères. — Ce sont des poêles métalliques à circulation d'air intérieur. Le système de calorifère le plus simple est celui qui consiste en une colonne verticale, rectangulaire ou cylindrique, de $1^{m}.50$ à 2 mètres de hauteur, renfermant le foyer, et surmontée d'un tuyau vertical qui se recourbe ensuite horizontalement pour aboutir à la cheminée. La colonne est environnée d'une enveloppe de tôle; l'intervalle qui les sépare, communique par le bas avec un canal s'ouvrant au dehors, et par le haut avec l'air de la pièce. On compte ordinairement $1^{mq}.50$ à 2^{mq} de surface de chauffe pour chaque kilogramme de houille à brûler par heure, non compris les surfaces du foyer.

Chauffage par les calorifères. — Le nom de *calorifères* s'applique spécialement à des appareils dans lesquels un foyer, avec une enveloppe et des surfaces de transmission, échauffe de l'air pris à l'extérieur pour le verser ensuite dans une ou plusieurs salles plus ou moins éloignées. Ces appareils ont été disposés d'un grand nombre de manières différentes.

Le chauffage d'un fluide froid par un fluide chaud a lieu ordinairement, en faisant passer le fluide chaud par un tuyau, formé d'une matière bonne conductrice de la chaleur, et en mettant le fluide à chauffer en contact avec ce tuyau. Les mouvements de l'air pur et de l'air brûlé peuvent avoir lieu dans le même sens, en sens contraire, ou enfin dans des directions quelconques.

Les calorifères placés en dehors des pièces qu'ils doivent échauffer, produisent un effet utile qui peut s'élever jusqu'à 75 p. 0/0 de la puissance calorifique totale du combustible; mais il est prudent, dans un projet, de ne compter que sur 50 p. 0/0. On compte ordinairement $1^{mq}.5$ à 2^{mq} de surface de chauffe directe par kilogramme de houille à brûler par heure. Les grilles doivent être très-grandes; on doit compter sur moins de $0^{k}.5$ de houille par décimètre carré et par heure. On peut calculer la surface de chauffe d'un calorifère à air chaud avec tuyaux en fonte, par la formule : $A = \frac{Q}{d}$, dans laquelle Q désigne la quantité de chaleur qui doit être transmise par heure à l'air à chauffer, et d un dénominateur dont les valeurs sont :

1° $d = 5760$, si la température est constante dans l'intérieur de l'appareil;

2° $d = 6230$, si l'air pur et l'air brûlé se meuvent dans le même sens;

3° $d = 7200$, si l'air pur et l'air brûlé se meuvent en sens contraire.

Cette formule et les valeurs de d correspondent à :

1° Température des gaz de combustion immédiatement au-dessus de la grille $= 1000°$;

2° Température à laquelle les gaz combustibles quittent l'appareil $= 300°$;

3° Température à laquelle l'air doit être chauffé $= 150°$;

4° Température à laquelle l'air à chauffer entre dans l'appareil $= 10°$.

Chauffage à la vapeur. — La propriété qu'ont les vapeurs de restituer leur calorique de vaporisation, lorsqu'elles se condensent, a été utilisée pour le chauffage des bains, des ateliers, des serres, etc.

Les appareils de chauffage à vapeur se composent d'un générateur de vapeur, de tuyaux qui conduisent la vapeur dans les capacités où elle doit être condensée, d'appareils de condensation, et de tuyaux destinés à ramener à la chaudière l'eau qui provient de la condensation ou à l'évacuer au dehors.

La formule $d = 0{,}035 + 0{,}0015\, n$, n désignant le nombre de chevaux-vapeur, sert à calculer, d'après M. Grouvelle, le diamètre des tuyaux de conduite de vapeur, au-dessus de 2 atmosphères.

Le diamètre des tuyaux de condensation varie ordinairement de 0m.07 à 0m.20; les grands tuyaux ont 2 mètres à 2m.50 de longueur; 0m.20 de diamètre intérieur; 0m.02 d'épaisseur.

Les quantités de vapeur condensées par heure et par mètre carré dans des tuyaux exposés à l'air libre à 15°, sont, pour les substances suivantes :

Pour la fonte nue en tuyau horizontal. . .		1k.81	
— la fonte noircie	*id.* . . .	1	70
— le cuivre nu	*id.* . . .	1	47
— le cuivre noirci	*id.* . . .	1	70
— le cuivre noirci en tuyau vertical. .		1	98
— le fer-blanc	*id.* . .	1	07
— tôle rouillée	*id.* . .	2	10

On calcule la surface de chauffe de la chaudière par la formule $A = \frac{Q}{10400}$, et la superficie des tuyaux de vapeur par $a = \frac{Q}{1152}$; Q étant la quantité de chaleur nécessaire pour le chauffage d'un espace par heure, et admettant que la température des gaz de combustion au-dessus de la grille = 1000°, que celle à laquelle les gaz quittent la chaudière = 300°, que celle de l'eau et de la vapeur dans la chaudière = 110°, et que celle que celle qui doit régner dans l'espace à chauffer = 14.

Chauffage à circulation d'eau chaude. — Si de l'eau chaude est enfermée dans un vase fermé, elle se refroidit, et par conséquent échauffe l'air environnant. Il suffit d'un poids peu considérable d'eau pour échauffer un très-grand volume d'air, parce que ce liquide a une grande chaleur spécifique.

Ainsi 1 kilogramme d'eau à 100°, en se refroidissant jusqu'à 20°, laisse dégager 80 unités de chaleur, qui peuvent échauffer de 10°, $8 \times 4 = 32$ kilogrammes d'air, ou $\frac{32}{1,3} = 24^{mc}.61$.

Ce genre de chauffage est produit par une chaudière dont la partie supérieure communique avec un tuyau qui traverse l'espace à chauffer et vient ensuite aboutir, par l'autre extrémité, à la partie inférieure du générateur.

La surface de chauffe de la chaudière se détermine par la formule $A = \frac{Q}{11500}$, et celle des tuyaux de circulation par $a = \frac{Q}{1000}$, en admettant que la température des gaz de combustion immédiatement au-dessus de la grille = 1000°, celle à laquelle les gaz quittent le foyer = 300°, celle à laquelle l'eau, contenue dans les tuyaux de circulation, entre dans la chaudière = 40°, celle que possède l'eau passant de la chaudière dans les tuyaux = 80°, et, enfin, que la température qui doit régner dans l'espace à chauffer $=14^{\circ}$.

Lorsque le chauffage de l'air par la circulation d'eau chaude est à haute pression, système Perkins, on a : $A=\frac{Q}{11300}$, et $a=\frac{Q}{1720}$, A étant la surface intérieure du serpentin, et a celle des tuyaux de circulation. Ces formules correspondent à $T=50$ pour la température à laquelle l'eau entre dans le serpentin du foyer, et $t=150$ pour celle à laquelle l'eau quitte le serpentin pour entrer dans les tuyaux de circulation.

Les tuyaux ont $0^{m}.025$ de diamètre extérieur, et $0^{m}.0125$ de diamètre intérieur ; ils ont ordinairement 4 mètres de longueur. Avec ces dimensions, ils peuvent supporter une pression de 3000 atmosphères.

Si L et l désignent les longueurs des tuyaux qui correspondent aux surfaces A et a, on a :

$$A=0{,}0125\times 3{,}14\times L \qquad a=0{,}0125\times 3{,}14\times l$$

et par suite : $L=\frac{Q}{425}$ $\quad l=\frac{Q}{65}$.

Les tuyaux sont essayés à la presse hydraulique sous une pression de 200 atmosphères.

Appareils à air chaud. — Ces appareils sont destinés à chauffer l'air qui sort du régulateur d'une soufflerie, à la température à laquelle il doit être lancé dans les fourneaux.

Les calculs relatifs au chauffage de l'air, qui doit être insufflé dans un haut-fourneau, sont les suivants :

Surface de chauffe. — $S=0{,}00344\,Q\,t$; appelant S la surface de chauffe en mètres carrés, Q le volume d'air (à 0° et à $0^{m}.76$) qui doit être échauffé par minute; t la température moyenne qu'il doit atteindre.

Section des tuyaux. — $S'=\frac{Q\,(1+0{,}00375\,t)\,0{,}76}{60\,V\,(0{,}76+H)}$.

V vitesse connue de l'air par seconde, H pression connue, S' section totale des tuyaux.

Si R désigne le rayon intérieur d'un tuyau, le nombre N de tuyaux est donné par $N = \frac{S'}{\pi R^2}$.

En appelant E l'épaisseur du tuyau, le rayon extérieur est R + E, et le périmètre est $2\pi (R + E)$; et par suite on a pour la longueur L de chaque tuyau : $L = \frac{S}{2\pi (R+E) N}$.

Vitesse de l'air. — La vitesse la plus avantageuse de l'air dans les tubes de chauffage, est de 10 à 12 mètres par seconde. — Vitesse de l'air dans la tuyère = 10 à 12 mètres également.

Combustible consommé.—Le nombre de kilogrammes (K) de houille à brûler par heure est donné par $K = 0{,}00625\, Qt$, en admettant que l'on utilise 55 pour 100 du pouvoir calorifique du combustible.

On calcule la *surface de la grille* à raison de $0^{m2}.012$ à $0^{m2}.015$ par kilog. de houille à brûler par heure.

Chauffage par le gaz d'éclairage. — Le gaz d'éclairage renferme en poids 0,75 de carbone et 0,25 d'hydrogène ; sa puissance calorifique est de 1300. Le poids de la vapeur d'eau produite par la combustion de 1 kilog. de gaz, est $0{,}25 \times 9 = 2^k.25$; celui de l'acide carbonique est $0{,}75 \times 3{,}65 = 2^k.73$; et le volume de ce dernier est $2{,}73 : 1{,}98 = 1^{mc}.37$.

La combustion de 1^{mc} de gaz pesant $0^k.76$ produit 13000×0.76 ou 9880 calories, $1^{mc}.04$ d'acide carbonique, et $1^k.71$ de vapeur d'eau.

Le gaz d'éclairage est rarement pur ; les matières étrangères qu'il renferme réduisent sa puissance calorifique à 10000 ou 11000, suivant le degré d'impureté.

Chauffage des bains. — Le volume d'eau renfermé dans une baignoire est d'environ 280 litres, la température à peu près de 30°. Si T désigne la température de l'eau froide, 280 (30—T) sera la quantité de chaleur employée au chauffage de l'eau. La température moyenne annuelle dans ces contrées est T=12°, et par suite la quantité de chaleur absorbée est 280° × 18 = 5040, ce qui est à peu près la quantité de chaleur qu'on utilise par la bonne combustion de 1 kilog. de houille.

Chauffage des corps solides. — Dans les fourneaux destinés à la fusion de la fonte, chaque kilog. de fonte exige 0k.30 de coke pour se fondre, c'est-à-dire environ 2000 unités de chaleur; suivant M. Clément, 1 kilog. de fonte en fusion projetée dans 20 kilog. d'eau, en élève la température de 14°; ainsi la quantité de chaleur nécessaire pour chauffer et fondre ensuite 1 kilog. de fonte est 14 ×20=280 unités, et par conséquent la chaleur utilisée dans ces fourneaux est $\frac{280}{2000} = 0{,}14$ de la quantité totale de la chaleur développée.

La cuisson de la chaux dans les fours à feu continu exige 1 volume de houille ou 1 vol. 1/2 de coke pour 4 volumes de pierre à chaux.

Les pierres à plâtre renferment au plus 0,20 d'eau qu'il faut enlever par la chaleur. La capacité calorifique du plâtre étant de 0,196, la quantité de chaleur employée, supposant la vapeur et le plâtre chauffés à 200°, serait pour obtenir 0k.8 de plâtre cuit, égale à :

$$637 \times 0{,}2 + 0{,}475 \times 0{,}2 \times 100 + 0{,}8 \times 200 \times 0{,}196 = 168^{c}.26\,;$$

pour obtenir 100 kilog. de plâtre, il faudrait donc $\frac{168{,}26 \times 100}{0{,}8} = 21030^{c}.$, à peu près 7 kilog. de bois ordinaire, en admettant qu'il n'y ait pas de chaleur perdue. La quantité de bois brûlé par mètre cube de plâtre varie de 210 à 135 kilog.; le poids du mètre cube de plâtre étant de 1500 à 1600 kilog., pour en calciner 100 kilog., il faudrait de 14 à 9 kilog. de bois.

VENTILATION.

Nécessité de l'opération. — On doit considérer la ventilation comme une opération indispensable dans les lieux habités, parce que l'air est toujours vicié par le séjour de l'homme et par diverses causes d'insalubrité.

L'air contient en *volume :* 20,80 vol. d'oxygène et 79,20 vol. d'azote; et en *poids :* 23,01 part. d'oxygène et 76,99 part. d'azote. Dans les circonstances ordinaires, il renferme 3 à 6 dix-millièmes d'acide carbonique et 6 à 9 millièmes de vapeur d'eau, et l'on y rencontre les traces de tous les gaz qui se dégagent à la surface de la terre, etc.

L'homme altère la pureté de l'air par le fait même de la respiration; il aspire 25 fois par minute et absorbe, à chaque aspiration, 0lit.666 d'air. Le sang, qui est composé de carbone et d'hydrogène, se combine à l'oxygène de l'air, donne de l'acide carbonique et de la vapeur d'eau, toujours accompagnée d'un dégagement de chaleur. L'homme brûlant par l'acte de la respiration, tant en hydrogène qu'en carbone, une quantité équivalente à 10 grammes de carbone, il faut 90 litres d'air pour fournir ces 10 grammes.

Un homme développe, par heure, environ 80 unités de chaleur; une partie de cette chaleur maintient le corps humain à une température voisine de 38°, et l'autre est employée à former la vapeur produite par la transpiration cutanée et celle qui se trouve dans l'air sortant des poumons. La quantité de vapeur d'eau est d'environ 61 grammes.

La combustion altère sensiblement la composition de l'air. C'est ainsi qu'un kilog. d'acide stéarique verse en brûlant dans une capacité de 50mc. près de 4 p. 0/0 d'acide carbonique.

Modes de ventilation. — Il y a trois modes de ventilation : la ventilation naturelle, la ventilation par la chaleur, la ventilation mécanique.

On peut ventiler une pièce soit en diminuant, soit en augmentant la pression intérieure : les cheminées déterminent le premier effet, les machines peuvent produire l'un et l'autre.

La ventilation par la chaleur peut être produite en échauffant l'air qui doit sortir, ou en échauffant l'air avant son entrée. On emploie le premier moyen quand l'air appelé ne doit pas servir au chauffage, et le second quand l'air vicié doit être remplacé par de l'air échauffé.

La ventilation par une cheminée d'appel peut être employée pour les grandes comme pour les petites ventilations. La vitesse d'accès de l'air, pris à la température extérieure T, est donnée par la formule :

$$v = \sqrt{\frac{2\,g\,a}{1+R} \quad \frac{H\,(t-T)}{(1+a\,t)}}$$

dans laquelle H désigne la hauteur de la cheminée, t la température moyenne de l'air qui la parcourt, $a = 0{,}00365$, et R la somme des résistances que l'air éprouve dans tout son parcours. Quand le circuit est formé d'un canal rectiligne d'une section constante, on a $R = K\,L : D$, L étant la longueur du canal, et D le diamètre

La ventilation mécanique ne peut être employée que quand il s'agit d'une puissante ventilation, exigeant un travail assez considérable. La formule $R = \frac{2{,}118\,(1+a\,t)}{a\,H}$. permet de déterminer le rapport entre le travail produit par la même quantité de chaleur employée mécaniquement, et dans une cheminée, en supposant qu'un cheval-vapeur exige 4 kilog. de houille par heure. Dans cette formule, t est l'excès de température de l'air dans la cheminée sur la température extérieure. Pour $t = 20°$ et $H = 25^{m}$, $R = 25$.

Dans les hôpitaux, la ventilation doit fournir à chaque malade 20 mètres cubes d'air pour la respiration et l'évaporation; plus, par bec et par heure, 7 mètres cubes et 500 litres du même fluide, pour l'éclairage à l'huile; plus, enfin, 102 mètres cubes pour l'éclairage au gaz.

La ventilation des mines peut avoir lieu au moyen de cheminées dans lesquelles l'air est échauffé par un foyer, ou de machines aspirantes de différente nature. Les ventilateurs à force centrifuge, les ventilateurs à vis, les roues pneumatiques, les machines à piston, et les machines à cloches plongeantes, peuvent servir à l'aérage des mines.

Dans les mines qui ne produisent pas de gaz impropre ou nuisible à la respiration, le volume d'air qui doit traverser les travaux doit être au moins de 10^{mc} par mineur et par heure; pour les autres, principalement pour les mines de houille, il faut une ventilation beaucoup plus considérable, en raison du dégagement variable d'hydrogène carboné.

ÉCLAIRAGE.

Puissance éclairante. — Une chandelle de suif d'un poids de 1/6 de livre brûle pendant $9^{h}5$; son pouvoir éclairant équivaut à celui d'un bec de gaz qui consomme 14 litres de gaz de houille par heure.

Un cierge de 5 à la livre a le pouvoir éclairant de 1,1 chandelle de suif, ou d'un bec de gaz consommant 16 litres de gaz.

Une lampe ordinaire à mèche plate consomme 13 grammes d'huile par heure et possède une puissance éclairante de 1,13 chandelle; elle équivaut à un bec de gaz qui brûle 16 litres de gaz par heure.

Une lampe d'Argaud qui brûle 30 grammes d'huile par heure, produit la lumière de 4 chandelles de suif ou de

3,5 bougies; elle équivaut à un bec de gaz qui brûle 56 litres par heure.

Une lampe de Sinombra, qui consomme 50 grammes d'huile par heure, produit la lumière de 7,6 chandelles ou 6,69 bougies; elle équivaut à un bec de gaz qui brûle 107 litres par heure.

Une lampe Carcel, qui consomme 42 grammes d'huile par heure, donne une lumière de 7,71 chandelles ou 6,75 bougies; elle équivaut à un bec de gaz qui consomme 108 litres par heure.

Le tableau suivant complète les renseignements relatifs à la comparaison des corps éclairants, données de M. Redtenbacher.

TABLEAU

pour la comparaison de la consommation des combustibles.

(Les nombres dans la colonne horizontale donnent les quantités de combustibles qui développent le même quantité de lumière.)

ÉCLAIRAGE de bougies.		ÉCLAIRAGE de lampes à huile.			ÉCLAIRAGE de houille.		Gaz d'huile en litres.
Suif en kilogr.	Cire en kilogr.	Carcel.	Sinombra.	Mèches plates.	Gaz en litres.	Houille en kilogr.	
1.00	0.92	0.59	0.71	1.26	1530	7.20	566
1.09	1.00	0.65	0.78	1.37	1670	7.94	619
1.67	1.54	1.00	1.19	2 11	2570	12 20	951
1.40	1.29	0.84	1.00	1.76	2140	10.00	793
0.80	0.73	0.47	0.57	1.00	1210	5.75	448
0.65	0.60	0.39	0.47	0.83	1000	4.76	370
0.14	0.13	0.08	0.10	0.17	210	1.00	78
0.76	1.61	1.05	1.26	2.23	2700	13.00	1000

Eclairage au gaz. — La distillation de la houille fournit des gaz dont la composition varie avec la température à laquelle la houille a été exposée.

Les cornues qu'on emploie, sont en fonte ou en terre réfractaire; ces dernières sont préférables aux cornues métalliques.

La distillation d'un hectolitre de charbon exige 75 litres de coke. L'opération dure de 4 à 5 heures; 4 heures suffisent lorsqu'on opère sur du charbon de bonne qualité.

On peut estimer que dans une distillation bien conduite, 100 kilog. de charbon fournissent 25 mètres cubes de gaz rendu au gazomètre. Cette quantité de houille est à peu près celle qu'on distille ordinairement.

La capacité des cornues varie de un hectolitre à un hectolitre et demi, et atteint rarement deux hectolitres.

Une seule cornue peut donc produire en 24 heures 150^{mc} de gaz.

Suivant M. Redtenbacher, la charge d'une cornue par mètre carré de la surface intérieure est de 23 kilog., et la quantité de gaz qui est produite en 24 heures par mètre carré de la surface intérieure est de 30^{mc}. La longueur intérieure d'une cornue est de $2^m.5$; sa largeur intérieure, de $0^m.4$; sa hauteur intérieure, de $0^m 3$; sa surface intérieure, de 3.25 mètres carrés Quant à l'épaisseur, elle est de 0,03 pour les cornues en fonte, et de 0,08 pour celles en terre réfractaire. En appelant Q la quantité de gaz qui doit être produite en 24 heures dans les jours les plus courts de l'hiver, et S la somme des surfaces intérieures de toutes les cornues qui sont nécessaires pour la production de Q, on a : $S = \frac{Q}{30}$. Si G désigne la surface de la grille d'un fourneau, s la surface intérieure d'une cornue, et n le nombre des cornues du fourneau, on a la relation : $\frac{G}{s} = (0,045 - 0,005\, n)\, n$.

Les vapeurs qui se dégagent de la houille en distillation, passent au moyen d'un tuyau en fonte, dit *tuyau montant*, dans un barillet formant une fermeture hydraulique. La section du barillet se détermine par $a = \frac{S}{700}$; sa longueur est égale à la somme des longueurs de tous les fourneaux de l'usine.

Les *épurateurs* sont ordinairement des caisses en fonte, dont le volume total est de 0,1 S à 0,2 S mètres cubes.

La dimension des gazomètres varie suivant l'importance des usines; la facilité du service exige qu'on ne dépasse guère une capacité de 70 à 80 mille hectolitres.

Si V représente le volume du gazomètre, Q la quantité de gaz qui doit être produite en 24 heures aux jours les plus courts de l'hiver, et N le nombre des heures d'éclairage aux jours les plus courts, on a : $\frac{V}{Q} = \frac{24 - N}{24}$.

Pour $N =$	5	6	7	8	9	10
$\frac{V}{Q} =$	0.80	0.75	0.71	0.66	0.62	0.50

Gaz d'huile et de résine. — On a cherché à obtenir un nouveau gaz d'éclairage, en substituant à la houille, des résines, des huiles grasses, des huiles de schistes, des mélanges de goudrons et de vapeur d'eau exposés à une température rouge sur des surfaces de coke.

Le gaz d'huile et de résine est plus éclairant que celui de la houille.

La distillation de la houille présente sur tous les autres procédés de très-grands avantages, tels que le prix peu élevé de la matière première et la production de deux corps, dont l'un est le gaz même de l'éclairage, et l'autre le coke, l'un des meilleurs combustibles que l'on connaisse.

TRAVAUX D'ART.

ÉLÉMENTS DE CONSTRUCTIONS.

Matériaux de construction. — Les matériaux employés pour les constructions sont de deux espèces : les matériaux naturels, ou pierres à bâtir, les matériaux artificiels ou briques.

On peut ranger en quatre classes les pierres employées dans les constructions : les *pierres quartzeuses* ou *siliceuses*, les *pierres calcaires*, les *pierres argileuses*, les *pierres gypseuses.*

Le *granit* est une des pierres les plus dures que l'on connaisse; on l'emploie principalement à la confection des colonnes, des obélisques, des piédestaux de statue, des vases, etc Le *grès dur* est employé à la confection des pavés, les *grès tendres* peuvent s'employer comme moellons et même se tailler assez bien.

Il faut ranger aussi parmi les pierres à bâtir quelques pierres volcaniques, telles que le *basalte,* certaines *laves* qui forment des pierres de construction très-légères et d'une grande durée, et aussi les *silex* ou *cailloux* dont on fait des constructions très-pittoresques.

Les pierres, considérées au point de vue de leur emploi, se divisent en pierres dures, en pierres tendres et en marbres. Les premières sont de beaucoup supérieures aux secondes, et toutes les fois qu'on n'est pas sûr de la qualité de ces dernières, on doit leur préférer les briques.

On donne le nom de *parpaings* aux pierres qui occupent toute l'épaisseur d'un mur et forment parement de chaque côté. Le *moellon* est une pierre *irrégulière* de dimensions suffisantes pour être employée dans les constructions.

On doit autant que possible poser la pierre, de même que le moellon, sur son *lit de carrière*, c'est-à-dire la placer dans la position qu'elle occupait dans la carrière.

On distingue les matériaux de construction, sous le rapport de leurs formes, en deux classes : matériaux réguliers, tels que pierres de taille, briques, etc., et matériaux irréguliers, comme moellons et cailloux roulés.

On distingue aisément les pierres dures des pierres tendres, en ce que les premières ne peuvent se débiter qu'au moyen de la scie à l'eau et au grès ; les pierres tendres se débitent à la scie à dents.

Les marbres subissent en général trois préparations principales : le sciage, la taille et le polissage Le sciage se fait à l'aide d'une scie sans dents sous laquelle on dépose alternativement de l'eau et du grès pilé. Le sciage s'effectue à bras d'homme ou à l'aide d'une machine. Les scies dont les *scieurs* font usage sont d'environ 2m.60. Un bon scieur produit, terme moyen, cinquante alternations de scie en une minute, c'est-à-dire il la pousse et la retire cinquante fois, en lui faisant parcourir de 0m.40 à 0m.55 à chaque allée et venue.

Briques. — Ce sont des pierres artificielles destinées à remplacer la pierre naturelle dans la construction des bâtiments ou des fourneaux. Les briques sont formées d'argile moulée, séchées d'abord à l'air, puis cuites en tas ou au four.

Une brique bien cuite rend un son clair sous le choc d'un corps dur.

Les briques se façonnent à la main ou à la mécanique ; deux ouvriers, en travaillant à la main, peuvent faire de six cents à sept cents briques par jour.

La terre employée à la fabrication des briques est une argile sablonneuse.

La forme des briques est celle d'un parallélepipède rectangle ayant en longueur deux fois sa largeur et quatre fois son épaisseur. Leurs dimensions varient suivant les localités; leur longueur est généralement comprise entre 0,200 à 0,230.

Poids moyens d'un cent de briques de diverses dimensions.

									kilogr.
Briques	ayant	0m.20		sur 0m.09		et 0m.022		. .	59
—	—	0	185	— 0	09	— 0	03	. .	74
—	—	0	20	— 0	10	— 0	04	. .	118
—	—	0	215	— 0	11	— 0	027	.	95
—	—	0	22	— 0	11	— 0	03	. .	112
—	—	0	22	— 0	11	— 0	05	. .	121

Ardoises. — La seule pierre schisteuse, employée dans les constructions, est l'*ardoise*.

Les bonnes ardoises doivent être dures, sonores, ni trop épaisses ni trop minces, et ne point surcharger inutilement la charpente. On doit avoir soin de ne pas employer d'ardoises poreuses, parce qu'elles ne protègent pas suffisamment la charpente, alors exposée à une prompte pourriture.

Les provinces de Liége, de Namur et de Luxembourg sont très-riches en ardoises.

Tuiles et carreaux. — La fabrication des tuiles et des carreaux a beaucoup d'analogie avec celle des briques, mais n'exige pas que la terre soit réfractaire. La cuisson de ces matériaux doit être très-soignée et très-régulière.

Les bonnes tuiles sont imperméables à l'eau, inattaquables à la gelée; les tuiles poreuses sont constamment humides, les mousses s'y développent facilement et déterminent leur altération.

Les tuiles que l'on emploie généralement sont : les *tuiles plates* ayant à peu près la forme d'une ardoise, les *tuiles creuses* et les *tuiles flamandes* ou *pannes*, dont la section transversale représente la forme d'un S. Les pannes fabriquées sur les bords du Rupel sont de deux modèles : les unes, dites *petites*, ont 0m.34 de longueur sur 0m.24 de largeur ; les autres, dites *grandes*, ont 0m.367 de longueur sur 0m.246 de largeur. Les unes et les autres ont 0m.015 d'épaisseur. On fait en outre des tuiles faitières (*vorstm*) ayant 0m.25 de longueur sur 0m.465 de largeur développée et 0m.02 d'épaisseur, et des tuiles arêtières (*horreboomen*) ayant 0m.33 de longueur, 0,265 de largeur développée et 0,015 d'épaisseur.

Les *carreaux* sont généralement de forme carrée ou hexagonale, et parfois aussi de forme triangulaire ou octogonale. La terre employée à leur fabrication est un peu plus siliceuse que celle qu'on emploie pour les tuiles. Les fabriques de Boom et des environs fournissent des carreaux des dimensions suivantes, qui sont aussi celles adoptées par la plupart des autres.

Longueur et largeur.	Epaisseur.	Dénomination.	
0,21	0,03	*Kerksteen* ou carreaux de.	9 pouc.
0,17	0,025	Dobbelenbreed.	7
0,144	0,025	Enkelenbreed. .	6
0,12	0,024	Plavey.	5

En France, on trouve des carreaux des dimensions suivantes :

Longueur et largeur.	Epaisseur.	Poids moyens d'un cent de carreaux.
0m.16	0m.023	87 kilogr.
0 22	0 028	201
0 33	0 035	564
0 33	0 05	802

Chaux. — La chaux sert de base à la préparation des mortiers ; elle s'obtient par la calcination des pierres calcaires

Les calcaires purs fournissent, par la calcination, de

la *chaux grasse;* cette chaux foisonne considérablement avec l'eau et s'échauffe beaucoup.

Lorsque le calcaire est impur, et surtout lorsqu'il est argileux, il laisse une chaux qui foisonne peu, se durcit par son contact avec l'eau sans pouvoir former de pâte liante avec ce liquide. C'est de la *chaux maigre.*

Lorsque le calcaire contient une certaine quantité d'argile, il produit, par la calcination, une chaux qui ne se délite que lentement dans l'eau : c'est de la *chaux hydraulique.* Cette chaux, mise en contact avec l'eau, forme d'abord une pâte courte et prend bientôt une dureté qui la rend comparable aux calcaires les plus résistants.

La qualité d'une chaux hydraulique dépend de la proportion d'argile que contient le calcaire qui la produit.

La chaux *moyennement hydraulique* contient 89 de chaux, 11 d'argile; elle se durcit après quinze ou vingt jours d'immersion.

La chaux *hydraulique* renferme 83 de chaux, 17 d'argile; elle se durcit après six ou huit jours.

La chaux *éminemment hydraulique* contient 80 de chaux, 20 d'argile; elle se prend du troisième ou quatrième jour.

La chaux qu'on obtient en calcinant des calcaires contenant de 25 à 40 pour 100 d'argile, prend le nom de *ciment romain.* Un bon ciment romain acquiert souvent, après une immersion d'un quart-d'heure, la dureté de la pierre.

Les meilleures chaux hydrauliques contiennent de la silice, de la chaux, de la magnésie ou de l'alumine.

D'après M. Vicat, on peut obtenir des chaux hydrauliques artificielles en calcinant des mélanges de carbonate de chaux et d'argile.

On prépare la chaux hydraulique artificielle en délayant dans l'eau un mélange de quatre parties de craie et d'une partie d'argile. Le mélange est écrasé sous des meules verticales qui tournent dans une auge circulaire.

La bouillie, partiellement desséchée, est façonnée sous forme de petites briques qui sont d'abord séchées à l'air et calcinées ensuite dans des fours à une température modérée.

La chaux hydraulique ainsi préparée ne foisonne que des deux tiers de son volume quand on la met dans l'eau, tandis que la chaux grasse, dans son contact avec l'eau, triple environ de volume.

Mortiers et ciments. — Avec les matériaux irréguliers, on ne peut faire de construction solide qu'en interposant une matière, appelée *mortier,* destinée à boucher les intervalles et à relier ces matériaux les uns aux autres.

On distingue deux classes de mortiers : 1° les mortiers ordinaires; 2° les mortiers employés dans les lieux humides ou sous l'eau.

Les mortiers ordinaires se composent de mélanges de chaux et de sable quartzeux grossier. Suivant la qualité de la chaux, on établit les proportions suivantes données en volumes :

Chaux grasse éteinte.	50	parties,	sable	100
Chaux médiocrement grasse.	55	—	—	100
Chaux maigre.	60	—	—	100
Chaux hydraulique.	70	—	—	100

Les mortiers de la deuxième classe se composent de chaux grasse éteinte avec soin, bien mêlée et battue avec deux fois son volume de tuilée, pouzzolane très-énergique, trass ou cendrée, ou de parties égales de chaux hydraulique et de l'une des matières précédentes.

Ces mortiers doivent se préparer huit jours à l'avance et rebattus à trois ou quatre reprises avant leur emploi, tandis que les mortiers ordinaires peuvent se préparer au dernier moment.

Le *ciment romain*, ou *chaux-ciment*, est produit par la calcination de certains calcaires. Il acquiert une dureté considérable après une immersion, de quelques minutes seulement, dans l'eau.

Le ciment des fontainiers, ou ciment perpétuel, se confectionne avec de la chaux vive qu'on éteint en la broyant avec de la tuilée, du mâchefer en poudre et parfois de la poussière de houille. Le corroyage de ce mélange se fait à force de bras. On doit employer ce ciment le jour de sa composition.

Le sable quartzeux qu'on mélange généralement avec les ciments, et principalement avec les chaux hydrauliques, a pour but d'augmenter leur dureté et de faire prendre au mortier un plus grand volume.

On obtient une pouzzolane artificielle excellente en pilant les briques ordinaires, les tuiles, la poterie commune, les laitiers de hauts-fourneaux.

Mastics. — Un des principaux mastics employés dans les constructions est le bitume ou *asphalte*, qui sert à former des trottoirs, terrasses, etc. On l'obtient en mêlant du bitume naturel ou artificiel fondu avec du sable.

Le *mastic de Dhil* est formé de huit à dix parties de brique pilée avec une partie de litharge et d'huile de lin. On emploie ce mastic sur la pierre pour réparer les cassures et refaire les rejointements. La pierre doit être préalablement mouillée.

Le *ciment diamant* sert à recoller la porcelaine et le verre. On l'obtient en faisant une dissolution aqueuse de colle de poisson, à laquelle on ajoute un peu d'alcool, de la gomme ammoniaque, ou de la résine-mastic en dissolution dans l'alcool.

On se sert souvent, pour recoller la pierre et surtout le marbre, d'un mastic appelé *mastic au blanc d'œuf*, qu'on obtient en gâchant de la chaux vive pulvérisée avec de l'albumine de l'œuf. On prépare un mastic qui présente des propriétés analogues en remplaçant le blanc d'œuf par du fromage blanc.

On obtient un mastic qui devient aussi dur que le grès en mélangeant 20 parties de sable et 1 partie de chaux vive avec de l'huile de lin lithargirée. En remplaçant la chaux vive par 10 parties de carbonate de chaux, on obtient le *ciment-mastic*, dont on peut faire usage dans certaines constructions hydrauliques.

Le *mastic de fer* est formé par un mélange de 50 parties de limaille de fer ou mieux de fonte, de 1 partie de sel ammoniac et de 1 partie de soufre; on mouille le mélange avec de l'eau au moment de l'appliquer.

Pour réunir entre elles les diverses parties des machines, on se sert d'un mastic préparé avec du minium et de l'huile de lin. Ce mastic est serré entre les pièces à réunir; il devient très-dur en peu de temps. Lorsque les intervalles à boucher sont considérables, on fait usage de tresses de chanvre imprégnées de ce mastic.

Le *mastic des vitriers* est un mélange d'huile siccative et de céruse.

Les mastics employés pour luter les appareils de chimie sont : 1° un mélange de pâte d'amandes et de colle; 2° de la limaille de fer, de l'argile et de la gomme arabique; 3° un mélange d'argile grasse, de chaux et de blanc d'œuf; 4° un mélange de plâtre et d'amidon; 5° un mélange de farine, d'argile et de caoutchouc fondu. Ce lut résiste aux acides; 6° le caoutchouc fondu dont on se sert pour luter les robinets et les bouchons à l'émeri; 7° du suif ou un mélange de cire et d'essence de térébenthine.

Le mastic qui sert dans les constructions des appareils électriques, est formé de 5 p. de colophane, 1 p. de cire jaune, 1 p. de colcothar; on y ajoute souvent une petite quantité de plâtre en poudre. — Ce mastic s'applique à chaud.

Plâtre. — *Stuc*. — Le sulfate de chaux existe dans la nature sous deux états : à l'état de sulfate de chaux anhydre, désigné sous le nom d'*anhydrite* par les minéralogistes; et à l'état de sulfate de chaux hydraté, appelé *gypse, pierre à plâtre.*

C'est sur la propriété qu'a le gypse de perdre son eau de cristallisation à une température peu élevée, et de la reprendre promptement quand on le mélange avec ce liquide, qu'est fondé l'emploi du plâtre comme mortier dans les constructions, et pour le moulage.

La cuisson du plâtre s'opère dans des fours, dont la voûte est faite avec la pierre à plâtre elle-même. La température du four ne doit pas être trop intense, car une chaleur de 200° suffit pour déshydrater le sulfate de chaux; après la cuisson, on réduit le plâtre en poudre au moyen de meules. Le plâtre, une fois calciné, doit être mis à l'abri de l'humidité de l'air, sinon il s'hydrate peu à peu, s'*évente* et perd alors une partie de sa qualité.

Le *stuc*, employé pour revêtir des murs, des colonnes, et pour confectionner divers objets d'ornement imitant le marbre, s'obtient en gâchant du plâtre choisi, avec une dissolution de gélatine ou colle-forte. Le stuc ne résiste pas à l'humidité, mais peut être employé dans l'intérieur des habitations.

Le *stuc à la chaux* est une composition que l'on obtient en mélangeant de la chaux avec du marbre pulvérisé.

On prépare le *plâtre aluné* en faisant cuire d'abord la pierre à plâtre, et la plongeant ensuite dans un bain d'eau saturée d'alun. Au bout de 6 heures, on le retire, le laisse sécher à l'air, puis on lui fait subir une seconde calcination, dans laquelle on le chauffe au rouge-brun. On le porte enfin sous des meules qui le pulvérisent. Le plâtre aluné remplace le stuc avec avantage. Mêlé avec une quantité égale de sable, il forme une matière très-dure, dont on peut fabriquer des dalles.

Blanc-en-bourre. — On remplace parfois le plâtre, pour faire les enduits et les plafonds, par un mélange de terre blanche, de chaux et de bourre. Les enduits se font en

2 couches; la 1re est composée de la terre la moins fine broyée avec de la bourre de tanneur et de la chaux. Lorsque la terre est moyennement grasse, on y met 1/6 de chaux et autant de bourre de tanneur; la chaux doit être éteinte depuis 6 mois au moins ou avoir été broyée à plusieurs fois pour bien la dissoudre. La 2e couche se fait avec de la chaux, de la craie ou de la terre blanche passée au tamis, broyée avec de la bourre fine de tondeur de draps.

On peut préparer le blanc-en-bourre avec de la chaux, du sable, de la terre franche, de la terre glaise, de la craie ou de la marne.

Béton. — On donne le nom de *béton* à des mélanges de mortier hydraulique et de petites pierres, de fragments de briques, etc. On fait varier la composition du béton suivant les usages auxquels on le destine; ordinairement, on emploie, pour 1 volume de mortier, 2 à 3 volumes de pierrailles.

Le mélange des matières se fait à bras ou au moyen de machines ordinaires de trituration.

Le béton est utilement employé dans les terrains humides, où l'on est souvent obligé d'établir un sol artificiel imperméable, sur lequel on construit les fondations. Le béton doit être étendu de façon à présenter une surface plane et horizontale. Il se solidifie au bout de quelques jours, prend exactement la forme de l'enceinte où on l'a renfermé et devient complétement imperméable à l'humidité.

Le béton est souvent employé pour former des pavés de caves, des aires de granges, des fonds de bassins, etc.

Suivant M. Coignet, la bonté des bétons dépend moins de la qualité et des proportions des matériaux, que de la manière de les employer. M. Coignet insiste sur la nécessité d'une bonne agglomération par laquelle on rapproche les molécules et on fait entrer, sous un volume donné, une plus grande quantité de matériaux. Cette bonne agglomération ne dépend pas uniquement d'un pilonnage vigoureux, mais elle exige aussi qu'on évite la présence de l'eau en excès.

M. Coignet donne, au sujet des bétons, les détails qui suivent :

1° *Béton très-dur.* — Il se compose de 1/15 de chaux, 1/15 de ciment, 1/10 de pouzzolane quelconque (terre cuite ou cendre de houille) et de sable.

Sa prise moléculaire est aussi rapide qu'énergique; au bout de 24 heures, il ne craint plus la gelée. On peut évaluer le prix du mètre cube de 15 à 20 francs, au maximum.

2° *Béton dur ordinaire.* — Il se compose de 1/10 à 1/12 de chaux, sans addition de ciment, de 1/10 de pouzzolane quelconque et de sable.

Son prix est au plus de 12 à 15 fr. le mètre cube.

3° *Pisé hydraulique.* — Il se compose uniquement de terre argileuse commune et de 1/15 de chaux. Il devient dur comme de la bonne brique rouge. Son prix ne dépasse pas 7 à 8 fr. le mètre cube, et, dans de bonnes conditions, il peut descendre à 4 ou 5 fr. Ce pisé peut réaliser sur la brique une économie de 70 p. 0/0.

Bitume. — L'asphalte naturel est un mélange de bitume avec du sable ou du calcaire; pour séparer ces différents corps, on les jette dans l'eau bouillante : le calcaire ou le sable tombent au fond et le bitume surnage. On a donné le nom de *brai gras* à cette substance bitumineuse.

Goudron. — Le goudron minéral est un corps huileux, analogue au bitume. Il bout à 280°, brûle avec une flamme très-éclairante.

Le goudron végétal s'obtient par une sorte de distillation des bois résineux.

Le goudron convient parfaitement pour la conservation des pièces en bois exposées aux intempéries de l'air, telles que ponts, palissades, etc. On en applique successivement 3 couches, après dessiccation parfaite de chacune d'elles, au moyen d'une brosse.

Asphalte sulfuré. — On obtient cette espèce d'asphalte en faisant fondre 2 parties de soufre brut avec 3 p. de goudron de houille purifié ou non, de consistance sirupeuse. Ce nouveau produit peut être mélangé ou combiné avec beaucoup d'autres. Il convient pour préserver de la pourriture ou de l'altération, le bois, la pierre, etc. Pour l'employer, il faut le faire fondre à feu lent, et l'appliquer liquide sur les objets. On peut aussi le dissoudre dans le sulfure de carbone et l'appliquer à froid.

Minium. — C'est un oxyde de plomb intermédiaire. Le minium est employé, en raison de sa belle couleur, pour colorer les papiers de tenture, la cire molle à cacheter, etc. ; il sert surtout à la fabrication du cristal.

Le minium du commerce est souvent mélangé avec des matières terreuses, de la brique pilée, du colcothar, etc.

Le *minium de fer*, couleur à base de fer, a été employé, au lieu du *minium de plomb* et d'autres couleurs, pour couvrir les bois et les métaux. Mélangé avec du goudron, il forme un enduit excellent pour les bateaux en bois. On mélange encore facilement le minium de fer avec d'autres couleurs, telles que le noir, le jaune, le vert, etc. Il faut y ajouter un peu de siccatif, de préférence la litharge, jamais de térébenthine qui fait couler les couleurs à base de fer. La préparation est la suivante : on mélange 1 kilog. minium de fer avec 1.25 kilog huile de lin, et on ajoute 50 gr. de siccatif.

M. Davies a composé une substance pouvant remplacer le minium. Il emploie, dans ce but, une ocre contenant : *silice* 50.00, *oxyde de fer* 14.50, *alumine* 26.60, *carbonate calcique* 7.60, *sulfate* et *phosphate calciques, magnésie,* perte, 1.30.

On obtient un ciment pouvant remplacer avantageusement le minium pour les joints de chaudière, les conduites d'eau et de gaz, en faisant entrer cette ocre dans la composition suivante : *ocre* 66 parties, *graisse* ou *huile* 15 p., *chaux* 11 p., *poterie crue, craie* ou *ciment romain* 8 p. Cette ocre délayée simplement dans de l'huile volatile peut aussi être employée comme enduit pour préserver les métaux de l'oxydation.

Peinture. — L'huile de lin est l'huile siccative qu'on emploie habituellement pour la fabrication des couleurs à l'huile.

Certaines couleurs broyées à l'huile et même délayées à l'essence pure, ne sèchent que très-difficilement; on facilite leur dessiccation, en y ajoutant, soit de la litharge ou du sulfate de zinc, soit de l'huile lithargée, dite *huile siccative;* c'est de l'huile de lin que l'on a fait bouillir dans de la litharge. Le blanc de zinc est substitué souvent à la litharge.

La quantité de ces matières à ajouter aux huiles les moins siccatives est : 1/16 de leur poids de litharge, 1/10 de sulfate de zinc, ou 1/8 d'huile siccative.

On peut obtenir une dessiccation très-rapide en faisant uniquement usage d'huile siccative, étendue d'une quantité de térébenthine suffisante pour que la couleur soit à peu près coulante.

Les couleurs dont la dessiccation s'opère le plus difficilement sont, les noirs, les laques, le bleu de Prusse, la terre de Sienne calcinée, etc.

La première couche de peinture sur le bois se fait avec une couleur très-siccative, étendue d'une grande quantité d'huile; c'est la céruse qu'il convient d'employer. Toute boiserie neuve doit recevoir successivement, et après dessiccation parfaite de chacune d'elles, 3 couches de peinture, dont les 2 dernières seront aussi épaisses que possible.

Quand le bois présente des défauts, tels que trous,

joints, fentes, on doit les *mastiquer* avec du mastic de vitrier, après la pose de la première couche de couleur.

La peinture ne doit s'appliquer que sur des corps secs, et, autant que possible, par un temps chaud.

Le blanc forme généralement la base de toutes les couleurs; le blanc employé est la céruse, laquelle doit être très-pure.

Composition de quelques couleurs.

Gris perle.

Blanc de céruse.
Noir de vigne ou de braise.
Une pointe de bleu de Prusse.

Gris de lin.

Blanc.
Laque.
Bleu de Prusse.

Gris commun.

Blanc.
Noir d'ivoire.

Chamois.

Blanc.
Jaune de Naples.
Une pointe de vermillon.

Citron.

Blanc.
Stil de grain de Troyes.
Une pointe d'orpin jaune.

Jaune d'or.

Blanc.
Jaune de Naples.
Ocre jaune.
Orpin rouge (pet. quant.).
Une pointe de vermillon.

Bleu tendre, bleu céleste.

Outremer.
Guimet ou bleu de Prusse.
Blanc.

Bleu foncé, bleu de roi.

Blanc.
Bleu de Prusse.

Violet.

Blanc en différentes proportions.
Laque.
Bleu de Prusse.

Vert d'eau.

Blanc.
Vert-de-gris.

Vert de treillages.

Blanc. 2/3
Vert-de-gris. . . . 1/3

Vert de pomme.

Vert-de-gris.
Bleu de Prusse.
Jaune de Naples.

Rose.

Blanc.
Carmin ou vermillon.

Lilas.

Blanc.
Laque.
Outremer (pet. quant.).

Cramoisi.

Blanc (pet. quant.).
Laque.

Rouge brique.

Ocre rouge.

Marron.

Ocre rouge ou colcothar.
Ocre de ru.
Noir d'ivoire.

Olive.

Ocre jaune.
Noir d'ivoire.
Vert-de-gris.

Ardoise.

Blanc.
Noir.
Bleu de Prusse (pet. quant.).

Vernis. — Un vernis peut être considéré comme une dissolution d'une ou plusieurs matières résineuses dans un liquide volatil ou pouvant se dessécher à l'air.

Les principaux corps qui entrent dans la composition des vernis sont :

Liquides dissolvants : Huiles d'œillette, de lin, de térébenthine, de romarin; alcool, éther, esprit de bois, acétone.

Corps solides : Copal, succin, mastic, sandaraque, laque, élémi, benjoin, colophane, arcanson, animé, caoutchouc.

Colorants : Gomme-gutte, sang-dragon, aloès, safran, curcuma, indigo, cinabre.

Certaines résines, telles que la laque et le copal, ne peuvent entrer dans la composition des vernis qu'après une préparation qui détermine leur solubilité dans l'alcool ou l'éther.

Les *vernis à l'esprit* sont les plus brillants et les plus cassants; ils peuvent supporter le poli.

Les *vernis à l'essence* sont ceux dont les essences qui les constituent ont été dissoutes dans l'essence de térébenthine.

Les *vernis gras* sont ceux qui contiennent une certaine

quantité d'huile siccative. Le copal et le succin sont principalement employés dans ces vernis.

Composition de quelques vernis.

Vernis siccatif pour meubles.

Copal tendre.	90 gr.
Sandaraque.	100
Mastic.	90
Térébenthine.	75
Verre pilé.	100
Alcool.	1000

Vernis pour donner au laiton la couleur de l'or.

Laque en grains.	180 gr.
Succin fondu.	60
Gomme-gutte.	6
Extrait du santal rouge.	1
Sang-dragon.	35
Safran.	2
Verre en poudre.	120
Alcool.	1000

Vernis pour les peintres.

Sandaraque.	120 gr.
Mastic.	30
Térébenthine de Venise.	6
Huile de lin cuite.	750
Essence de térébenthine.	90

Vernis à l'essence pour tableaux.

Mastic.	360 gr.
Térébenthine.	45
Camphre	15
Verre pilé	150
Essence de térébenthine.	1100

Vernis à graver sur cuivre.

Cire jaune	46 gr.
Mastic	30
Asphalte	15

Vernis à poncer pour meubles.

Sarcocolle	25 gr.
Sandaraque	250
Mastic	26
Térébenthine de Venise	30
Benjoin	8
Alcool	500

Vernis changeant pour métaux.

Laque en grains	120 gr.
Sandaraque	120
Gomme-gutte	2
Curcuma	2
Sang-dragon	15
Verre pilé	150
Térébenthine	60
Essence de térébenthine	980

Vernis pour fer.

Sandaraque	180 gr.
Colophane	120
Gomme-laque	60
Essence de térébenthine	120
Alcool	180

Vernis de succin pour le bois doré.

Colophane	15 gr.
Succin	60
Elémi	30
Essence de térébenthine	375

Vernis pour graver sur verre.

Mastic.	15 gr.
Térébenthine.	7
Huile d'aspic.	4

Bois. — Suivant leur nature, les bois peuvent être classés comme suit :

Charpente : Chêne, sapin, mélèze, châtaignier, frêne, hêtre, bouleau, aune, peuplier.

Ebénisterie : Acajou, chêne, érable, cerisier, prunier, olivier.

Menuiserie : Chêne, merisier, peuplier, mélèze, bouleau.

Mécanique : 1° *Bâtis :* Chêne, poirier, pommier, cormier, châtaignier; 2° *Coussinets :* Buis, gaïac, cormier, frêne, noyer; 3° *Engrenages :* Charme, cormier, pommier, poirier; 4° *Outils :* Charme, châtaignier, cormier, frêne, hêtre, houx, buis, pommier; 5° *Vis de pressoirs :* Charme, orme; 6° *Tuyaux, corps de pompes :* Orme, aune, châtaignier, hêtre; 7° *Moulins, roues hydrauliques :* Aune, orme, mélèze.

Charronnage, confection d'outils : Charme, orme, chêne, frêne, noyer.

Modèles de fonderie : Sapin du nord, chêne, noyer (pour petits modèles), hêtre, charme, poirier, cormier.

Les marchands se servent des expressions suivantes pour désigner certaines qualités de bois :

Bois bouge, gauche, courbé, tordu.

Bois carié, atteint de pourriture.

Bois d'entrée, qui n'est pas assez sec.

Bois catiban, dont l'une des quatre faces est défectueuse.

Bois déchiré, provenant de démolition.

Bois mouliné, vermoulu.

Bois rabougri, tortu, noueux, mal venu.

Bois affaibli, percé de trous, d'entaillures, etc., ou aminci en certains endroits.

Bois blanc, bois peu résistant, sans tenir compte de sa nuance.

Bois gauche, dont la face sciée n'est pas restée droite.

Enfin, dans le commerce, on distingue : les bois en grume, les bois de brin ou de fente, les bois de sciage, les bois de placage.

On nomme bois en *grume* les arbres dégarnis de leurs grosses branches et débités en *tronçons* ou en *billes* de différentes longueurs ; ils sont d'ailleurs *écorcés* ou *non écorcés*.

On appelle bois de *brin* le bois simplement équarri à la hache ou fendu dans le sens des fibres du bois. Ainsi se préparent les *douves*, le *merrain*, les *bardeaux*, les *lattes*, etc.

Les bois *sciés* ou de *sciage* sont les pièces obtenues au moyen du débit à la scie. Ces pièces portent dans le commerce différents noms :

Poutres, pièces de la forme d'un prisme rectangulaire dont le plus petit côté de la section transversale a au moins $0^{m}.30$.

Poutrelles et solives, pièces de moindre grosseur, ayant rarement plus de 0,018 d'équarrissage.

Madriers et bordages, pièces méplates dont l'épaisseur a plus de 0,04.

Planches, pièces méplates dont l'épaisseur varie de 0,02 à 0,04.

Voliges, planches légères ayant moins de 0,02 d'épaisseur.

Lattes, pièces de section à peu près carrée, mais de très-petit équarrissage ($0^{m}.05$ tout au plus).

On nomme *planches de quartier* celles dont les bords latéraux sont terminés bien carrément, à vives arêtes et sans aubier ou faux bois. Les madriers qui se trouvent dans le même cas sont aussi souvent désignés sous le nom de quartiers.

On appelle bois de *placage* le bois scié en lames extrêmement minces dont on fait usage dans l'ébénisterie pour recouvrir certains ouvrages confectionnés avec des matériaux plus grossiers.

Poids d'un décistère de bois de charpente.

	En grume.		Ecarris.	
	vert.	sec.	vert.	sec.
Charme.	170k	121k	91k	70k
Chêne.	185	138	100	76
Hêtre.	167	118	90	66
Peuplier noir.	125	79	78	43
Peuplier d'Italie.	118	77	75	40
Sapin.	126	88	80	49

Poids de cent mètres de bois de sciage.

			Hêtre.		Chêne.	
			vert.	sec.	vert.	sec.
Echantillon	0,2	sur 0,04. . .	865k	600k	960k	670k
Entrevous	0,25	0,03. . .	675	495	750	570
Chevrons	0,08	0,07. . .	504	370	560	425

Fontes et fers. — On distingue les fontes au bois et les fontes au coke. Chacune de ces variétés se subdivise en fontes grises truitées et blanches. Au point de vue de leur emploi, on les classe en fonte de moulage et en fonte d'affinage. Les premières sont grises ou truitées, les secondes peuvent être des trois espèces.

Les fontes d'affinage se classent en fonte fer extra, fonte fer fort, fonte fer métis, suivant les produits qu'elles peuvent donner au four à puddler.

Les fontes au bois sont plus *douces* que les fontes au coke, les fontes blanches sont plus *dures* et plus *aigres* que les grises.

La texture du fer du commerce varie beaucoup suivant la manière dont il a été travaillé. On distingue les fers à texture grenue et les fers à texture nerveuse.

On peut classer les fers comme suit :

1° Fers forts, tenaces et durs, ou fers à grains (fin-grain);

2° Fers cassants ou fers grenus, à grains plats, grossiers et brillants;

3° Fers forts, tenaces et mous, ou fers nerveux;

4° Fers métis, mous et assez tenaces, ou fers à texture mêlée de nerfs et de grains.

Classification des fers.

Première classe.

Plats. . . . . . . de 25 à 150 sur 6 mill. et plus.
Ronds et carrés de 16 à 24 mill.

Deuxième classe.

Plats. . . . . . . de 18 à 24 sur 6 mill. et plus.
Id. . . . . . . de 25 à 150 sur 4 1/2 à 5 3/4 mill.
Ronds et carrés de 11 à 17 mill.
Id. . . . . . . de 85 à 110 mill.

Troisième classe.

Plats. . . . . . . de 10 à 17 sur 6 mill. et plus.
Id. . . . . . . de 18 à 24 sur 4 1/2 à 5 3/4 mill.
Ronds et carrés de 8 à 10 mill.
Id. . . . . . . de 115 à 125 mill.

Quatrième classe.

Plats. . . . . . . de 10 à 17 sur 4 1/2 à 5 3/4 mill.
Ronds et carrés de 5 à 7 mill.
Id. . . . . . . de 130 à 140 mill.

Variétés de fers plats.

Cavaliers, ou plats de 20 à 40 sur 10 à 20 mill.

Fers à canons ou plats, de 115 à 180 sur 12 à 30 mill.
Feuillards ou plats, de 25 à 110 sur 2 à 4 1/4 mill.
Id. — de 18 à 24 sur 2 à 4 1/4 mill.
Id. — de 23 à 70 sur 1 à 1 3/4 mill.
Id. — de 10 à 17 sur 2 à 4 1/4 mill.
Id. — de 16 à 22 sur 1 à 1 3/4 mill.

Tôles.

Tôles de chaudières : 1re classe, de 4mm et plus d'épaisseur jusqu'à 1m.200 de large.
Id. 2e classe, de 4mm et plus d'épaisseur, de 1m.201 à 1m.300 de large.
Id. 3e classe, de 4mm et plus d'épaisseur, de 1m.301 à 1m.400 de large.
Id. 4e classe, de 4mm et plus d'épaisseur, de 1m.401 à 1m.500 de large.
Id. 5e classe, de 4mm et plus d'épaisseur, de 1m.501 à 1m.600 de large.
Tôles striées, de 4mm et plus d'épaisseur jusqu'à 0m.650.

On distingue encore diverses autres espèces de fers, telles que :

Les *fers d'angle* ou *équerres*.

Les *fers à T* ou *double angle*.

Les *fers à châssis*.

Les *demi-ronds pleins* et les *demi-ronds creux*.

Les *fers à brouettes* et les *fers pour rivets*.

Les *octogones*.

Colonnes pour bâtiments. — Ces colonnes sont pleines ou massives. Les premières, qui sont celles que l'on emploie le plus souvent, se font presque toujours en fonte blanche; elles sont d'ordre toscan avec une ou deux astragales, suivant leur longueur; leur diamètre varie de 0,060 à 0,140; on l'augmente en raison de la longueur, afin de diminuer la flexion.

Les colonnes creuses se coulent en fonte grise.

Les principaux modèles de colonnes massives sont, d'après M. Guettier :

Longueur.	Poids.	Longueur.	Poids.
2^{m}.435.. . . .	112 kil.	3^{m}.031.. . . .	153 kil.
2 490.. . . .	116	3 185.. . . .	155
2 598.. . . .	120	3 248.. . . .	182
2 679.. . . .	123	3 329.. . . .	193
2 706.. . . .	127	3 356.. . . .	196
2 760	129	3 410.. . . .	205
2 814.. . . .	133	3 491.. . . .	215
2 841	136	3 572.. . . .	229
2 868.. . . .	140	3 734.. . . .	253
2 923.. . . .	146	3 815.. . . .	260
3 004.. . . .	151	3 896.. . . .	265

Plomb. — Le commerce fournit des lames de plomb de toute épaisseur et de tout poids. La longueur des feuilles laminées dépasse rarement 8 mètres et leur largeur 1^{m}.70. On peut estimer moyennement que le poids du mètre carré de ces feuilles est de 11 kilogrammes par millimètre d'épaisseur. Le plomb dont on fait usage habituellement pour les travaux de couverture a 0^{m}.0038 à 0^{m}.0045 d'épaisseur, et il pèse de 42 à 50 kilogrammes au mètre carré.

On trouve également dans le commerce des tuyaux soudés ou étirés de diverses épaisseurs et d'un très-grand nombre de diamètres. En général, les tuyaux étirés sont ceux qu'il faut préférer.

Zinc. — On se sert du zinc pour la couverture des édifices, pour la fabrication des gouttières, des baignoires, etc.

Le zinc ne s'oxyde pas dans l'air sec, mais exposé à l'air humide, il se recouvre rapidement d'une couche blanchâtre et très-mince d'oxyde de zinc, qui préserve le reste du métal d'une altération subséquente.

Le zinc destiné aux usages ordinaires se trouve dans le

commerce en feuilles de 0m.487 à 0m.811 de largeur sur 1m.949 de longueur.

Voici les numéros correspondant aux différentes épaisseurs des feuilles avec le poids du mètre carré.

Numéros.	Épaisseur en millimètres.	Poids du mètre carré.
14.	0—85.	6—07
15.	0—94.	6—74
16.	1—03.	7—40
17.	1—13.	8—06
18.	1—32.	9—40
19.	1—50.	10—80
20.	1—69.	12—12

Fer-blanc. — Le fer-blanc est une feuille de tôle recouverte d'un alliage de fer et d'étain. On l'emploie pour confectionner les gouttières destinées à la conduite d'eaux réservées pour la consommation, pour mangeoires, etc. Lorsqu'il est exposé à l'air, le fer-blanc doit être recouvert d'une bonne peinture à l'huile.

On distingue le *fer-blanc brillant* et le *fer-blanc terne*; on classe le fer-blanc d'après les dimensions des feuilles et leur épaisseur, qui est déterminée par le poids des caisses.

Marque.	Nombre de feuilles par caisse.	Dimensions des feuilles.		Poids brut. des caisses.
C	150	0m.325 sur	0m.245	28 kil
S	150	»	»	34
X	150	»	»	40
XX	150	»	»	46
XXX	150	»	»	53
IC	225	0m.350 sur	0m.260	58
IX	225	»	»	68
IXX	225	»	»	78
IXXX	225	»	»	88
SDC	200	0m.388 sur	0m.270	67
SDX	200	»	»	77
SDXX	200	»	»	87

Marque.	Nombres de feuilles par caisse.	Dimensions des feuilles.	Poids brut des caisses.
X	150	0m.405 sur 0m.310	78
XX	150	» »	90
XXX	150	» »	103
DC	100	0m.435 sur 0m.325	48
DX	100	» »	59
DXX	100	» »	69
AX	100	0m.490 sur 0m.350	73
AXX	100	» »	85

Fer zingué. — On appelle *tôle zinguée* la tôle de fer dont la surface est recouverte d'une couche très-mince de zinc métallique.

La tôle de fer zingué résiste beaucoup mieux aux influences de l'atmosphère, de l'eau et des liquides indifférents (l'eau-de-vie, les huiles, etc.) que la tôle ordinaire et le fer-blanc, ou qu'une tôle protégée par une couleur à l'huile.

Le fer zingué s'emploie avec succès pour couvertures de bâtiments, tuyaux, etc.

Verre à vitres. — Ce verre est un silicate double de soude et de chaux. La soude qui entre dans le verre à vitres provient d'un mélange de sulfate de soude et de charbon (V. p. 71).

Suivant la qualité ou la proportion des matières employées, on obtient un verre plus ou moins blanc.

Les verres ont une épaisseur de 2 à 3 millimètres; mais on en fabrique de plus épais, connus sous le nom de *verre double*, pour les couvertures de serres, de lanternes, d'escaliers, etc.

Les verres blancs et les demi-blancs sont ceux dont on fait le plus généralement usage. Dans le commerce, on en trouve aussi de *mat uni*, de *mat à dessins*, de *cannelé*, qui empêche de voir du dehors en dedans et réciproquement.

On divise chaque classe de verres à vitres en trois catégories, selon les défauts qu'ils présentent. Les verres de la deuxième catégorie se vendent 10 pour 100 au-dessous de ceux de la première, et ceux de la troisième, 10 pour 100 au-dessous de ceux de la deuxième. Le prix du verre double est, à qualité égale, le double de celui du verre d'épaisseur ordinaire. Ordinairement on vend le verre à vitres par caisses de soixante feuilles de cinq mesures différentes. On obtient maintenant des feuilles de 1m.20 sur 0m.95 en verre double, et de 1m 50 sur 1m.10 en verre fort, mais non double.

CONSTRUCTION DES BATIMENTS.

Fondations. — Avant d'établir les fondations d'une construction, on doit s'assurer de la nature du terrain. Si le sol est résistant, il suffit d'en rendre la surface horizontale en un seul plan, ou en plans horizontaux étagés si le terrain présente une forte pente. Le roc, l'argile, le gravier non mouvant, le gros sable mêlé de table, le tuf, la plupart des terres compactes qui n'ont pas été remuées, sont des terrains assez fermes pour supporter le poids des constructions.

Lorsqu'un terrain ne présente pas la même résistance en tous ses points, il faut établir la maçonnerie sur des plates-formes composées de pièces de bois de 0m.10 d'épaisseur, aussi larges et aussi longues que possible. L'orme, le pin, le mélèze, l'aune et mieux le chêne, sont les seuls bois dont on puisse faire usage.

Lorsqu'un terrain est très-marécageux, il faut alors bâtir sur pilotis. Les pilots de 3 à 4 mètres ont une épaisseur de 0m.25 environ, ceux de 6 mètres ont 0m.30, et ceux de 8 mètres mesurent 0m.35. Ces pièces sont en bois de chêne ou d'aune; l'une de leurs extrémités est appointée et munie d'un sabot en fer. On les enfonce à l'aide d'un *mouton*. Les pilots sont espacés, d'axe en axe, de 0m.80 à

1m.30. On les recouvre d'une plate-forme en charpente sur laquelle on établit la maçonnerie.

Dans les terrains humides, mais assez fermes, on peut employer le béton.

Maçonnerie. — La maçonnerie se fait en pierres de taille, moellons, libage, briques, béton, pisé.

On distingue le *moellon piqué* (dont les faces ont été dressées au poinçon), le *moellon esmillé* (dégrossi au marteau), le *moellon brut* (non taillé).

Le *libage* est une espèce de maçonnerie formée de blocs de pierre plus ou moins volumineux, dégrossis au marteau et d'égale épaisseur.

La maçonnerie est dite par *assises réglées* quand chaque assise est formée de moellons taillés d'égale hauteur sur toute la longueur du mur.

La maçonnerie est dite par *relevées* quand elle ne se règle pas par assises, mais par relevées ou arrasements de 0m.30 de hauteur composés de moellons quelconques; chaque relevée forme une assise dressée régulièrement.

La maçonnerie est dite *irrégulière* quand elle est faite en moellons bruts, qu'on n'a observé aucun arrasement, mais que le parement est droit.

Le *pisé* est une maçonnerie uniquement composée de terre plus ou moins argileuse, comprimée dans des formes, et à laquelle on ne fait subir aucune espèce de cuisson.

Les maçonneries en briques présentent généralement beaucoup de solidité. Les briques doivent être posées à bain flottant de mortier; les joints doivent être verticaux, aussi minces que possible, sans jamais dépasser 7 à 8 millimètres en épaisseur.

Murs. — Les murs peuvent se diviser : 1° sous le rapport des fonctions qu'ils remplissent comme parties constitutives des batiments, en *murs de clôture* dont la seule fonction est d'enclore l'espace et qui n'ont aucune charge à supporter, en *murs principaux* qui forment le pourtour des bâtiments, et parmi lesquels on distingue les murs de *face* ou de *façade* et les murs *latéraux*. Ces derniers se désignent sous le nom de *pignons* quand ils sont terminés en pointe, et de murs *mitoyens* quand ils sont communs à deux bâtiments contigus ; en *murs de refend* qui établissent les grandes divisions des bâtiments, et *murs de cloison* qui y forment les dernières subdivisions ; 2° sous le rapport des matériaux dont ils sont formés. On les désigne alors par le nom des matériaux constituants. Ainsi, on dit mur de façade en *moellons*, en *pierres de taille*, en *briques*, etc.

L'épaisseur d'un mur de briques se règle d'après les dimensions de la brique même. Avec les briques de 0m.22 de longueur sur 0m.11 de largeur, on peut faire des murs de 0m.11 d'épaisseur, dits d'une *demi-brique*, de 0m.22, dits d'*une brique*, de 0m.34, dits d'une *brique et demie*, etc. On donne le nom de *boutisses* aux briques dont la longueur est placée suivant l'épaisseur du mur, et celui de *panderesses* à celles posées en carreaux.

Appelant h la hauteur d'un mur, e son épaisseur moyenne, L sa longueur, l la largeur des bâtiments, et K un coefficient variable, suivant la nature des matériaux et la plus ou moins grande stabilité qu'on veut obtenir, on a, suivant Rondelet :

Pour un mur isolé : $e = h \times \mathrm{K}$, K varie de 0,125 à 0,0833.

Pour les murs d'enceintes non recouvertes :

$$e = \mathrm{K}h \frac{\mathrm{L}}{\sqrt{\mathrm{L}^2 + h^2}}$$

Pour les murs d'enceintes circulaires non recouvertes :

$$e = \mathrm{K}h \frac{\frac{r}{2}}{\sqrt{\frac{r^2}{4} + h^2}}$$

r étant le rayon de l'enceinte.

Pour les murs de face des bâtiments couverts d'un simple toit, dont les entraits des fermes retiennent les murs :

$$e = (h \times 0,0833) \frac{l}{\sqrt{l^2 + h^2}}$$

Si des constructions voisines ou des toits inférieurs offrent, à une certaine hauteur, un appui aux murs de face de ces bâtiments, on a :

$$e = \frac{h + H}{24} \times \frac{l}{\sqrt{l^2 + (h + H)^2}}$$

H étant la hauteur comprise entre le point d'appui et le sommet du mur.

Rondelet donne encore les formules suivantes pour calculer les murs d'habitation ; l désigne la largeur du bâtiment, h la hauteur, n le nombre des étages, e l'épaisseur.

Pour les *murs de face,* on a :

Bâtiments simples, $e = \frac{2l + h}{48} + 0^{m}.025$

Bâtiments doubles, $e = \frac{l + h}{48}$

Pour les *murs de refend*, on a :

$$e = \frac{l + h}{36} + n\,(0^{m}.0135).$$

Dans les bâtiments comprenant plusieurs étages, l'épaisseur des murs de face et pignons est généralement : rez-de-chaussée, 2 briques ; 1er et 2e étages, 1 1/2 brique ; encavelures et pointes de pignon, 1 brique. Celle des murs mitoyens varie de $0^{m}.435$ à 0,54, et celle des murs de refend de $0^{m}.325$ à 0,487.

Tableau indiquant l'épaisseur à donner aux murs de bâtiments.

DÉSIGNATION DES MURS.		ÉPAISSEUR.			
Murs principaux.	aux fondements. . . .	$0^m.75$	à	$0^m.97$
	au sol des caves. . . .	0 57		0 81
	au rez-de-chaussée. .	0 49		0 65
	au 1er étage.	0 43		0 54
	à l'étage plus élevé. .	0 35		0 48
Murs de refend.		0 40		0 48
Murs de cloison.		0 10		0 20
Murs de clôture de 3 à 4 mèt. de haut.	aux fondements. . . .	0 54		0 60
	au niveau du sol.. . .	0 35		0 40
	au haut	0 33		0 38

Les *murs de terrasse*, de *soutènement* ou de *revêtement*, sont ceux qui doivent soutenir la poussée des terres. Ces murs sont verticaux ou inclinés en talus ; dans ce dernier cas, l'inclinaison est généralement de 1/6 à 1/10 de la hauteur. Ils doivent présenter, à certaines distances, des *barbacanes*, ouvertures de $0^m.40$ à $0^m.60$ de hauteur et $0^m.05$ de largeur, pour l'écoulement des eaux qui pourraient s'infiltrer dans les terres.

Si h désigne la hauteur d'un mur à face intérieure verticale et extérieure inclinée, e l'épaisseur inférieure, E l'épaisseur supérieure, a l'angle d'inclinaison, on a :

$$\frac{e}{h}=\sqrt{0.285^2+\frac{1}{3}\,\text{tang}^2\,a}$$

$$\frac{E}{h}=\frac{e}{h}\,\text{tang}\,a$$

Pour tang $a=\frac{1}{5}\quad\frac{1}{6}\quad\frac{1}{8}\quad\frac{1}{10}\quad\frac{1}{12}\quad\frac{1}{20}\quad 0$

$$\frac{e}{h} = 0.308\ 0.301\ 0.294\ 0.291\ 0.289\ 0.286\ 0.285$$

$$\frac{E}{h} = 0.108\ 0.135\ 0.169\ 0.191\ 0.206\ 0.236\ 0.285$$

Voûtes. — Les voûtes en pierres de taille, considérées indépendamment du mortier ou des autres moyens employés pour lier les voussoirs dont elles sont formées, exigent, pour se soutenir, qu'on leur donne une épaisseur proportionnée à leur diamètre, à la forme de leur cintre et aux efforts qu'elles peuvent avoir à supporter. C'est ainsi que, à diamètre égal, il faut donner plus d'épaisseur à une arche de pont qu'à une voûte destinée à former le sol des différents étages d'un édifice, et que cette dernière doit avoir plus d'épaisseur qu'une voûte qui n'a rien à supporter, comme les voûtes d'églises; enfin, qu'on donne moins d'épaisseur à celles de ces dernières, qui sont à couvert sous des toits de charpente, qu'à celles qui doivent en même temps former la pente de la couverture.

La moindre épaisseur, à la clef, qu'on puisse donner à un arc extradossé, d'égale épaisseur, pour qu'il se soutienne, doit être au moins égale, suivant Rondelet, à la cinquantième partie du rayon, ou 0,02. Pour l'arc gothique, l'épaisseur peut n'être que 1/143 ou 0,007 du rayon, et 1/66 ou 0,0152 pour les voûtes en plein cintre, si les reins sont garnis jusqu'au point où se fait la rupture quand les pieds-droits ne sont pas de nature à offrir une résistance suffisante à la poussée des voûtes. Pour les voûtes surbaissées, formées d'un seul arc de cercle, la moindre épaisseur que l'on puisse prendre est 1/5 ou 0,20 de la flèche de l'arc.

Pour les voûtes maçonnées en plâtre, il faut ajouter 1/144 ou 0,007 de la corde qui soutend l'arc extradossé. Pour les voûtes maçonnées en mortier de chaux et sable, il faut ajouter 1/96 ou 0,0104 de la corde, et 1/72 ou 0,139 pour les voûtes en pierres de taille qui n'ont pas de charge à supporter.

L'épaisseur des voûtes auprès des pieds-droits doit être moitié plus forte qu'à la clef.

La table suivante donne l'épaisseur des voûtes et des culées. Il faut remarquer que si l'intrados est un arc de cercle ou un demi-cercle, le rayon de courbure en devient le rayon.

Table de l'épaisseur des voûtes et des culées.

RAYON de courbure de l'intrados au sommet.	ÉPAISSEUR de la voûte au sommet.	ÉPAISSEUR DES CULÉES. — VOUTES EN PLEIN CINTRE		
		à extrados parallèle.	avec reins remplis.	extradossées horizontalement.
mètres.	mètres.	mètres.	mètres.	mètres.
0.4	0.35	0.45	0.65	0.52
0.6	0 37	0.63	0.84	0.67
1.0	0.39	0.78	1.09	0 79
1.6	0.44	1.14	1.68	1.17
2 0	0.46	1.36	2.06	1.44
2.6	0 51	1 69	2.63	1.82
3.0	0.53	1.89	3.00	2.10
3.6	0.58	2.16	3.56	2.45
4.0	0 60	2.36	3.96	2.68
4 6	0 65	2.67	4.51	3.04
5.0	0.67	2.85	4.90	3.30
5.6	0.72	3.14	5.49	3.70
6.0	0 74	3.30	5 82	3 90
6 6	0.79	3.56	6.40	4.29
7.0	0 81	3.71	6 79	4 55

Lorsqu'on ne construit pas les voûtes uniquement en pierre, on fait alors les pieds-droits et les fermetures des têtes en pierre et les autres parties en moellons piqués et taillés en voussoirs. Le tout doit être hourdé de chaux et sable et les reins remplis, presque jusqu'à la hauteur de l'extrados, en maçonnerie de moellons et de garnis, hourdés aussi à bain de même mortier.

Parfois, on fait des arcs en pierres de taille de distance en distance, et les intervalles en moellons bruts ou seulement esmillés, qu'il faut recouvrir d'un enduit en plâtre ou en mortier de chaux et sable. Ces voûtes doivent mesurer environ 0,406 à la clef, et leur épaisseur doit s'accroitre jusqu'à leur naissance, de manière à présenter en ces deux points environ 0,487 à 0,541.

Pans de bois et cloisons. — Ce sont des espèces de grillage en charpente qu'on emploie pour remplacer les murs des bâtiments, soit pour en former les façades, soit pour les diviser à l'intérieur. On n'emploie généralement les pans de bois que pour les façades des maisons sur les cours, pour de petites ailes de peu d'importance, et pour diverses dépendances d'un édifice.

Les cloisons et pans de bois formés de poteaux posés debout, doivent être réunis par des pièces horizontales ou *sablières* dans lesquelles les poteaux sont assemblés ; leur stabilité est en raison de ce que ces sablières sont plus ou moins distantes les unes des autres.

Les pièces qui composent un pan de bois ou une cloison de charpente doivent toujours être assemblées à tenons et mortaises, entrées de force et chevillées.

Lorsque deux ou plusieurs pans de bois doivent se raccorder aux encoignures d'un bâtiment, il faut combiner la disposition des pièces dont ils se composent, de manière à obvier au *hiement* dont les constructions en charpente sont susceptibles.

Les pans de bois et cloisons, par suite de leur faible épaisseur, ne possèdent presque pas de stabilité; pour se soutenir, ils ont besoin d'être reliés avec les murs ou les cloisons en retour et par les planchers, tandis qu'un mur peut se soutenir sans ce moyen. Ainsi, un pan de bois élevé de 3 étages, hourdé et ravalé en plâtre, et d'une épaissèur moyenne de 0m.216, présente sept fois moins de stabilité qu'un mur en moellons de 0,43.

Pour qu'un pan de bois hourdé et ravalé en plâtre eût autant de stabilité qu'un mur de 0m.43 d'épaisseur, il faudrait que son épaisseur fût de 0m.58; mais sans augmenter son épaisseur, on peut lui procurer une stabilité suffisante en le reliant avec les murs mitoyens et avec les planchers, au moyen de tirants ou de harpons en fer.

Les pans de bois et les cloisons au rez-de-chaussée s'établissent, sur des petits murs de maçonnerie, en bons moellons ou en pierres de taille appelées parpaings. Ces murs s'élèvent au-dessus du sol de 0m.65 pour garantir les bois de l'humidité.

L'épaisseur d'un pan de bois élevé de 3 à 4 étages est ordinairement de 0m.216 à 0m.25.

Dans les pans de bois formant encoignure, le poteau d'angle (*poteau cornier*) doit avoir 0m.243 à 0m.27 d'équarrissage. Les sablières doivent avoir 0m.216 à 0,243 d'équarrissage, les poteaux de remplissages, tournisses et potelets, ont 0m.16 à 0m.19; on donne aux décharges, guettes, branches et poteaux d'huisserie, 0m.19 à 0m.216.

Pour les cloisons intérieures portant plancher, les poteaux d'aplomb doivent avoir pour épaisseur le 1/12 de leur hauteur. Les décharges et les sablières ont 0m.027 de plus en largeur et en hauteur.

Escaliers. — On appelle *cage* l'enceinte dans laquelle se place un escalier.

Les escaliers s'établissent entre deux murs, ou se construisent à 1 ou 2 *limons*. Le limon est une forte pièce de bois dans laquelle on fixe les extrémités des marches.

Un escalier se compose de *marches* ou *degrés;* la partie de la marche sur laquelle se pose le pied s'appelle *giron*, et celle qui détermine la hauteur de la marche se nomme *contre-marche*.

Généralement, la hauteur h de la contre-marche + la largeur l du giron = 0m.50; on prend alors h = 0m.20 et l = 0m.30. Quant à la longueur, elle est au minimum de 0m.75; elle varie ordinairement de 1 mètre à 2 mètres.

Dans les cages étroites, on prend souvent l = 0m.26 à 0m.28, quelle que soit la hauteur.

Pour tracer un escalier, on détermine la hauteur H à franchir; le rapport $\frac{H}{h} = N$, nombre de marches; la formule $(N - 1)\,l$ donne le développement de l'escalier.

Plafonds, planchers. — Les plafonds s'établissent sur un lattis cloué sous les solives et laissant vide l'intervalle compris entre ces dernières. Les lattes en chêne, celles en sapin et en bois blanc sont les seules à employer.

On doit laisser entre les lattes un espace étroit, mais suffisant pour que le mortier puisse, en s'y introduisant, donner plus de corps à la surface.

On peut employer, pour le plafonnage, le plâtre ou le blanc-en-bourre.

Les planchers se font avec des *poutres* et des *solives*, ou des *solives* seulement. Il convient de placer les poutres perpendiculairement à la façade du bâtiment; dans les bâtiments doubles, les poutres se placent d'un mur de façade au mur de refend.

Les poutres doivent avoir en hauteur 1/18 de leur portée, c'est-à-dire de la distance comprise entre les points d'appui, et en largeur, 2/3 de leur hauteur.

Les solives ont 1/24 de leur longueur pour les planchers munis de poutres. Pour les planchers à solives, les madriers employés ont 0m.22 sur 0m.05, équarrissage suffisant pour une portée de 7 à 8 mètres.

Les madriers doivent être espacés de 3 mètres à 3m.5.

Appelant l la largeur d'une solive, h sa hauteur verticale, *d* sa portée, dimensions exprimées en mètres, on a, suivant Tredgold :

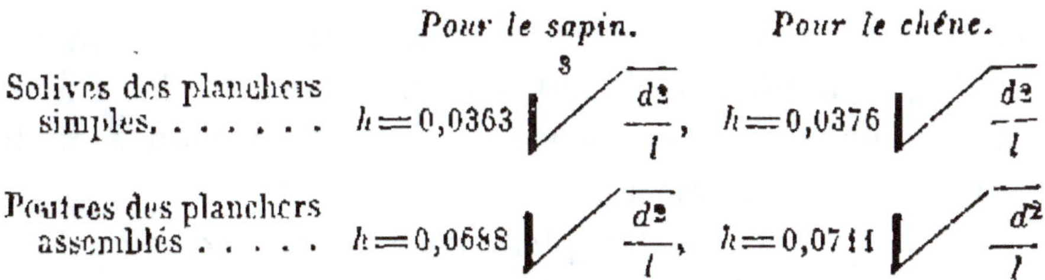

	Pour le sapin.	*Pour le chêne.*
Solives des planchers simples.	$h = 0{,}0363 \sqrt[3]{\frac{d^2}{l}}$,	$h = 0{,}0376 \sqrt{\frac{d^2}{l}}$
Poutres des planchers assemblés	$h = 0{,}0688 \sqrt{\frac{d^2}{l}}$,	$h = 0{,}0711 \sqrt{\frac{d^2}{l}}$

Planchers en fer. — Dans la construction des planchers, on substitue souvent le fer au bois, ce qui dispense du lattis pour le plafond. On peut former les planchers avec des barres de fer méplat, posées de champ et enfoncées de 0m.30 environ dans les murs ; elles forment les solives principales dont l'écartement est généralement de 0m.75. Sur ces solives, on pose, en les accrochant, des *entretoises* en fer carré de 16mm, placées à 0m.75 environ l'une de l'autre. Sur ces pièces, on place de petits fers carrés de 0m.11, distants l'un de l'autre de 0m.25 et fixés dans le mur par des crochets ; on les dispose parallèlement aux solives.

On emploie aussi des solives en fer en T, en double T, en U et en V renversés. Les fers à simple T n'offrent aucune disposition de la matière satisfaisante pour la résistance sous un poids donné. Les solives en fer à double T sont à double ou à triple nervure horizontale ; la première de ces formes (double T proprement dit) est la plus répandue. Les fers en double T ne pouvant pratiquement supporter que la moitié ou les 3/4 de la charge de rupture, M. Zorès a cherché à imiter la forme tubulaire, qui offre une grande résistance pour une quantité de métal donnée, et a fait les fers en U et en V renversés En Angleterre, on a employé dans le même but des tôles ondulées, des rails Brunel ou Barlow adossés, etc. Dans les planchers en tôle ondulée, l'enduit du plafond est mis sur un lattis cloué sur des tasseaux fixés par des boulons, ainsi que les lambourdes du plancher. M. Morin déduit, de diverses expériences, les conclusions générales suivantes :

Les formes indiquées par la théorie pour les fers à double T, et qui sont celles d'un double T à semelles égales, sont bien préférables à celles des doubles T à semelles inégales, sous le rapport de la résistance et du bon emploi de la matière.

Le hourdis en plâtre plein occasionne aux planchers une surcharge énorme, sans rien ajouter à leur solidité; son seul effet utile est de produire la liaison et l'entretoisement des poutres, ce qu'on peut obtenir en employant des hourdis plus légers, tels que ceux en poterie.

La limite qu'il convient d'imposer aux flexions des planchers, ainsi que celle que ne doivent pas dépasser les allongements ou raccourcissements des fibres, conduisent à établir que, pour des charges temporaires, le fer ne doit pas être soumis à un effort de plus de 10 à 11 kilog. par millimètre carré, et pour les charges permanentes, à plus de 6 à 7 kilogrammes.

Dans le cas des planchers, et eu égard aux variations de qualité et de résistance des fers, suivant leur mode de fabrication, il est prudent de ne pas prendre pour valeur de la résistance à l'allongement une valeur supérieure à $R = 6{,}000{,}000$ kilogrammes, nombre qui correspond à un allongement des fibres de $0^{m}.00066$ par mètre courant.

Combles. — Les combles sont la construction, ordinairement en charpente, qui forme la partie supérieure des édifices.

On distingue les combles, en prismatiques, pyramidaux, cylindriques et coniques.

Les combles ou toitures sont ordinairement composés d'une ou de plusieurs surfaces inclinées pour faciliter l'écoulement des eaux de pluie ou de neige; leur charpente se compose d'une ou de plusieurs fermes dont l'écartement entre elles peut varier de 3 à 4 mètres, mais pas davantage. Ces fermes, avec les murs, soutiennent tout le système de la charpente; elles se placent sur la poutre du dernier étage.

Le toit se compose de *chevrons* qu'on espace de $0^{m}.33$ entre eux et qu'on recouvre de planches ou de lattis, pour recevoir les tuiles, ardoises, lames métalliques, etc.

Pour soutenir les chevrons dans leur portée, lorsque les pentes ont trop de longueur, on place en travers des pièces de bois plus fortes, appelées *pannes*, scellées dans les murs, et sur lesquelles on cheville les chevrons.

Dans les combles à deux pentes, formant un angle au sommet, on place, pour former cet angle et soutenir le haut des chevrons, une pièce de bois, nommée *faîtage*.

La *plate-forme* ou *sablière* est une pièce en chêne qui repose à plat sur toute la longueur du couronnement des murs de face; les *jambes de force*, qui supportent presque entièrement tout le poids du comble, sont des pièces assemblées, par leurs parties inférieures, dans la poutre du dernier étage, et moins inclinées que le comble; l'*entrait* est une pièce de bois assemblée sur la partie supérieure des jambes de force, et placée parallèlement à la poutre.

Les combles destinés à recevoir des couvertures métalliques n'ont pas besoin d'être très-inclinés; ceux couverts en tuiles creuses doivent l'être davantage, et plus encore ceux couverts en tuiles plates et en ardoises.

Si l'inclinaison à donner aux combles doit être déterminée par le climat et la nature des matériaux employés pour la couverture, les dimensions des pièces de bois dont se compose la charpente doivent être réglées d'après la pesanteur, les propriétés de ces matériaux, et aussi des pressions accidentelles qui résultent de la violence du vent et de la chute des neiges.

Dans une ferme en chêne bien combinée, on donne généralement aux *jambes de force, arbalétriers* (pièces inclinées déterminant la pente du toit) et *entraits*, en hauteur, 1/24 de leur longueur, en largeur, 2/3 de leur hauteur; aux *poinçons* (pièces assemblées à tenon sur le milieu de l'entrait et soutenant le faîtage) et *liens* ou *contre-fiches* (pièces qui s'opposent à la flexion de l'arbalétrier dans les combles de grande dimension), en carré, la plus petite dimension des arbalétriers et entraits; aux *pannes*, en hauteur, 1/18 de leur portée, en largeur, 2/3 de leur hauteur; au *faîtage*, en hauteur, 1/18 de sa portée; en largeur, 2/3 de sa hauteur. On augmente un peu les équarrissages pour les petites charpentes et les charpentes en sapin.

Les *sablières* ont une épaisseur uniforme de 0m.06 sur environ 0m.22 de largeur; les chevrons, pour lesquels on fait habituellement usage du bois en grume, ont de 0m.10 à 0m.15 de diamètre.

Couvertures. — On emploie pour la couverture des bâtiments les tuiles, les ardoises, le carton, la paille, la toile, etc On fait également usage de couvertures métalliques en tôle, cuivre, zinc et plomb.

Les *couvertures de paille, chaume, jones*, sont presque entièrement abandonnées.

Le *carton* fournit une couverture légère; il a une épaisseur de 3 à 4 millimètres, et est imprégné d'une composition bitumineuse.

La *toile*, comme le carton, n'exige qu'une charpente légère, mais ne convient que pour pavillons, hangars, etc.

Pour former une *couverture d'ardoises*, on recouvre les chevrons de la charpente de planches minces en bois blanc, sur lesquelles se fixent les ardoises au moyen de deux ou trois clous, à tête plate et mince, de 18 à 20 millimètres de longueur. Chaque rang d'ardoises recouvre les 2/3 de la longueur de celles qui sont immédiatement en dessous.

Les *tuiles plates* se fixent comme les ardoises, le recouvrement, à partir de l'égoût, est également des 2/3. Les tuiles en S ou *pannes* s'accrochent à un lattis de sapin qui recouvre les chevrons du toit.

On a fait, en Angleterre, l'essai de tuiles en fonte, de la forme des tuiles ordinaires, et cannelées dans le sens de leur longueur, afin d'en diminuer le poids et de faciliter l'écoulement des eaux. Ces tuiles ont le plus souvent 0m.36 de long, 0m.25 de large, et 0m.004 d'épaisseur en moyenne; elles s'agrafent à peu près comme les pannes. Les tuiles en fonte forment une couverture plus légère que les tuiles ordinaires; mais elles ont le grave inconvénient de s'oxyder.

Les couvertures métalliques n'exigent pas une inclinaison du toit aussi forte que les tuiles et ardoises; elles donnent aussi moins de prise au vent et à l'eau que les autres.

Les *toitures en tôle ondulée* sont charmantes comme aspect. Elles ne pèsent que 6 kilogrammes par mètre carré et ne demandent qu'une charpente très-légère.

Dans les *couvertures en zinc*, ce métal doit être assujetti par des *ourlets* ou *agrafes* pour qu'il puisse se dilater sans déchirement; les feuilles se fixent au moyen de clous du même métal ou de clous galvanisés; on ne doit jamais les mettre en contact avec le fer ou la fonte.

Une *couverture en plomb*, bien faite, est extrêmement solide et durable; mais elle est très-lourde et fort coûteuse. Les tables de plomb dont on se sert pour les couvertures ont ordinairement 0m.975 de large sur 3m.90 à 4m.87 de long, et 0m.031 ou 0m.034 d'épaisseur. Elles se posent de manière que la largeur soit suivant la pente du comble.

Table des inclinaisons et des poids, par mètre carré effectif, des diverses sortes de couvertures les plus usitées. (M. Ardant.)

NATURE de la COUVERTURE.	INCLINAISON du toit en degrés à l'horizon.	POIDS du mètre carré effectif de couverture.	QUANTITÉ de bois en mèt. cub. qui entre dans la charpente par mètre carré.
	degrés.	kil.	m. c.
Tuiles plates à crochet	45 à 33	60	0.063
Tuiles creuses posées à sec.	27 à 21	75 à 90	0.058
Id. maçonnées.	31 à 27	136	0 068
Ardoises	45 à 33	38	0.056
Cuivre en feuilles. . .	21 à 18	14	0.042
Zinc nº 14..	21 à 18	8.50	0.012
Tôle galvanisée.. . . .	21 à 18	8.50	0.042
Mastic bitumineux. . .	21 à 18	25	0.056

ORDRES D'ARCHITECTURE.

On distingue cinq ordres d'architecture : le *toscan*, le *dorique* grec et romain, l'*ionique*, le *corinthien* et le *composite*. Chaque ordre, à l'exception du dorique grec, comprend 3 parties principales qui se subdivisent comme suit :

Entablement	Corniche. Frise Architrave	*Colonne*	Chapiteau. Fût. Base.	*Piédestal*	Corniche. Dé. Socle.

Pour établir les parties proportionnelles d'un ordre, on les rapporte au *module* ou demi-diamètre inférieur de la colonne. Ce module se subdivise en 12 parties ou minutes pour les ordres toscan et dorique, et en 18 parties pour les autres ordres. La hauteur totale des différents ordres comprend le nombre de modules et parties ci-après désigné :

ORDRES.	HAUTEUR TOTALE de l'entablement.	de la colonne.	du piédestal.	de l'ordre.
Toscan.	3m.12p	14m.	4m.16p.	22m. 4p.
Dorique grec. . . .	4 8	11 8p.	3 8	19
Dorique romain.. .	4	16	5 8	25 8
Ionique.	4 18	18	6	28 18
Corinthien et composite..	5	20	6 24	31 24

Colonnes. — Le diamètre inférieur des colonnes est le 1/7, le 1/8, le 1/9 et le 1/5 de la hauteur de la colonne, selon qu'il s'agit des ordres toscan, dorique, ionique, corinthien ou composite. Le diamètre des colonnes peut diminuer, en ligne droite, depuis la base jusqu'à l'astragale du chapiteau ; mais il ne diminue généralement qu'à 1/3 de la hauteur du fût. Cette décroissance est de 1/5, 1/6, 1/7 ou 1/8, selon qu'il s'agit des ordres toscan, dorique romain, ionique, corinthien et composite. Pour le dorique grec, la diminution du fût commence depuis le bas.

Cannelures. — Dans l'ordre toscan, les colonnes sont sans cannelures, parce que c'est un ordre massif et sévère ; dans les ordres dorique et ionique, elles peuvent être avec ou sans cannelures. Les cannelures du dorique sont à arêtes vives, et leur largeur est égale à leur rayon ; elles sont au nombre de vingt-quatre environ. Dans les autres ordres, les cannelures sont généralement creusées en demi-cercle et séparées par un listel du tiers de leur largeur.

Entre-colonnement. — Les espacements des colonnes entre elles sont en raison de leur hauteur. L'entre-colonnement est fixé comme suit pour les différents ordres :

Toscan : 8 modules ou 4 diamètres d'axe en axe des

colonnes, ce qui laisse 3 diamètres de vide entre chacune d'elles.

Dorique : 7 m. 1/2 d'axe en axe, ce qui ne laisse que 2 3/4 d. de vide entre chacune d'elles.

Ionique : 7 m. d'axe en axe ou 2 1/2 d. de vide.

Corinthien : 6 m. d'axe en axe, ce qui ne laisse que 2 d. de vide.

Souvent les ordres sont destinés à décorer les portiques ou arcades ; dans ce cas, les dimensions d'écartement d'une colonne à l'autre, ou d'un pilastre à l'autre, sont fixées comme suit pour les portiques sans piédestaux, mais pouvant avoir un socle de 325 ou 406 millimètres sous la base des colonnes, savoir :

Toscan : 10 modules 1/2 d'un axe à l'autre des colonnes ou pilastres ; le vide de l'arcade, 6 m. 1/2 de largeur et 13 m. de hauteur, depuis le socle jusque sous clef.

Dorique : 10 m. d'axe en axe ; l'arcade, 6 m. de largeur sur 15 m. de hauteur sous la clef.

Ionique : 12 m. d'axe en axe ; le portique, 8 m. de largeur et 17 m. sous la clef.

Corinthien : 13 m. d'axe en axe; l'arcade, 9 m. de largeur sur 19 m. de hauteur sous clef.

Ces diverses dimensions, fixées par rapport à la solidité, ne sont pas rigoureusement exigibles.

Pilastres. — On les emploie souvent pour décorer les façades des bâtiments, tant à l'intérieur qu'à l'extérieur, auxquels on veut donner un caractère architectural sans employer les colonnes. Généralement, les pilastres ne doivent avoir que 27 millimètres d'épaisseur au moins, et un quart de leur largeur au plus ; on peut supprimer leurs bases et les remplacer par un dé carré de 1 mod. de hauteur ou 1/2 diam., n'ayant également que 27 millimètres d'épaisseur sur le nu, afin d'éviter des renfoncements dans les intervalles que nécessiterait la saillie de la base de la colonne que les pilastres remplissent. Les plates-bandes ou arcades au-dessous doivent toujours être à plomb du nu des pilastres.

Les pilastres ne diminuent pas comme les colonnes, mais montent d'aplomb. Lorsqu'ils accompagnent des colonnes de même ordre et de la même dimension, on peut leur donner une saillie égale à leur largeur.

VOIES DE TRANSPORT.

Pavages. — Les pavés destinés à recouvrir le sol des routes, etc., se font ordinairement avec des pierres très-dures. On les façonne à l'aide d'un lourd marteau d'acier.

Les pavés sont de divers échantillons suivant les usages auxquels on les destine. En Belgique, on en compte quatre échantillons différents.

Le premier échantillon comprend les pavés qui ont 0m.18 à 0m.20 de côté à la tête (surface extérieure), et 0m.20 à 0m.22 de queue. On les réserve pour le pavage des routes les plus fréquentées.

Les pavés du deuxième échantillon ont 0m.15 à 0m.18 de côté à la tête, et 0m.18 à 0m.20 de queue. Ils sont employés pour les routes d'une moindre importance.

Le troisième échantillon comprend des pavés de 0m.12 à 0m.15 sur 0m.12 à 0m.15, et enfin le quatrième, des pavés de 0m.10 à 0m.12 sur 0m.12 à 0m.15. Ces deux espèces de pavés sont employés pour les cours de peu d'étendue, les écuries, etc.

Pour effectuer le pavage au sable, on établit sur le terrain une forme ou couche de sable d'au moins 0m.12 à 0m.15 d'épaisseur, dans laquelle on dispose les pavés les uns à côté des autres, en ayant soin : 1° de les séparer par une épaisseur de sable d'environ 0m.01 ; 2° de les ranger en lignes bien régulières ; 3° de faire tomber les joints des pavés d'une ligne sur les pleins de ceux des lignes adjacentes.

Le sable employé pour le pavage doit être de moyenne grosseur, quartzeux et pur.

Les pavés, rangés dans la forme de sable, y sont ensuite affermis au moyen de la *hie* ou *demoiselle*, espèce de pilon à deux anses, dont le poids est d'environ 30 kilogrammes. Cette hie est manœuvrée par un ouvrier qui la soulève à 0m.30 ou 0m.40 de terre pour la laisser retomber, en lui imprimant une forte impulsion. On enfonce ainsi les pavés de 0m.03 à 0m.04. Le pavé une fois établi, on le recouvre d'une couche de sable de 0m.04 à 0m.05 d'épaisseur.

Aires en cailloutis. — C'est principalement dans la construction des routes que l'on emploie les aires en cailloutis.

Le cailloutis est renfermé dans un encaissement de section convenable, creusé en contre-bas de la surface de la route à une profondeur de 0m.15 à 0m.52, suivant la nature des matériaux employés, de celle du sol et le poids des voitures qui doivent circuler sur la route.

Les bords de cet encaissement sont garnis de grosses pierres méplates ou de section triangulaire, formant bordure. L'intérieur est formé de quatre couches pierreuses disposées comme suit quand le sol est peu résistant : la première couche est faite de grosses pierres plates de 0m.15 à 0m.16 d'épaisseur, arrangées de manière que cette couche soit uniforme et empêche les couches supérieures de pénétrer dans le sol par l'effet des pressions. On forme la deuxième couche de grosses pierres irrégulières bien enchevêtrées les unes dans les autres ; elle a de 0m.15 à 0m.20 d'épaisseur. On compose la troisième couche d'un cailloutis bien homogène de la grosseur d'un cube de 0m.04 à 0m.05 de côté. La quatrième couche est formée de pierrailles de la grosseur d'un cube de 0m.025 à 0m.03 de côté. Chacune de ces deux dernières couches présente une épaisseur d'environ 0m.08. Si le sol est résistant, on se dispense de la première couche, et s'il est de rocher, on peut supprimer les deux premières.

Voies ferrées. — La largeur de voie adoptée pour les chemins de fer est de $1^{m}.435$ à $1^{m}.45$ entre les rails, à 6 centimètres pour largeur du champignon du rail; la largeur de la voie, d'axe en axe, est ordinairement de $1^{m}.50$ ou $1^{m}.51$.

Suivant l'épaisseur donnée aux rebords des roues, les distances entre les plans intérieurs des jantes varient, pour ces deux largeurs de voie, entre $1^{m}.35$ et $1^{m}.37$.

On détermine l'écartement entre les axes des essieux extrêmes des locomotives d'après le rayon minimum des courbes que présente la voie ferrée, et d'après la vitesse à laquelle ces courbes doivent être franchies.

Le rayon minimum des courbes varie, suivant les voies, entre 300 et 1000 mètres; si l'on admet que la vitesse maxima des trains est de 60 kilomètres à l'heure, on pourra prendre, pour limites d'écartement des axes des essieux extrêmes :

4 mètres pour rayon minimum.	1° de 1000 mètres et grande vitesse ; 2° de 500 mètres à une station où l'on arrête toujours ; 3° de 300 mètres sur les voies de service et dans les croisements.
$3^{m}.50$ pour rayon minimum.	1° de 600 mètres et grande vitesse ; 2° de 300 mètres à une station où l'on arrête toujours ; 3° de 200 mètres sur les voies de service et dans les croisements.

La longueur des rails varie de 3 à 6 mètres : les *rails du modèle Deridder* mesurent $4^{m}.707$ et pèsent 34 kil.72 le mètre courant ; pour d'autres rails, on a : *rails à 2 bourrelets*, long. $5^{m}.10$, poids, 35 kilog. ; *rails espagnols*, long. $6^{m}.200$, poids 36 2/10 ; *rails hollandais*, long. $6^{m}.200$, poids 7 8/10 ; *rails plats pour excentriques*, long. $6^{m}.$, poids

34 5/10. — Dans les cahiers des charges pour la fourniture des rails, on insère toujours une clause déterminant à quelles épreuves les rails doivent résister pour être acceptés : 1° un rail, sur appuis distants de 1m.10, supportera, sans flèche apparente, 12,200 kilog., pendant 5 minutes ; 2° le même rail, dans la même position, supportera, sans se rompre, 30,500 kilog., également pendant 5 minutes; 3° une moitié de rail, placée comme il est dit précédemment, recevra, sans se rompre, le choc d'un mouton de 300 kilogrammes tombant d'une hauteur de 2 mètres.

Les rails sont assemblés bout à bout au moyen d'armatures, appelées *éclisses*, dont la longueur est en général de 0m.45 et le poids de 4 kilog. — On assure la coïncidence exacte des rails à patins au moyen de *plaques de joint*, qui pèsent 3 kilog. et se fixent aux traverses au moyen de 3 crampons.

Écluses.

On distingue 3 espèces d'écluses ; les écluses de *navigation*, les écluses de *chasse* et les écluses de *fuite*. Les premières ont pour but de faciliter aux bateaux le parcours des cours d'eau ; les secondes permettent de déblayer l'entrée des ports des atterrissements qui s'y forment, ou de produire des courants violents dans les fossés des places de guerre; les troisièmes servent à tendre et à détendre rapidement des inondations, ou à mettre à sec en peu de temps les fossés d'une forteresse.

Écluses de navigation. — L'écluse de navigation consiste en une vaste tranchée rectangulaire, placée entre 2 réservoirs, appelés *biefs*, dans lesquels l'eau présente des niveaux différents, et séparée de ces biefs par des portes à 2 vantaux, dites *busquées*. Le jeu des vantaux permet de mettre en communication la capacité intérieure qui sépare les portes et qu'on désigne sous le nom de *sas*, alternativement avec le bief supérieur ou d'*amont* et le bief inférieur ou d'*aval*.

Une écluse comprend : le *radier* ou le fond de la rigole; les *bajoyers* ou les côtés; les *portes busquées*. Le radier et les bajoyers se construisent ordinairement en maçonnerie; les portes busquées peuvent être faites en bois ou en fonte de fer. On distingue dans le radier : le *busc d'amont*, heurtoir contre lequel viennent battre les vantaux de la porte située vers le bief d'amont; le *busc d'aval*, heurtoir de la porte d'aval; le *mur de chute*, ressaut en maçonnerie qui sépare verticalement le radier du busc d'amont. On remarque dans les bajoyers : les *musoirs*, parties arrondies des extrémités des bajoyers qui les raccordent avec les *murs en retour*; les *chardonnets*, battées arrondies dans lesquelles se posent les poteaux tourillons des portes busquées; les *enclaves*, renfoncements ménagés dans les bajoyers pour recevoir les vantaux quand les portes sont tout ouvertes; les *rainures des poutrelles*, rainures pratiquées dans des chaînes en pierre de taille dans le but de pouvoir établir un barrage provisoire.

On appelle respectivement *chambres d'aval* et *chambres d'amont*, les parties des écluses situées au-delà des portes d'aval et d'amont, et dans lesquelles ces portes se meuvent pour venir se placer dans leurs enclaves.

On fait souvent le radier en voûte renversée, ayant environ 0m.25 à 0m.30 de flèche, afin de lui donner plus de résistance entre les sous-pressions. L'épaisseur du radier dépend, suivant M. Minard, de la chute de l'écluse, de sa largeur et de la consistance des maçonneries. Pour des écluses de 5m.20 à 2m.60 de chute, on donne généralement au radier depuis 0m.30 jusqu'à 1m.50 d'épaisseur, et plus communément de 0m.80 à 0m.90, y compris le béton.

Les buscs sont maçonnés dans le radier; on les fait ordinairement en pierres de taille appareillées en claveaux.

Leur épaisseur ne doit pas être inférieure à 0m.60, dans les buses d'aval des écluses de 2m.60 de chute.

Les bajoyers sont entièrement construits en briques ou en moellons, excepté dans les angles saillants et rentrants, aux têtes, aux musoirs, etc., où on emploie la pierre de taille.

Voici les dimensions les plus ordinaires que l'on donne aux portes des canaux, pour une écluse de 5m.20 de passage et de 2m.60 de chute. Dans les portes d'aval, il y a 6 entretoises; les poteaux et les entretoises extrêmes ont 0m.30 d'équarrissage. L'épaisseur des traverses intermédiaires est réduite à 0m.25 ou 0m.24, et leur hauteur diminue de 0m.029 à 0m.22. Ces portes ne supportent que momentanément la pression due à la chute. — Lorsque le mur de chute n'est point abaissé, les portes d'amont ont 4 entretoises. Les pièces du châssis ont 0m.28 à 0m.26 d'équarrissage, et les 2 entretoises intermédiaires sont diminuées en proportion. Ces portes sont pressées continuellement.

La formule $D = 500\, b h^2$, extraite de l'ouvrage hollandais de *Storm Buysing,* permet de déterminer la pression normale D exercée contre la porte de largeur b et de hauteur h, par une pression d'amont. Généralement, la porte est soumise en même temps à une pression d'aval et d'amont; la différence de pression, qui est la force à laquelle la charpente se trouve soumise, est donnée par $D' = 500\, b\, (h^2 - h'^2)$, h' étant la hauteur d'eau à l'aval et h celle à l'amont.

Ecluses de chasse. — Elles se composent d'un passage ou pertuis maçonné fermé à son débouché par des portes qu'on peut ouvrir dans un temps très-court, malgré la grande pression de l'eau à laquelle elles sont soumises. L'eau, retenue en amont à une hauteur plus considérable qu'à l'aval, se précipite alors violemment par le passage ouvert, entraînant et poussant tout ce qu'elle rencontre.

Une écluse de chasse comprend donc deux bajoyers, un radier précédé d'un avant-radier et même d'un faux radier et des portes.

On construit les écluses de chasse d'après les mêmes principes que les écluses de navigation, mais en employant des matériaux de choix et en apportant de grandes précautions dans la construction, en raison de la violence des secousses et des chocs que subissent ces écluses lors des chasses, de l'action puissante des masses d'eau en mouvement auxquelles elles donnent passage.

La construction des *écluses de fuite* est la même que celle des écluses de chasse.

Ponts.

Les ponts se divisent en ponts de pierre, ponts de bois et ponts de fer. On les subdivise en ponts *droits* et ponts *obliques,* ou *biais, rectilignes* et *curvilignes,* puis en ponts *dormants* et ponts *mobiles.* Les ponts droits et rectilignes sont ceux dont l'usage est le plus répandu. — Les ponts mobiles, suivant la manière dont s'opère leur mouvement, sont appelés *ponts-levis, ponts tournants* ou *ponts roulants.*

Ponts en pierre. — Un pont en pierre comprend une ou plusieurs voûtes, appelées *arches,* posant sur des pieds-droits plus ou moins élevés qu'on nomme *piles* ou *culées :* culée s'entend des pieds-droits extrêmes, et pile des pieds-droits intermédiaires. On limite la voie qui passe sur le pont, par 2 murs (*parapets*) d'une petite élévation, ou par des balustrades à jour (*garde-fous* ou *garde-corps*). Les arches sont ordinairement en plein-cintre, en arc de cercle et en anse de panier.

Le tableau suivant renseigne les valeurs des rayons nécessaires pour effectuer le tracé des arches en anse de panier; ces valeurs sont exprimées en fonction de l'ouverture.

ANSES A 5 CENTRES.		ANSES A 7 CENTRES.			ANSES A 9 CENTRES.			
RAPPORT de la montée à l'ouverture.	1er RAYON	RAPPORT de la montée à l'ouverture.	1er RAYON.	2e RAYON.	RAPPORT de la montée à l'ouverture.	1er RAYON.	2e RAYON.	3e RAYON.
0.36	0.278	0.33	0.228	0.315	0.25	0.130	0.171	0.299
0.35	0.265	0.32	0.216	0 302	0,24	0.120	0.159	0.278
0.34	0.252	0.31	0.203	0.289	0.23	0.111	0.148	0.268
0.33	0.239	0.30	0.192	0.276	0.22	0.102	0.138	0.252
0.32	0.225	0.29	0.180	0.263	0.21	0.093	0.126	0.237
0.31	0.212	0.28	0.168	0.249	0.20	0.083	0.114	0.222
0.30	0.198	0.27	0.156	0.236				
		0.26	0.145	0 223				
		0,25	0.133	0 210				

Les dimensions des piles et des culées dépendent en grande partie de celles des arches, qu'on calcule souvent par la formule empirique $e = 0,0347\,d + 0,325$; d ouverture de l'arche si elle est en plein-cintre, double du rayon intrados si elle est en arc de cercle, double du rayon intrados de l'arc supérieur de la courbe si elle est en anse de panier.

Lorsque les ponts sont destinés à un passage fréquent et que leur largeur le comporte, on construit sur l'un des 2 côtés et sur les deux, si possible, des trottoirs dont la largeur varie avec celle du pont, depuis 1 jusqu'à 2 mètres.

Ponts métalliques. — Ils se divisent en *ponts ordinaires* et *ponts suspendus.* Parmi les premiers, on distingue les ponts sur poutres ou *longerons* et les ponts formés d'*arches composées de voussoirs* ; parmi les seconds, il y a les ponts suspendus *en dessus* et les ponts suspendus *en dessous* à des *câbles en fil-de-fer* ou à des *chaînes*, et les ponts suspendus à des arcs *rigides*.

Le fer malléable et la fonte sont les seuls métaux employés à la construction de ces diverses sortes de ponts. Les câbles de suspension sont ordinairement formés de fil-de-fer nos 17 et 18, ayant 0m.0026 à 0m.003 de diamètre, pesant, au mètre courant, de 44 à 57 grammes, et vendu par rouleaux ayant de 140 à 150 mètres de développement. Ces fils sont dévidés 1 à 1 dans toute leur longueur sous une tension uniforme, puis assemblés en écheveaux plats ou ronds par des ligatures en fil-de-fer de plus petit échantillon recuit et contourné en spirale serrée autour des écheveaux. — Les chaînes de suspension sont formées de tiges carrées, rondes, méplates ou à pans, terminées par des anneaux ou des fourchettes qui s'engrènent les unes dans les autres et sont maintenues à frottement par des boulons, ou d'anneaux allongés, réunis les uns aux autres par le même moyen.

Les chaînes ou câbles de retenue, généralement prolongements des chaînes ou câbles de suspension, se construisent comme ceux-ci. L'attache des chaînes de retenue au sol est une des choses dont dépend la solidité de la construction. Il y a 2 modes d'amarrage : dans le premier, les chaînes de retenue se dirigent sans déviation du sommet de la pile de rive jusqu'au point d'attache ; dans le deuxième, elles se dévient pour s'enfoncer verticalement en terre. Au point de vue de la résistance, l'avantage appartient au dernier système; mais celui-ci exige des poulies et des rouleaux de friction dans le coude, ainsi que des constructions très-solides pour les recevoir.

Ponts mobiles. — Le nom de *ponts mobiles* s'applique à tous les moyens d'établir un passage ou de l'interrompre à volonté : ainsi les trailles, les bacs, les ponts volants, etc., sont des ponts mobiles.

Il y a 3 espèces de ponts-levis : les ponts-levis à *flèches*, à *bascule* ou à *mécanisme*. Ceux de la première espèce se composent d'un tablier qui tourne autour d'une charnière et peut ainsi s'élever ou s'abattre à volonté, et d'un contre-poids placé au bout de 2 longs bras appelés *flèches*, qui se rattache par des chaînes à l'extrémité libre du tablier. Celui-ci se compose généralement de 4 ou 5 longerons, assemblés à tenons et mortaises avec 2 pièces transversales, nommées l'une le *chevet* et l'autre le *talon* du pont. Cette dernière porte les charnières ou les tourillons. — Les ponts-levis à bascule se composent d'un tablier dont une partie, appelée la *volée*, sert à franchir le passage, et l'autre, appelée la *culasse*, à former le contre-poids.

Pour régler les dimensions des diverses parties des ponts mobiles, on doit d'abord estimer l'effort maximum auquel chacune des pièces du pont peut être soumise, et l'on détermine ses dimensions transversales en conséquence. On examine ensuite si les dimensions trouvées satisfont aux conditions d'équilibre. Lorsqu'il s'agit de ponts-levis ayant environ 4 mètres d'ouverture, on peut faire usage des données suivantes :

Longerons du tablier : 18 sur 25 centim. d'équarrissage au milieu. On les délarde légèrement en épaisseur horizontale en allant du talon au chevet, de manière à ce qu'ils aient 0m.20 au talon et 0m.16 au chevet ;

Talon : 30 sur 30 centim. d'équarrissage ;

Chevet : 20 sur 20 centim. d'équarrissage ;

Flèches : 20 sur 25 centim. d'équarrissage à l'endroit des tourillons ;

Tourillons : 5 à 6 centim. de diamètre ;

Chaîne d'attache : diamètre du fer des maillons, 12 à 15 millimètres ;

Poulies de renvoi : 60 centimètres de diamètre ;

Poulies de manœuvres : 1 mètre de diamètre.

FIN.

TABLE DES MATIÈRES.

PREMIÈRE PARTIE.

MATHÉMATIQUES ET SCIENCES PHYSIQUES.

ARITHMÉTIQUE ET ALGÈBRE.

GÉOMÉTRIE.

TRIGONOMÉTRIE.

PHYSIQUE.

CHIMIE.

DEUXIÈME PARTIE.

MÉCANIQUE. — MOTEURS. — MACHINES. — APPAREILS.

MÉCANIQUE.

MOTEURS HYDRAULIQUES.

MOTEURS A VAPEUR.

MACHINES FIXES ET MOBILES. — APPAREILS.

TROISIÈME PARTIE.

INDUSTRIES ET FABRICATIONS. — CHAUFFAGE, VENTILATION ET ÉCLAIRAGE. — TRAVAUX D'ART.

INDUSTRIES ET FABRICATIONS.

CHAUFFAGE. — VENTILATION. — ÉCLAIRAGE.

TRAVAUX D'ART.

FIN DE LA TABLE DES MATIÈRES.

BAR-SUR-SEINE. — IMP. SAILLARD.

www.ingramcontent.com/pod-product-compliance
Lightning Source LLC
Chambersburg PA
CBHW070330030726
47505CB00004B/1158
* 9 7 8 2 0 1 9 5 4 1 6 8 2 *